ZHONGGUO XIAOSHUO
100 QIANG

中国小说100强（1978—2022）

生死恋

王　蒙　著

北京联合出版公司
Beijing United Publishing Co.,Ltd.

图书在版编目（CIP）数据

生死恋 / 王蒙著. -- 北京 : 北京联合出版公司,
2023.9
（中国小说100强）
ISBN 978-7-5596-7009-0

Ⅰ.①生… Ⅱ.①王… Ⅲ.①长篇小说－中国－当代
Ⅳ.①I247.5

中国国家版本馆CIP数据核字(2023)第111298号

生死恋

作　　者：	王　蒙
出 品 人：	赵红仕
出版监制：	张晓冬　范晓潮
责任编辑：	王　巍
特约编辑：	和庚方　张　颖
封面设计：	武　一

北京联合出版公司出版
（北京市西城区德外大街83号楼9层　100088）
北京兴星伟业印刷有限公司印刷　新华书店经销
字数182千字　650毫米×920毫米　1/16　19印张
2023年9月第1版　2023年9月第1次印刷
ISBN 978-7-5596-7009-0
定价：58.00元

版权所有，侵权必究
未经书面许可，不得以任何方式转载、复制、翻印本书部分或全部内容。
本书若有质量问题，请与本公司图书销售中心联系调换。
电话：010-65868687

中国小说100强（1978—2022）丛书

编委会

丛书总策划

张　明　　著名出版人
张　英　　资深媒体人

编委主任

吴义勤　　中国作协副主席
　　　　　中国小说学会会长

编　委

吴义勤　　中国作协副主席、中国小说学会会长
宗仁发　　《作家》杂志主编
谢有顺　　中山大学教授、中国小说学会副会长
顾建平　　《小说选刊》副主编
张　英　　资深媒体人
文　欢　　作家、出版人

总　序

"中国小说100强"（1978—2022）是资深出版人张明先生和腾讯读书知名记者张英先生共同策划发起的一套大型文学丛书。他们邀请我和宗仁发、谢有顺、顾建平、文欢一起组成编委会，并特邀徐晨亮参与，经过认真研讨和多轮投票最终评定了100人的入选小说家目录。由于编委们大多都是长期在中国文学现场与中国文学一路同行的一线编辑、出版家、评论家和文学记者，可以说都是最专业的文学读者，因此，本套书对专业性的追求是理所当然的，编委们的个人趣味、审美爱好虽有不同，但对作家和文学本身的尊重、对小说艺术的尊重、对文学史和阅读史的尊重，决定了丛书编选的原则、方向和基本逻辑。

从文学史的角度来说，1978年以后开启的新时期文学是中国当代文学的黄金时代，不仅涌现了一批至今享誉世界的优秀作家，而且创造了许多脍炙人口的文学经典，并某种程度上改写了20世纪中国文学史的版图。而在中国新时期文学的经典家族中，小说和小说家无疑是艺术成就最高、影响力最大的部分。"中国小说100强"(1978—2022)就是试图将这个时期的具有经典性的小说家和中国小说的经典之作完整、系统地筛选和呈现出来，并以此构成对新时期文学史的某种回顾与重读、观察与评判。呈现在读者面前的这套丛书是对1978—2022年间中国当代小说发展历程的一次全面、系统的整体性回顾与检阅，是中国当代文学经典化的重要成果，从特定的角度集中展示了中国新时期文学在小说创作方面的巨大成就。需要说明的是，与1978—2022年新时期文学繁荣兴盛的局面相比，100位作家和100本书还远远不能涵盖中国当代小说的全貌，很多堪称经典的小说也许因为各种原因并未能进入。莫言、苏童、余华等作家本来都在编委投票评定的名单里，但因为他们已与某些出版社签下了专有出版合同，不允许其他出版社另出小说集，因而只能因不可抗原因而割爱，遗珠之憾实难避免，而且文学的审美本身也是多元的，我们的判断、评价、选择也许与有些读者的认知和判断是冲突的，但我们绝无把自己的标准强加于别人的意思。我们呈现的只是我们观察中国这个时期当代小说的一个角度、一种标准，我们坚持文学性、学术性、专业性、民间性，注重作家个体的生活体验、叙事能力和艺术功力，我们突破代际局限，老、中、青小说家都平等对待，王蒙、冯骥才、梁晓声、铁凝、阿来等名家名作蔚为大观，徐则臣、阿乙、弋舟、鲁敏、林森等新人新作也是目不暇接，我们特别关注文学的新生力量，尤其是近10年作品多次获国家大奖、市场人气爆棚的新生代小说家，我们禀持包容、开放、多元的审美立场，无论是专注用现实题材传达个人迥异驳杂人生经验、用心用情书写和表现时代精神的现实主义作家，还是执着于艺术探索和个体风格的实验性作家，在丛书里都是一视同仁。我们坚信我们是忠实于自己的艺术理想、艺术原则和艺术良心的，但我们并不认为自己的角度和标准是唯一的，我们期待并尊重各种各样的观察角度和文学判断。

当然，编选和出版"中国小说100强"(1978—2022)这套大型丛书，除了上述对文学史、小说史成就的整体呈现这一追求之外，我们还有更深远、更宏大的学术目标，那就是全力推进中国当代文学"经典化"的历程和"全民阅读·书香中国"建设。

从1949年发端的中国当代文学已经有了70多年的发展历程，但对这70多年文学的评价一直存在巨大的分歧，"极端的否定"与"极端的肯定"常常让我们看不到当代文学的真相。有人认为中国当代文学达到了前所未有的高度和水平。王蒙先生在法兰克福书展上就说：中国当代文学现在是有史以来最繁荣的时期。余秋雨、刘再复甚至认为中国当代文学的成就远远超过了现代文学。也有人极端否定中国当代文学，认为中国当代文学都是垃圾。他们认为现代文学要远远超过当代文学，中国当代文学连与现代文学比较的资格都没有。比如说，相对于鲁（迅）、郭（沫若）、茅（盾）、巴（金）、老（舍）、曹（禺）这样大师级的人物，中国当代作家都是渺小的侏儒，根本不能相提并论，两者比较就是对大师的亵渎。应该说，与对中国当代文学的肯定之声相比，对当代文学的否定和轻视显然更成气候、更为普遍也更有市场。尽管否定者各自的角度和出发点不同，但中国当代作家、作品与中外文学大师、文学经典之间不可比拟的巨大距离却是唱衰中国当代文学者的主要论据。这种判断通常沿着两个逻辑展开：一是对中外文学大师精神价值、道德价值和人格价值的夸大与拔高，对文学大师的不证自明的宗教化、神性化的崇拜。二是对文学经典的神秘化、神圣化、绝对化、空洞化的理解与阐释。在此，我们看到了一个非常有趣的悖论：当谈论经典作家和文学大师时我们总是仰视而崇拜，他们的局限我们要么视而不见要么宽容原谅，但当我们谈论身边作家和身边作品时，我们总是专注于其弱点和局限，反而对其优点视而不见。问题还不在于这种姿态本身的厚此薄彼与伦理偏见，而是这种姿态背后所蕴含的"当代虚无主义"。这种"虚无主义"的最大后果就是对当代作家作品"经典化"的阻滞，对当代文学经典化历程的阻隔与拖延。一方面，我们视当下作家作品为"无物",拒绝对其进行"经典化"的工作,另一方面又以早就完全"经典化"了的大师和经典来作为贬低当下泥沙俱下的文学现实的依据。这种不在同一个层面上的比较,不仅毫无意义,而且只能使得文学评价上的不公正以及各种偏激的怪论愈演愈烈。

其实,说中国当代文学如何不堪或如何优秀都没有说服力。关键是要进行"经典化"的工作,只有"经典化"的工作完成了才有可能比较客观地对当代的作家作品形成文学史的判断。对当代的"经典化"不是对过往经典、大师的否定,也不是对当代文学唱赞歌,而是要建立一个既立足文学史又与时俱进并与当代文学发展同步的认识评价体系和筛选体系。当然,我们也要承认,"经典化"问题是一个非常复杂的问题,并不是凭热情和冲动一下子就能完成的,但我们至少应该完成认识论上的"转变"并真正启动这样一个"过程"。

现在媒体上流行一些对于中国当代文学经典化冷嘲热讽的稀奇古怪的言论,其核心一是否定中国当代文学有经典、有大师,其二是否定批评界、学术界有关"经典化"的主张,认为在一个无经典的时代,"经典"是怎么"化"也"化"不出来的,"经典化"是一个实实在在的"伪命题"。其实,对于文学,每个人有不同的判断、不同的理解这很正常,每一种观点也都值得尊重。但是,在"经典"和"经典化"这个问题上,我却不能不说,上述观点存在对"经典"和"经典化"的双重误解,因而具有严重的误导性和危害性。

首先,就"经典"而言,否定中国当代文学早就不是什么新鲜事,对当代文学的虚无主义态度在很多人那里早已根深蒂固。我不想争论这背后的是与非,也不想分析这种观点背后的社会基础与人性基础。我只想指出,这种观点单从学理层面上看就已陷入了三个巨大误区:

第一个误区,是对经典的神圣化和神秘化的误区。很多人把经典想象为一个绝对的、神圣的、遥远的文学存在,觉得文学经典就是一个绝对的、乌托邦化的、十全十美的、所有人都喜欢的东西。这其实是为了阻隔当代文学和"经典"这个词发生关系。因为经典既然是绝对的、神圣的、乌托邦的、十全十美的,那我们今天哪一部作品会有这样的特性呢?如果回顾一下人类文学史,有这样特性的作品好像也没有。事实上,没有一部作品可以十全十美,也没有一部作品能让所有人喜欢。在这个问题上,我们应该明确的是,"经典"不是十全十美、无可挑剔的代名词,在人类文学史上似乎并不存在毫无缺点并能被任何人所认同的"经典"。因此,对每一个时代来说,"经典"并不是指那些高不可攀的神圣的、神秘的存在,只不过是那些比较优秀、能被比较多的人喜爱的作品而已。从这个意义上说,当今中国文坛谈论"经典"时那种神圣化、莫测高深的乌托邦姿态,不过是遮蔽和否定当代文学的一种不自觉的方式,他们假定了一种遥远、神秘、绝对、完美的"经典形象",并以对此一本正经的信仰、崇拜和无限拔高,建立了一整套关于中国当代文学的伦理话语体系与道德话语体系,从而充满正义感地宣判着中国当代文学的死刑。

第二个误区,是经典会自动呈现的误区。很多人会说,是金子总是会发光的。但对文学来说,文学经典的产生有着特殊性,即,它不是一个"标签",它一定是在阅读的意义上才会产生意义和价值的,也只有在阅读的意义上才能够实现价值,没有被阅读的作品没有被发现的作品就没有价值,就不会发光。而且经典的价值本身也不是固定不变的。如果一个作品的价值一开始就是固定不变的,那这个作品的价值就一定是有限的。经典一定会在不同的时代面对不同的读者呈现出完全不同的价值。这也是所谓文学永恒性的来源。也就是说,文学的永恒性不是指它的某一个意义、某一个价值的永恒,而是指它具有意义、价值的永恒再生性,它可以不断地延伸价值,可以不断地被创造、不断地被发现,这才是经典价值的根本。所以说,经典不但不会自动呈现,而且一定要在读者的阅读或者阐释、评价中才会呈现其价值。

第三个误区，是经典命名权的误区。很多人把经典的命名视为一种特殊权力。这有两个层面的问题：一，是现代人还是后代人具有命名权；二，是权威还是普通人具有命名权。说一个时代的作品是经典，是当代人说了算还是后代人说了算？从理论上来说当然是后代人说了算。我们宁愿把一切交给时间。但是，时间本身是不可信的，它不是客观的，是意识形态化的。某种意义上，时间确会消除文学的很多污染包括意识形态的污染，时间会让我们更清楚地看清模糊的、被掩盖的真相，但是时间同时也会使文学的现场感和鲜活性受到磨损与侵蚀，甚至时间本身也难逃意识形态的污染。此外，如果把一切交给时间，还有一个前提，那就是对后代的读者要有足够的信任，要相信他们能够完成对我们这个时代文学的经典化使命。但我们对后代的读者，其实是没有信心的。我们今天已经陷入了严重的阅读危机，我们怎么能寄希望后代人有更大的阅读热情呢？幻想后代的人用考古的方式对我们这个时代的文学进行经典命名，这现实吗？我不相信后人对我们身处时代"考古"式的阐释会比我们亲历的"经验"更可靠，也不相信，后人对我们身处时代文学的理解会比我们亲历者更准确。我觉得，一部被后代命名为"经典"的作品，在它所处的时代也一定会是被认可为"经典"的作品，我不相信，在当代默默无闻的作品在后代会被"考古"挖掘为"经典"。也许有人会举张爱玲、钱钟书、沈从文的例子，但我要说的是，他们的文学价值早在他们生活的时代就已被认可了，只不过很长时间由于意识形态的原因我们的文学史不谈及他们罢了。此外，在经典命名的问题上，我们还要回答的是当代作家究竟为谁写作的问题。当代作家是为同代人写作还是为后代人写作？幻想同代人不阅读、不接受的作品后代人会接受，这本身就是非常乌托邦的。更何况，当代作家所表现的经验以及对世界的认识，是当代人更能理解还是后代人更能理解？当然是当代人更能理解当代作家所表达的生活和经验，更能够产生共鸣。因此，从这个角度来说，当代人对一个时代经典的命名显然比后代人更重要。第二个层面，就是普通人、普通读者和权威的关系。理论上，我们都相信文学权威对一个时代文学经典命名的重要性，权威当然更有价值。但我们又不能够迷信文学权威。如果把一个时代文学经典的命名权仅仅交给几个权威，那也是非常危险的。这个危险表现在什么地方呢？就是几个人的错误会放大为整个时代的错误，几个人的偏见会放大为整个时代的偏见。我们有很多这样的文学史教训。在这个问题上，我们既要相信权威又不能迷信权威，我们要追求文学经典评价的民主化、民主性。对一个时代文学的判断应该是全体阅读者共同参与的民主化的过程，各种文学声音都应该能够有效地发出。这个时代的文学阅读，最理想的状态应该是一种互补性的阅读。为什么叫"互补性的阅读"？因为一个批评家再敬业，再劳动模范，一个人也读不过来所有的作品。举个例子：现在我们一年有5000部以上的长篇小说，一个批评家如果很敬业，每天在家读二十四小时，他能读多少部？一天读一部，一年也只能读三百部。但他一个人读不完，不等于我们整个时代的读者都读不完。这就需要互补性阅读。所有的读者互补性地读完所有作品。在所有作品都被阅读过的情况下，所有的声音都能发出来的情况下，各种声音的碰撞、妥协、对话，就会形成对这个时代文学比较客观、科学的判断。因此，文学的经典不是由某一个"权威"命名的，而是由一个时代所有的阅读者共同命名的，可以说，每一个阅读者都是一个命名者，他都有对经典进行命名的使命、责任和"权力"。而作为一个文学研究者或一个文学出版者，参与当代文学的进程，参与当代文学经典的筛选、淘洗和确立过程，更是一种义不容辞的责任和使命。说到底，"经典"是主观的，"经典"的确立是一个持续不断的"过程"，"经典"的价值是逐步呈现的，对于一部经典作品来说，它的当代认可、当代评价是不可或缺的。尽管这种认可和评价也许有偏颇，但是没有这种认可和评价，它就无法从浩如烟海的文本世界中突围而出，它就会永久地被埋没。从这个意义上说，在当代任何一部能够被阅读、谈论的文本都是幸运的，这是它变成"经典"的必要洗礼和必然路径。

总之，我们所提倡的"经典化"不是要简单地呈现一种结果，不是要简单地对一个时代的文学作品排座次，不是要武断地指出某部作品是"经典"，某部作品不是"经典"，不是要颁发一个"谁是经典"的荣誉证书，而是要进入一个发现文学价值、感受文学价值、呈现文学价值的过程。所谓"经典化"的"化"实际上就是文学价值影响人的精神生活的过程，就是通过文学阅读发现和呈现文学价值的过程。可以说，文学的经典化过程，既是一个历史化的过程，更是一个当代化的过程。文学的经典化时时刻刻都在进行着，它需要当代人的积极参与和实践。因此，哪怕你是一个对当代文学的虚无主义者，你可以不承认当代文学有经典，但只要你还承认有文学，你还需要和相信文学，还承认当代文学对人的精神生活具有影响力，你就不应该否定当代文学经典化的重要性。没有这个"经典化"，当代文学就不会进入和影响当代人的生活，就失去了存在的意义。每一个人，哪怕你是权威，你也不能以自己的好恶剥夺他人阅读文学和享受文学的权利。

从这个意义上说，当代文学的经典化当然是一个真命题而不是一个伪命题。在一个资讯泛滥的时代，给读者以经典的指引是文学界、出版界共同的责任，而这也是我们编辑出版这套书的意义所在。

最后，感谢张明和张英先生为本套书付出的辛劳，感谢北京立丰天文化传播有限公司、北京金圣典文化有限公司的资金支持，感谢全体编委和北京联合出版公司各位编辑，感谢所有对本套丛书的出版给予大力支持的作家和他们的家人。

是为序。

吴义勤

2022年冬于北京

目 录
Contents

春之声____1

布　礼____13

太　原____88

蝴　蝶____114

生死恋____183

春堤六桥____257

春之声

　　咣的一声，黑夜就到来了。一个昏黄的、方方的大月亮出现在对面墙上。岳之峰的心紧缩了一下，又舒张开了。车身在轻轻地颤抖，人们在轻轻地摇摆。多么甜蜜的童年的摇篮啊！夏天的时候，把衣服放在大柳树下，脱光了屁股的小伙伴们一跃跳进故乡的清凉的小河里，一个猛子扎出十几米，谁知道谁在哪里露出头来呢？谁知道被他慌乱中吞下的一口水里，包含着多少条蛤蟆蝌蚪呢？闭上眼睛，熟睡在闪耀着阳光和树影的涟漪之上，不也是这样轻轻地、轻轻地摇晃着的吗？失却了的和没有失却的童年和故乡，责备我么？欢迎我么？母亲的坟墓和正在走向坟墓的父亲！

　　方方的月亮在移动，消失，又重新诞生。唯一的小方窗里透进了光束，是落日的余晖还是站台的灯？为什么连另外三个方窗也遮严了呢？黑咕隆咚，好像紧接着下午便是深夜。门咣地一关，就和外界隔开了。那愈来愈响的声音是下起了冰雹吗？是铁锤砸在铁砧上？在黄土高原的乡下，到处还靠人打铁，我们祖国的胳膊有多么发达的肌肉！呵，当然，那只是车轮撞击铁轨的噪音，来自这一节铁轨与那一节铁轨之间的缝隙。目前不是正在流行一支轻柔的歌曲吗，叫作什么来着——《泉水叮咚响》。如果火车也叮咚叮咚地响起来呢？广州人可真会生活，不像这西北高原上，人的脸上和房屋的窗玻璃上到处都蒙着一层厚厚的黄土。广州人的凉棚下面，垂挂着许许多多三角形的瓷板，它们伴随着清风，发出叮叮咚咚的清音，愉悦着心灵。美国的抽象派音乐却叫人发狂。真不知道基辛格听我们的杨子荣咏叹调时有什么样的感受。京剧锣鼓里有噪音，所有的噪音都是令人不快的吗？反正火车开动以后的铁轮声给人以鼓舞和希望。下一站，或者下一站的下一站，或者许多许多的下一站以后的下一站，你所寻找的生活就在那里，母亲或者孩子，友人或者妻子，温热的澡盆或者丰盛的饮食正在那里等待着你。都是回家过年的，过春节，我们的古老的民族的最美好的节日。谢天谢地，现在全国人民都可以快快乐乐地过年了。再不会用革命化的名义取消春节了。

　　这真有趣。在出国考察三个月回来之后，在北京的高级宾馆里住了一阵——总结啦，汇报啦，接见啦，报告啦……之后，岳之峰接到了八十多岁的刚刚摘掉地主帽子的父亲的信。他决定回一趟阔别二十多年的家乡。这是不是个错误呢？他怎么也没想到要坐两个小时零四十七分钟的闷罐子车呀。三个小时以前，他还坐在从北京开往 X 城的三叉戟客机的宽敞、舒适的座位上。两个月以前，他还坐在驶向汉堡的易北河客轮上。现在呢，他和那些风尘仆仆的，在黑暗中看不清面容的旅客们挤在一起，就像沙丁鱼挤在罐头盒子里。甚至于他辨别不出火车到底是在向哪个方向行走，眼前只有那月亮似的光斑在飞速移动，火车的行驶究竟是和光斑方向相同抑或相反呢？他这个工程物理学家竟为这个连小学生都答得上来的、根本算不上是几何光学的问题伤了半天脑筋。

他已经有二十多年没有回过家乡了。谁让他错投了胎？地主，地主！一九五六年他回过一次家，一次就够用了——回家待了四天，却检讨了二十二年！而伟人的一句话，也够人们学习贯彻一百年。使他惶惑的是，难道人生一世就是为了做检讨？难道他生在中华，就是为了做一辈子检讨的么？好在这一切都过去了。斯图加特的奔驰汽车工厂的装配线在不停地转动，车间洁净敞亮，没有多少噪音。西门子公司规模巨大，具有一百三十年的历史，而我们才刚刚起步。赶上，赶上！不管有多么艰难。哞，哞，哞，快点开，快点开，快开，快开，快，快，快，车轮的声音从低沉的三拍一小节变成两拍一小节，最后变成高亢的呼号了。闷罐子车也罢，正在快开。何况天上还有三叉戟？

尘土和纸烟的雾气中出现了旱烟叶发出的辣味，像是在给气管和肺针灸。梅花针大概扎在肺叶上了。汗味就柔和得多了。方言的浓度在旱烟与汗味之间，既刺激，又亲切。还有南瓜的香味哩！谁在吃南瓜？X城火车站前的广场上，没有见卖熟南瓜的呀。别的小吃和土特产倒是都有。花生、核桃、葵花子、柿饼、酸枣、绿豆糕、山药、蕨麻……全有卖的。就像变戏法，举起一块红布，向左指上两指，这些东西就全没了，连火柴、电池、肥皂都跟着短缺。现在呢，一下子又都变了出来，也许伸手再抓两抓，还能抓出更多的财富。柿饼和枣朴质无华，却叫人甜到心里。岳之峰咬了一口上火车前买的柿饼，细细地咀嚼着儿时的甜香。辣味总是一下子就能尝到，甜味却埋得很深很深。要有耐心，要有善意，要有经验，要知觉灵敏。透过辛辣的烟草和热烘烘的汗味儿，岳之峰闻到了乡亲们携带的绿豆香。绿豆苗是可爱的，灰兔子也是可爱的，但是灰色的野兔常常要毁坏绿豆。为了追赶野兔，他和小柱子一口气跑了三里，跑得连树木带田垅都摇来摆去。在中秋的月夜，他亲眼见过一只银灰色的狐狸，走路悄无声息，像仙人，像梦。

车声小了，车声息了。人声大了，人声沸了。咣——哧，铁门打开了，女列车员——一个高个子、大骨架的姑娘正在爽利地用家乡方言指挥下车和上车的乘客。"没有地方了，没有地方了，到别的车厢去吧！"已经在车上获得了自己的位置的人发出了这种无效的，也是自私的呼吁。上车的乘客正在拥上来，熙熙攘攘。到哪里都是熙熙攘攘。与我们的王府井相比，汉堡的街道上简直可以说是看不见人，而且市区的人口还在减少。岳之峰从飞机场来到X城火车站的时候吓了一跳——黑压压的人头，压迫得白雪不白，冬青也不绿了。难道是出了什么事情？一九四六年学生运动，人们集合在车站广场，准备拦车去南京请愿，也没有这么多人！岳之峰上大学的时候在北平，有一次他去逛故宫博物院，刚刚下午四点就看不见人影了，阴森森的大殿使他的后脊背冒凉气。他小跑着离开了故宫，上了拥挤的有轨电车才放心了一点。如果跑慢了，说不定珍妃会从井里钻出来把他拉下去哩！

但是现在，故宫南门和北门前买入场券的人排着长队，而且不是星期天。X城火车站前的人群令人晕眩，好像全中国有一半人要在春节前夕坐火车。到处都是团聚、相会、团圆饺子、团圆元宵，到处都是对于旧谊、对于别情、对于天伦之乐、对于故乡和童年的追寻。卖刚出屉的肉馅包子的，盖包子的白色棉褥子上尽是油污。卖烧饼、锅盔、油条、大饼的。卖整盒整盒的点心的。卖面包和饼干的。X车站和X城饮食服务公司倾全力到车站前露天售货。为了买两个烧饼也要挤出一身汗。岳之峰出了多少汗啊！他混饱了（环境和物质条件的急骤改变已使他分辨不出饥和饱了）肚子，又买到了去家乡的短途客车的票。找钱的时候使他一怔，写的是一块二，怎么只收了六毛呢？莫非是自己没有报清站名？他想再问一问，但是排在他后面的人已经占据了售票窗口前的有利阵地，他挤不回去了。

他怏怏地看着手中的火车票。火车票上黑体铅字印的是1.20元，但是又用双虚线勾上了两个占满票面的大字：陆角。这使他百思不得其解，简直像是一种生物学上的密码。"这是怎么回事？为什么我买一块二的票她却给了我六毛钱的？"他自言自语。他问别人。没有人回答他。等待上车的人大多是一些忙碌得可以原谅的利己主义者。

各种信息在他的头脑里撞击。黑压压的人群。遮盖热气腾腾的肉包子的油污的棉被。候车室里张贴着的大字通告：关于春节期间增添新车次的情况和临时增添的新车次的时刻表。男女厕所门前排着等待小便的人的长队。陆角的双勾虚线。大包袱和小包袱。大篮筐和小篮筐。大提兜和小提兜……他得出了这最后一段行程会是艰难的结论，他有了思想准备。终于他从旅客们的闲谈中听到了"闷罐子车"这个词儿，他恍然了。人脑毕竟比电脑聪明得多。

上到列车上的时候，他有点垂头丧气。在二十世纪八十年代的第一个春节即将来临之时，正在梦寐以求地渴望实现四个现代化的人们，却还要坐瓦特和史蒂文森时代的闷罐子车！事实如此。事实就像宇宙，就像地球、华山和黄河、水和土、氢和氧、钛和铀，既不像想象那样温柔，也不像想象那么冷酷。不是么，闷罐子车里坐满了人，而且还在一个两个、十个二十个地往人与人的空隙，分子与分子、原子与原子的空隙之中嵌进。奇迹般地不可思议，已经坐满了人的车厢里又增加了那么多人。没有人叫苦。

有人叫苦了："这个箱子不能压！"一个包着头巾抱着孩子的妇女

试探着能不能坐到一只箱子上。"您到这边来，您到这边来。"岳之峰连忙站起身，把自己的靠边的位置让了出来。坐在靠边的地方，身子就能倚在车壁上，这就是最优越的"雅座"了。那女人有点不好意思，但终于抱着小孩子挪动了过来，她要费好大的力气才能不踩着别人。"谢谢您！"妇女用流利的北京话说。她抬起头，岳之峰好像看到一幅炭笔的素描。题目应该叫《微笑》。

叮铃叮铃的铃声响了，铁门又咣的一声关上了，是更深沉的黑夜，车外的暮色也正在浓重起来。大骨架的女列车员点起了一支白蜡，把蜡烛放到了一个方形的玻璃罩子里。为什么不点油灯呢？大概是怕煤油摇洒出来。偌大车厢，就靠这一支蜡烛照亮。些微的亮光，照得乘客变成了一个又一个的影子。车身又摇晃了，对面车壁上的方形的光斑又在迅速移动了。离家乡又近一些了。摘了帽子，又见到了儿子，父亲该可以瞑目了吧？不论是他的罪恶或者忏悔，不论是他的眼泪还是感激，也不论是他的狰狞丑恶还是老实善良，这一切都快要随着他的消失而云消雾散了。老一辈人正在一个又一个地走向河的那边。咚咚咚，噔噔噔，嘭嘭嘭，是在过桥了吗？连接着过去和未来，中国和外国，城市和乡村，此岸和彼岸的桥啊！

靠得很近的蜡灯把黑白分明的光辉和阴影印制在女列车员的脸上，女列车员像是一尊全身的神像。"旅客同志们，春节期间，客运拥挤，我们的票车① 去支援长途……提高警惕……"她说得挺带劲，每吐出一个字就像拧紧了一个螺母。她有一种信心十足、指挥若定的气概，以小小的年纪，靠一支蜡烛的光亮，领导着一车的乌合之众。但是她的声音也淹没在轰轰轰，嗡嗡嗡，隆隆隆，不仅是七嘴八舌，而

---

① 票车：铁路人员一般称客车为票车。

是七十嘴八十舌的喧嚣里了。

自由市场。百货公司。香港电子石英表。豫剧片《卷席筒》。羊肉泡馍。醪糟蛋花。三接头皮鞋。三片瓦帽子。包产到组。收购大葱。中医治癌。差额选举。结婚筵席……在这些温暖的闲言碎语之中,岳之峰轮流把体重从左腿转移到右腿,再从右腿转移到左腿。幸好人有两条腿,要不然,无依无靠地站立在人和物的密集之中,可真不好受。立锥之地,岳之峰现在对这句成语才有了形象的理解。莫非古代也有这种拥挤的、没有座位和灯光的旅行车辆吗?但他给一个女同志让了"座位"。不,没有座,只有位。想不到她讲一口北京话,这使岳之峰兴致似乎高了一些。"谢谢""对不起",在国外到处是这种礼貌的用语。忽然有一个装着坚硬的铁器的麻袋正在挤压他右腿的小腿肚子,而另一个席地而坐的人的脊背干脆靠到了他的酸麻难忍的左腿上。

简直是神奇。不仅在慕尼黑的剧院里观看演出的时候,而且在北京,在研究所、部里和宾馆里,在二十三平方米的住房和103和332路公共汽车上,他也想不到人们还要坐闷罐子车。这不是运货和运牲畜的车吗?倒霉!可又有什么倒霉的呢?咒骂是最容易不过的。咒骂闷罐子车比起制造新的美丽舒适的客运列车来,既省力又出风头。无所事事而又怨气冲天的人的口水,正在淹没着忍辱负重、埋头苦干的人的劳动。人们时而用高调,时而又用低调冲击着、替代着那些一件又一件,一天又一天,一年又一年的坚韧不拔的工作。

"给这种车坐,可真缺德!"

"你凑合着吧,过去,还没有铁路哩!"

"运兵都是用闷罐子车,要不,就暴露了。"

"要赶上拉肚子的就麻烦了,这种车上没有厕所。"

"并没有一个人拉到裤子里嘛!"

"有什么办法呢？每逢春节，有一亿多人要坐火车……"

黑暗中听到了这样一些交谈。岳之峰的心平静下来了。是的，这里曾经没有铁路，没有公路，连自行车走的路也没有。阔人骑毛驴，穷人靠两只脚。农民挑着一千五百个鸡蛋，从早晨天不亮出发，越过无数的丘陵和河谷，黄昏时候才能赶到 X 城。我亲爱的美丽而又贫瘠的土地！你也该富饶起来了吧？过往的记忆，已经像烟一样、雾一样淡薄了，但总不会被彻底忘却吧？历史，历史；现实，现实；理想，理想；哞——哞——咣喊咣喊……喀嘟喀嘟……沿着莱茵河的高速公路。山坡上的葡萄。暗绿色的河流。飞速旋转。

这不就是法兰克福的孩子们吗？男孩子和女孩子，黄眼睛和蓝眼睛，追逐着的，奔跑着的，跳跃着的，欢呼着的。喂食小鸟的，捧举鲜花的，吹响铜号的，扬起旗帜的。那欢乐的生命的声音。那友爱的动人的呐喊。那红的、粉的和白的玫瑰。那紫罗兰和蓝蓝的勿忘我。

不。那不是法兰克福。那是西北高原的故乡。一株巨大的白丁香把花开在了屋顶的灰色的瓦楞上，如雪，如玉，如飞溅的浪花。摘下一条碧绿的柳叶，卷成一个小筒，仰望着蓝天白云，吹一声尖厉的哨子，惊得两个小小的黄鹂飞起，挎上小篮，跟着大姐姐，去采撷灰灰菜，去掷石块，去追逐野兔，去捡鹌鹑的斑斓的彩蛋。连每一条小狗，每一只小猫，每一头牛犊和驴驹都在嬉戏，连每一根小草都在跳舞。

不，那不是西北高原。那是解放前的北平。华北局城工部（它的部长是刘仁同志）所属的学委组织了平津学生大联欢。营火晚会。"太阳下山明朝依旧爬上来……我的青春小鸟一去不回来""山上的荒地是什么人来开？地上的鲜花是什么人来栽？"一支又一支的歌曲激荡着年轻人的心。最后，大家发出了使国民党特务胆寒的强音："团结就是力量……让一切不民主的制度死亡！"信念和幸福永远不能分离。

不，那不是逝去了的、遥远的北平。那是解放了的、飘扬着五星红旗的首都。那是他青年时代的初恋，是第一次吹动他心扉的和煦的风。春节刚过，忽然，他觉察到了，风已经不那么冰冷，不那么严厉了。二月的风就带来了和暖的希望，带来了早春的消息。他跑到北海，冰还没有化哩，还没有什么游人哩。他摘下帽子，他解开上衣领下的第一个扣子。还是冬天吗？当然，还是冬天。然而是已经连接着春天的冬天，是冬与春的桥。有风为证，风已经不冷！风会愈来愈和煦，如醉，如酥……他欢迎着承受着别人仍然觉得凛冽、但是他已经为之雀跃的"春"风，小声叫着他悄悄地爱着的女孩子的名字。

那，那……那究竟是什么呢？是金鱼和田螺吗？是荸荠和草莓吗？是孵蛋的芦花鸡吗？是山泉，榆钱，返了青的麦苗和成双的燕子吗？他定了定神。那是春天，是生命，是青年时代。在我们的生活里，在我们每个人的心房里，在猎户星座和仙后星座里，在每一颗原子核，每一个质子、中子、介子里，不都包含着春天的力量、春天的声音吗？

他定了定神，揉了揉眼睛。分明是法兰克福的儿童在歌唱，当然，是德语。在欢快的童声合唱旁边，有一个顽强的、低哑的女声伴随着。

他再定了定神，再揉了揉眼睛，分明是在从X城到N地的闷罐子车上。在昏暗和喧嚣当中，他听到了德语的童声合唱和低哑的、不熟练的、相当吃力的女声伴唱。

什么？一台录音机。在这个地方听起了录音。一支歌以后又是一支歌，然后是一个成人的歌。三支歌放完了，是啪啦啪啦的揿动键钮的声音，然后三支歌重新开始。顽强的，低哑的，不熟练的女声也重新开始。这声音盖过了一切喧嚣。

火车悠长的鸣笛。对面车壁上的移动着的方形光斑减慢了速度，加大了亮度。在昏暗中变成了一个个的影子的乘客们逐渐显出了立体化的形状和轮廓。车身一个大晃,又一个大晃,大概是通过了岔道。又到站了。咣——哧,铁门打开了,站台的聚光灯的强光照进了车厢。岳之峰看清楚了,录音机就放在那个抱小孩子的妇女的膝头。开始下人和上人,录音机接受了女主人的指令,"啪"的一声,不唱了。

"这是……什么牌子的?"岳之峰问。

"三洋牌,这里人们开玩笑地叫它'小山羊'。"妇女抬起头来,大大方方地回答。岳之峰仿佛看到了她的经历过风霜,却仍然是年轻而又清秀的脸。

"从北京买的么?"岳之峰又问,不知为什么这么有兴趣。本来,他并不是一个饶舌的人。

"不,就从这里。"

这里?不知是指X城还是火车正在驶向的某一个更小的城镇。他盯着"三洋"商标。

"你在学外国歌吗?"岳之峰又问。

妇女不好意思地笑了,"不,我在学外国语。"她的笑容既谦逊,又高贵。

"德语吗?"

"噢,是的。我还没学好。"

"这都是些什么歌儿呀?"一个坐在岳之峰脚下的青年问。岳之峰的连续提问吸引了更多的人。

"《小鸟,你回来了》《五月的轮转舞》和《第一株烟草花》。"女同志说,"欣梅尔——天空,福格尔——鸟儿,布鲁米——花朵……"她低声自语。

他们的话没有再继续下去。车厢里充满了的照旧是"别挤!""这个箱子不能坐！""别踩着孩子！""这边没有地方了！"之类的喊叫。

"大家注意啦！"一个穿着民警制服的人上了车，手里拿着半导体扬声喇叭，一边喘着气一边宣布道："刚才，前一节车厢里上去了两个坏蛋，混水摸鱼，流氓扒窃。有少数坏痞，专门到闷罐子车上偷东西。那两个坏蛋我们已经抓住了。希望各位旅客提高警惕，密切配合，向刑事犯罪分子作坚决的斗争。大家听清楚了没有？"

"听清楚了！"车上的乘客像小学生一样齐声回答。

乘务警察满意地、匆匆地跳了下去，手提扩音喇叭，大概又到别的车厢作宣传去了。

岳之峰不由得也摸了摸自己携带的两个旅行包，摸了摸上衣的四个和裤子的三个口袋。一切都健在无恙。

车开了。经过了短暂的混乱之后，人们又已经各得其所，各就其位。各人说着各人的闲话，各人打着各人的瞌睡，各人嗑着各人的瓜子，各人抽着各人的烟。"小山羊"又响起来了，仍然是《小鸟，你回来了》《五月的轮转舞》和《第一株烟草花》。她仍然在学着德语，仍然低声地歌唱着欣梅尔——天空，福格尔——鸟儿，布鲁米——花朵。

她是谁？她年轻吗？抱着的是她的孩子吗？她在哪里工作？她是搞科学技术的吗？是夜大学的新学员吗？是"老三届"的毕业生吗？她为什么学德语学得这样起劲？她在追赶那失去了的时间吗？她做到了一分钟也不耽搁了吗？她有机会见到德国朋友或者到德国去或者已经到德国去过了吗？她是北京人还是本地人呢？她常常坐火车吗？有许多个问题想问啊。

"您听音乐吧。"她说，好像是在对他说。是的，三支歌曲以后，她没有揿键钮。在《第一株烟草花》后面，是约翰·施特劳斯的《春之声圆舞曲》。闷罐子车正随着这春天的旋律而轻轻地摇摆着,熏熏地陶醉着,袅袅地前行着。

　　车到了岳之峰的家乡。小站,停车一分钟。响过了到站的铃,又立刻响起了发车的铃。岳之峰提着两个旅行包下了车,小站没有站台,闷罐子车又没有阶梯。每节车厢门口放着一个普通木梯,临时支上。岳之峰从这个简陋的木梯上终于下得地来,他长出了一口气。他向那位女同志道了再见,那位女同志也回答了他的再见。他有点依依不舍。他刚下车,还没等着验票出站,列车就开动了。他看到了闷罐子车的破烂寒碜的外表:有的地方已经掉了漆,灯光下显得白一块、花一块的。但是,下车以后他才注意到,火车头是蛮好的,是崭新的、清洁的、轻便的内燃机车。内燃机车绿而显蓝,瓦特时代毕竟没有内燃机车。内燃机车拖着一长列闷罐子车向前奔驶。天上升起了月亮。车站四周是薄薄的一层白雪。天与雪都泛着连成一片的青光。可以看到远处墓地上的黑黑的、永远长不大的松树。有一点风。他走在了坑坑洼洼的故乡土地上。他转过头,想再多看一眼那一节装有小鸟、五月、烟草花和约翰·施特劳斯的神妙的春之声的临时代用的闷罐子车。他好像还从来没有听过这么动人的歌。他觉得如今每个角落的生活都在出现转机,都是有趣的、有希望的和永远不应该忘怀的。春天的旋律,生活的密码,这是非常珍贵的。

1980 年

布 礼

一

一九五七年八月

奇热的天气。P城气象台预报说,这一天的最高气温是摄氏三十九度。这是一个发烧、看急诊的温度,一个头疼、头晕、嘴唇干裂、食欲减退、舌苔变黄而又畏寒发抖、颜面青白、嘴唇褐紫、捂上双层棉被也暖和不过来的温度。你摸一摸桌子、墙壁、床栏杆,温吞吞的。你摸一摸石头和铁器,烫手。你摸一摸自己的身体,冰凉。钟亦成的心,更冷。

这是怎么回事?忽然,一下子就冻结了。花草、天空、空气、报纸、笑声和每一个人的脸孔,突然一下子都硬了起来。世界一下子降到了太空温度——绝对零度了吗?天空像青色的铁板,花草像杂乱的石头,空气凝华以后结成了坚硬的冰块,报纸杀气腾腾,笑声陡地消失,脸孔上全是冷气。心,失去血色,硬邦邦的了。

事情是从七月一日开始的。七月一日,多么美好,多么庄严,多么令人热血沸腾的日子!在这一天以前,中共P城市中心城区委员会的青年干部、办公室调查研究组的组长钟亦成,正像在解放后的历次政治运动中一样,积极热情,慷慨激昂,毫无保留地参加着反右派斗争,他还是办公室领导运动的三人小组的成员呢。然而,七月一日,首都出版的一家报纸上,刊登了一位文艺评论界的新星写的批判文章,这篇文章批判了钟亦成发表在一个小小的儿童画报上的一首小诗。小诗的题目是《冬小麦自述》,总共不过四句:

野菊花谢了,
我们生长起来;
冰雪覆盖着大地,
我们孕育着丰收。

可怜的钟亦成,他爱上了诗。(有人说,写诗是不会有好下场的,不论拜伦还是雪莱,普希金还是马雅可夫斯基,不是决斗中被杀就是自杀,要不也得因为乱搞男女关系而坐牢。)他读了、背诵了那么多诗,他流着泪,熬着夜,哭着,笑着,叨念着,喊叫着,低语着写了那么多那么多诗,就是这首《冬小麦自述》也写了那么多那么多行,最后被不知是哪一位学识渊博、德高望重、近视度数很深的编辑全给砍掉了。截至这时为止,钟亦成发表出来的诗只有这四句,而且是配在一幅乡村风景画的右下角。然而这也光荣,这也幸福,这是大地的一幅生生不已的画面,抖颤的小黄菊花,漫天遍地的白雪,翠绿如毡的麦苗和沉甸甸的麦穗……这四句也蓄积着他的许多爱,许多遐想。

他在对千千万万的儿童说话。读了他的诗,一个穿着小海军服的胖小子问他的妈妈:"什么叫小麦?小麦比大麦小多少?""我的孩子,小的不见得比大的小啊,你明白吗?"烫头发的、含笑的妈妈说,她不知道该选择怎样的词句。还有一个梳着小辫子的小姑娘,读了他的四句诗,她就想到农村去,想看一看田野、庄稼、农民、代谢迭替着的作物,还有磨坊,小麦在那里变成了雪白的面粉……多么幸福,多么光荣!

然而它受到了评论新星的批评。那是一颗新星,正在红得透紫。评论文章的题目是《他在自述些什么》。新星说,这首诗发表在一九五七年五月,正是反党反社会主义的右派分子向党猖狂进攻的时刻,他们叫嚣要共产党"下台"、"让位",他们要"杀共产党",他们用各种形式,包括写诗的形式发泄他们对党和人民的刻骨仇恨、变天的梦想、反攻倒算的渴望。因此,对于《冬小麦自述》这首诗,必须从政治斗争的全局加以分析,切不可掉以轻心,被披着羊皮的豺狼、化装成美女的毒蛇所蒙骗。"野菊花谢了",这就是说要共产党下台,称共产党为"野",实质上与美国驻联合国代表奥斯汀污蔑我们党毁灭文化遥相呼应。"我们生长起来",则是说资产阶级顽固派即右派要上台,"我们"就是章罗联盟,就是黄世仁和穆仁智、蒋介石和宋美龄。"冰雪覆盖着大地",表达了对我们社会主义祖国的强大的无产阶级专政的极端阴暗、极端仇视、极端恐惧的即将灭亡的反动阶级的心理,切齿之声,清晰可闻,而且作者的影射还不限于此,"我们孕育着丰收",其实是号召公开举行反革命叛乱。

载着这篇文章的报纸下午才运到 P 城,临下班以前来到了中心城区委员会。文章像炸弹一样地爆炸了,有的人惊奇,有的人害怕,有的人发愁,有的人兴奋。钟亦成只看了几句,轰的一声,左一个嘴巴,右一个嘴巴,脸儿烫烫地发起烧来了,评论新星扭住了他的胳臂,正在叭、叭、叭、叭左右开弓地扇他的嘴巴。你怎么不问问我是什么人呢?怎么不了解了解我的政治历史和现实表现,就把我说成了这个样子呢?钟亦成想抗议,但是他发不出声音,新星已经扼住他的脖子。新星的原则性是那么强,提问题提得那么尖锐、大胆、高超,立论是那么势如破竹、不可阻挡,指责是那样严重、那样骇人听闻,具有一种摧毁一切防线的强大火力、具有一种不容讨论的性质。文艺批评是可以提出异议的,政治判决,而且是军事法庭似的从政治上处以死刑的判决,却只能立即执行,就地正法。

然而他不能接受,他非抗议不可。一辆汽车横冲直撞,开上了人行道,开进了百货商场。一个强盗大白天执斧行凶,强奸幼女。挖一个三十米深的大坑,把一座大楼推倒在坑里。抱起一挺重机枪,到小学课室里扫射。即使发生了这样的事,也不见得比这篇批判文章更令钟亦成吃惊。白纸黑字,红口白牙,我们自己的报纸上怎么会出现这样的弥天大谎?所有的那些吓死人的分析,分析的是他和他的小小的诗篇吗?他听见了自己的骨头碎成渣的声音,那位评论新星正把他卷巴卷巴放到嘴里,正在用门齿、犬齿和臼齿把他嚼得咯吱咯吱作响。

他去找区委书记老魏,老魏的家就在区委会的后院,老魏的妻子也在这个区工作,但是老魏多数情况下仍然住在办公室。灯光下,老魏拿过了那张报纸,越看,眉头就皱得越紧,没有听完钟亦成的激动的申辩,他就说:"你这个同志呀,不要紧张嘛,要沉得住气嘛,要经得起考验嘛。好好工作!有什么想法,可以谈嘛。"

区委书记的话,主要是区委书记的态度,使他安心多了。但当他从走廊走过的时候,无意中看到办公室主任、三人小组组长宋明正在认真阅读评论新星的文章，手捏着红铅笔，圈圈点点。宋明同志，不知为什么一想起他来钟亦成就有点发怵。宋明长着一副小小的却是老人一样的多纹路的面孔，戴着一副小小的、儿童用品一样的眼镜，最近刚与老婆离了婚，从早到晚板着面孔，除去报刊和文件上的名词他似乎不会别的语言。给钟亦成印象最深的是一年以前，钟亦成发现，在宋明的工作台历上和密密麻麻的"催××简报""报××数字""答复××询问事项""提××名单"等事项并列的还有"与淑琴共看电影并谈话"（淑琴是他妻子的名字，当然，那时候他们还没有离婚）以及"找阿熊谈说谎事"（阿熊是他的儿子的名字，现年六岁）。现在，评论新星的文章引起了宋明的注意，肯定，他的工作台历上将要出现新的项目，如"考虑钟亦成《自述》一诗"之类，这令人未免发毛。

钟亦成找了自己的恋人凌雪。凌雪说："这简直是胡扣帽子！是赤裸裸的陷害和诽谤，是胡说八道！"又说："也不能他说什么就算什么啊，不用理他！别发愁，劳驾，走，咱们上街喝一杯冷牛奶！"

凌雪的话使钟亦成的心活动了些，抬起头，天没有塌下来，跺跺脚，地没有陷下去。钟亦成还是钟亦成，爱情还是爱情，区委会还是区委会。但他觉得凌雪把问题看得简单了，她怎么体会不到，新星的咄咄逼人的架势和语言后面，隐藏着多么巨大的危险！

什么危险？他不敢想。他可以想象自己生命的终止，可以想象太阳系的衰老和消亡，却不能想象这危险。但从七月一日这一天他产生了一种如此令人懊恼又令人羞辱的心理：他非常注意旁人对他的态度，注意别人的眼和脸。可能是他神经过敏，也可能确是事实，他觉得绝大多数人在这一天以后程度不同地对他改变了态度——他知道，这是新星的文章的效应。有人见了他习惯地一笑，但笑容还未完全显露出来就被撤销了，脸部肌肉的这种古怪的运动可真叫人难受！有人见了他照例伸出了手，匆匆地一握——眼睛却看着别处。有些特别熟悉的同志，见了他不好不说几句话，但说的话颠三倒四，显然是心不在焉。只有宋明，见了他以后态度似乎比往日更好一些，宋明的彬彬有礼和从容不迫后面包含着一种自负、一种满足，却绝没有虚伪。

八月，形势急转直下。先是上级批评了这个区的反右运动，说是这里的运动有三多三少：声讨社会上的右派多，揪出本单位的右派少；揪出来的人当中留用人员多，混在革命队伍内部的，特别是党内的少；基层揪出来的多，区委领导机关里揪出来的少。接着宋明在各种会议上发动了攻势，并贴出了大字报，指出这里的运动所以迟迟打不开局面，是由于老魏手软、温情，领导人本身就右倾，还能搞好反右派斗争吗？例如，首都某报纸已经对钟亦成的反党诗进行了严厉的批判，区委这里却按兵不动，甚至还让钟亦成继续混在办公室的三人小组之中，这难道不能说明老魏在政治上已经堕落到了何种地步了吗？果然，在上级和宋明的夹攻之中，老魏做了一次又一次的检讨，钟亦成也被"调"出了"三人小组"。紧跟着，各部门的运动进入了新阶段，呼啦呼啦地揪出了许多人。揭发钟亦成的大字报一张又一张地出现了。真奇怪，一个好好的人只要一揭就会浑身都是疮疤。钟亦成曾经嘲笑过某个领导同志讲话啰嗦，钟亦成曾经说过许多文件、简报、材料无用，钟亦成曾经说过我们的党群关系有问题……越揭越多，使钟亦成自己也完全懵了。终于，在奇热的这一天，他被叫去谈话，和他谈话的主要领导人是宋明，老魏也在场。

从此，开始了他一生的新阶级，而一切的连续性，中断了。

一九六六年六月

红袖章的火焰燃烧着炽热的年轻的心。响彻云霄的语录歌声激励着孩子们去战斗。冲呀冲，打呀打，砸烂呀砸烂，红了眼睛去建立一个红彤彤的世界，却还不知道对手是谁。

但是有标签。根据标签，钟亦成被审问道：

"说！你是怎么仇恨共产党的？你是怎样梦想夺去你失去的天堂的？"

"说！你过去干过哪些反革命勾当？今后准备怎样推翻共产党？"

"说！你保留着哪些变天账？你是不是希望蒋介石打回来，你好报仇雪恨，杀共产党？"

集体念语录：

"在拿枪的敌人被消灭以后，不拿枪的敌人依然存在……"

"革命不是请客吃饭，不是做文章……"

嗖，一皮带。嚓，一链条。喔噢，一声惨叫。

"说，说，说！"

"我热爱党！"

"放屁！你怎么会热爱党？你怎么可能热爱党？你怎么敢说你热爱党？你怎么配说你热爱党？你这是顽固到底！你这是花岗岩脑袋！你这是向党挑战！你这是不肯认输，不肯服罪！你这是猖狂反扑！我们就是要把你打翻在地再踏上……"

嗖和嚓，皮带和链条，火和冰，血和盐。钟亦成失去了知觉，在快要失去知觉的一刹那，他看到了那永远新鲜、永远生动、永远神圣而且并不遥远的一切。

二

一九四九年一月

一九四九年一月十一日，人民解放军向P城发动了总攻击。两天之后，P城党的地下市委通知各秘密支部：决定性的时刻已经到来，为了防止国民党军灭亡前的疯狂破坏，防止地痞流氓、社会渣滓利用新旧历史篇章迭替中可能出现的空白页进行抢劫和其他犯罪活动，各支部要按照近两个月来反复研究和制定了的迎接解放的部署，立即付诸行动。

P城省立第一高中的学生、三个平行支部之一的支部书记、入党已经两年半的十七岁的候补党员钟亦成，在接到上级联系人的通知以后，打破秘密工作的常规，连夜把他所联系的四名地下党员（其中有一名是年逾五十的数学教师）、十三名民主青年联盟盟员召集到一间早已弃置不用的锅炉房地下室里，在闪烁着微弱的光焰的蜡烛照明之下（发电厂早就不发电了），传达了上级的指示，然后用短促有力的话语为这十七个人分配了任务。十七个人第一次聚在一起，为党员和盟员队伍的壮大兴旺而欢欣鼓舞，为有钟亦成这样干练、这样聪明、这样富有忘我精神的指挥员而感到放心和自豪。回到宿舍，正是午夜沉沉的时刻，他们叫醒了北斋所有的住校生，钟亦成说道：

"同学们，现在，解放大军已经攻进了城，国民党反动派的罪恶统治就要结束了！中国的几千年的人吃人的历史就要结束了！天亮了！繁荣、富强、自由、平等、人民当家做主的新中国，就要诞生了！根据华北学联的要求，我们要组织护校、护城、防止破坏，保护国家名胜古迹和人民的生命财产……凡愿意参加的，到这边来领袖标……"

钟亦成亮出了早已准备好的学联的旗帜和袖标，同学们各自的脸上分别呈现出了惊喜、诧异、迷惘、恐惧的表情。学生当中本来还有少数的特务分子和从解放区逃出来的反动地富的子弟，他们已在前不久被"剿总"招到"自救先锋队"里，准备和共产党决一死战去了。这样，学生宿舍里剩下的大多还是比较正派的学生。很快，在秘密党员和盟员的带动之下，在"国家兴亡，匹夫有责！""我们是新时代的主人，新社会的先锋！"等豪言壮语的鼓动之下，除了少数几个嘴唇哆嗦的胆小鬼以外，大多数同学都响应了号召，他们佩戴上了红袖标，他们撬开了体育室的门（学校行政负责人已经不知去向），每人拿了一根"童子军"军棍做武器，列队向校外走去。至于那位党员教师，他以教联的名义组织在校的教职员工护校。

天色微明了，冷风料峭，炮声停止了，枪声还在时紧时慢地鸣响着，有远处传来的炒豆般的劈劈啪啪的声音，也有近处子弹划破空气所发出的尖利的"啾""啾"声，四处充满了硝烟的气味。街道上阒无一人，所有的商店都关紧了门窗，上着厚重的木板。日常行驶在大街上的仅余的几辆破破烂烂、叮咣作响的有轨电车和改装成烧木柴的、烟气刺鼻的公共汽车根本没有出场，洋车（黄包车）、三轮和排子车也失去了踪迹，连在这个一切都日渐紧缩和衰败的城市唯一急速膨胀、扩大着的乞丐队伍也不知道收缩到哪里去了。只有街头堆置的散发着刺鼻的腐臭气味的五颜六色的垃圾，使你还能想起这个城市的居民，想到他们的正在腐烂、正在死亡、正在沉沦、正在蜕变和正在新生的生活。

钟亦成带领着一个由三十多个年轻的中学生组成的队伍走过来了。他们当中，最大的二十一岁，最小的十四岁，平均年龄不到十八岁。他们穿得破破烂烂，冻得鼻尖和耳梢通红，但是他们的面孔严肃而又兴奋，天真好奇而又英勇庄重。他们挺着胸膛，迈着大步，目光炯炯有神，心里充满着只有亲手去推动看得见、摸得着的历史车轮的人才体会得到的那种自豪感。

> 路是我们开哟，
> 树是我们栽哟，
> 摩天楼是我们亲手造起来哟！
> 好汉子当大无畏，
> 运着铁腕去消灭旧世界，
> 创造新世界哟，创造新世界哟！

钟亦成的耳边似乎响起了他最喜爱的这首歌的雄强有力的合唱。"跟紧！""站齐！""向左转！"钟亦成神态凛然地指挥着队伍，向他们负责保卫的金波河石桥进发。在接近这座古老的、成为连接河东河西两岸的交通要冲的石桥的时候，十字路口的南侧又出现了一支由女中的学生组成的队伍，她们衣着朴素，面黄肌瘦，好像生在贫瘠干旱的山坡的树苗一样长得都不怎么舒展，但一个个也是神采奕奕，动作迅速而且整齐，俨然是一支训练有素的女兵队伍。钟亦成立即认出了带队的女孩子——凌雪。

凌雪是私立静贞女中初三的学生，圆脸，窄额头，短发，长着一双目光非常沉稳和善的眼睛，一个端正、秀美、光泽和神气的鼻子，一张总是带着笑意却又常常是闭得紧紧的嘴。一九四七年，在五个大学的学生自治会联合举办的反内战、反饥饿营火晚会上，一九四八年抗议伪参议会主使屠杀东北流亡学生的游行中，以及后来在苏联对外文化协会举办的一些电影晚会上，他们见过几次面而且交谈过。今天，在这个历史转折的时刻，在即将属于人民所有的城市的街头邂逅，而且各自带着一支队伍——这说明了他们的即将公开的政治身份，两个人脸上都显出了明朗的、会心的笑容，一种比爹娘、比兄弟姐妹还亲的革命感情暖热了他们的心胸。"天亮了！"钟亦成向凌雪扬起手，喊道。

凌雪正要回答钟亦成的招呼，一阵枪声传来，沿着干涸了的旧河道，仓惶逃过来两个国民党败兵，有一个显然是腿部负了伤，绿裹腿被血迹染得殷红，一跛一拐。另一个是个大个子，满脸络腮胡子，手里端着步枪，像个凶神。钟亦成连思索都没思索，大喝一声"站住！"就从两米高的桥端向着这个大个子扑了过去，他和大个子一起摔倒在地上，他闻到了大个子身上的哈喇和霉锈的气味，他举起了"童子军"军棍，又喝了一声："缴枪，举起手来！"这时，男学生和女学生也都冲了过来，形成了一个包围圈。

两个国民党败兵慌忙举起了手，那个跛子还跪到了地上。败兵们根本没有分析他们的对手的实力，他们没有想到抵抗也无法抵抗，正像年轻的孩子们没有想到危险也并不存在危险。革命正在胜利，他们也正在胜利，就连从两米高跳下来的钟亦成，不但没有摔坏，甚至也没有磕碰着一块皮肤。"押到那边去！"他下令说，像战场上的指挥员。"祝贺你！一来就成功了。"凌雪笑着走过来，像大人那样地与钟亦成握了一下手，然后集合起自己的队伍，转身前进了。

"你们负责哪里？"望着女学生们的背影，钟亦成发问说。

"鼓楼。"凌雪回过头来答道,她又高高举起右手,向钟亦成挥了一挥,她喊道:

"致以布礼!"

什么?布礼?这就是说,布尔什维克的敬礼,康姆尼斯特——共产党人的敬礼!钟亦成听说过,在解放区,在党的组织和机关之间来往公文的时候,有时候人们用这两个字相互致意,但是在现实生活中,这还是头一次从一个活着的人、一个和他一样年轻的好同志口里听到它。这真是烈火狂飙一样的名词,神圣而又令人满怀喜悦的问候。布礼!布礼!黄钟大吕般的声音在耳边响起……

一九六六年六月

他苏醒过来了。

他看见了戴红袖章的青年们。绿军装,宽皮带,羊角一样的小辫子,半挽起来的衣袖……他们有多大年纪?和我在一九四九年一样,同样是十七岁吧?十七岁,这真是一个革命的年岁!一个戴袖标的年岁!除了懦夫、白痴和不可救药的寄生虫,哪一个十七岁的青年不想用炸弹和雷管去炸掉旧生活的基础,不想用鲜红的旗帜、火热的诗篇和袖标去建立一个光明的、正义的、摆脱了一切历史的污垢和人类的弱点的新世界呢?哪一个不想移山倒海,扭转乾坤,在一个早上消灭所有的自私,虚伪和不义呢?十七岁,多么激烈、多么纯真、多么可爱的年龄!在人类历史的永恒的前进运动中,十七岁的青年人是一支多么重要的大军呀!如果没有十七岁的青年人,就不会有进化,不会有发展,更不会有革命。

"亲爱的革命小将们!"他喃喃地说。

"放屁！你竟敢拉拢我们，快闭住你的狗嘴！"

又是一阵疼痛和晕眩。为什么这样灼热呢，难道他们点起了一把火，把他投到了火焰里？难道在他身上浇了汽油，要点燃他的身体？他们那样热情，那样富有献身精神，那样相信革命的号令，他们本来可以做多少事情！

"致以布礼！"再一次失去知觉的时候，钟亦成突然这样喊了一句，带血的嘴角上现出了发自内心的笑意。

"什么？他说什么？置之不理？他不理谁？他这条癞皮狗敢不理谁？"

"不，不，我听他说的是之宜倍勒喜，这大概是日语，是不是接头的暗号？他是不是日本特务？"

"报告，他醒不过来了。他是不是——死了？"

"不要慌。一个敌人。一条癞皮狗。革命无罪，造反有理！"

一九七〇年三月

在"清队"学习班。宣传队的一位刚刚长出了一圈黑胡子的副队长，斜叼着烟，乜着眼，用含混不清的（他认为大舌头、结巴、沙哑和说话不合语法乃是老资格和有身份的表现）语言，对钟亦成说道：

"你的历史，彻头彻尾的伪造，不老实，你的问题很严重。本来，像你这样的，交给公安局专政，条件蛮够，比你轻的都有枪毙的。一群什么样的牛鬼蛇神，乌龟王八蛋，你们自己清楚。什么十五岁入党，十七岁候补党员当支部书记，骗谁？你填表了么？谁批准的？在哪里宣的誓？为什么只有一个介绍人……"

"那是在地下，特殊情况……"

"什么特殊情况！我看那是假共产党！"

"您不能这么说，您怎么能这么说！"

"你老实点！"

"我……"

"我们打败了日本侵略者，我们消灭了蒋介石的八百万中央军，你一个小小的钟亦成，还敢不老实吗？"

"……"

三

一九四九年一月

这是一个濒于死亡的城市。古老的历史，悠久的文明，昔日的荣华，留下的只有灰色的虚影。矗立在你眼前的却是大街小巷直到闹市路口上的成山的垃圾。穷人的孩子整天蠕动在垃圾山上，用特制的粗铁丝耙子扒拉着，刨着，寻找还有什么宝贝能被自己捡起——一块没有烧透的煤核，一团菜叶，一把蚕豆皮或者是一堆招惹了无数绿头苍蝇的鱼头。报纸上多次报道过吃了腐坏的鱼头的贫民家庭，全家中毒，"大小十三口一时毙命"之类的消息，但是穷孩子们还是视之如珍宝。"行好的老爷太太，有剩的给一口吃吧！"到处都是这样的凄婉的行乞哀嚎，组成了这个城市的主旋律。与之相呼应的，则是警笛、吵架、斗殴、哑声叫卖耗子药和千奇百怪的像叫春的猫和阉了的狗的合唱一样的流行歌曲。三岁的小孩在那里唱"这样的女人简直是原子弹"，二十岁的大小伙子唱"我的心里两大块"……冬天，赤身露体的叫花子为了激起一些人的怜悯，故意用大砖头照着自己的凹陷的胸肋拼命砸下去，还有的干脆用一把利刃割破颜面上的血管，把鲜血涂得满脸都是。就在他们的身边，从著名的饭馆珍馐楼的明光闪闪的玻璃门里，走出来脑满肠肥的官员、富商和挽着他们的胳臂的身穿翻毛皮大衣、嘴唇涂得血红的女人……

但就在这个腐烂的、散发着恶臭的躯体里，生长着新的健康的细胞，新的活力。它就是党，党的地下组织，许多地下党员，以及党的外围组织——民主青年联盟的盟员们。这些在敌人的心脏里，在军、警、宪联合组成的有权就地处决"匪谍"的执法队的刺刀尖下，在牛毛般的特务的追踪之下，在监狱、大棒、老虎凳的近旁进行革命活动，配合解放军的作战的革命家们当中，有许多年轻人，有许多像钟亦成这样的年龄甚至比他更小的严肃的孩子。他们是孩子，他们不带任何偏见地去接受生活这个伟大的教师的塑造。他们来到世间以后上的第一课是饥饿、贫困、压迫、侮辱和恐怖，他们学到手的自然就是仇恨和抗争。我们党的城市工作——地下工作干部在这些孩子们的充满仇恨和抗争的愿望的心灵上点燃起了革命真理的火炬。一开始用邹韬奋和艾思奇的著作，用新知书店、生活书店和读书出版社的社会科学小册子，用香港和上海出版的某些进步书籍来启发他们的思想，使他们看到了光明，听到了另一种强有力的、符合人民的心愿的、召唤着他们去斗争、去争取自己的自由和幸福的声音。然后，他们进一步得到了在《老残游记》《金粉世家》的书皮下面的新华社电讯稿、陕北广播记录稿、《土地法大纲》直到《论联合政府》和《新民主主义论》。于是他们变得严肃了，长大了，他们自觉地要求为埋葬旧王朝和创造新世界而献出自己的力量。他们严肃地考虑了参加革命活动所冒的危险，他们有牺牲的决心和牺牲的准备，他们在还不到十八岁的时候就入了党（钟亦成入党的时候只有十五岁）。而由于秘密工作的特点，在一个单位要组成几个互相毫无所知的秘密支部，这样的平行支部多了，才不容易被破坏。这样，在党的组织获得较快的发展的时候，甚至候补党员也充当了支部书记。他们还孩子气，他们对革命、对党的了解还不免肤浅和幼稚，然而，他们又是毫不含糊的、英勇无畏的、认真负责的共产党员。

解放 P 城的战斗结束后第三天，钟亦成接到通知去 S 大学礼堂参加全市的党员大会。严寒的天气，钟亦成上身穿的棉袄是四年以前他十三岁时母亲给他缝的，已经太小了，冻青了的手腕露在外面，胳肢窝紧巴巴的，举动不便。他的下身，御寒的只有一条早已掉光了绒毛，擀成了一个个小疙瘩的绒裤。除了上衣口袋里有一支破钢笔和一个小本子以外，他的样子并不比沿街行乞或者趴在垃圾堆上拾煤核的孩子们强多少。但是，他的浓而短的眉毛像双翅一样地振起欲飞，他的脸上呈现着由衷的喜悦和骄傲，他的动作匆忙而又自信：我们胜利了，我们已经是这个城市的和全中国的全权的主人。他走在顺城街上，看到沿街颓败的断垣和旧屋，他想：我们要把这一切翻个儿。他还看到一辆又一辆的军车在抢运垃圾。战斗一停止，军车就昼夜二十四小时不停地投入了这场清除垃圾的战斗，眼看就要把秽物全部、彻底、干净地消灭了，而 P 城的垃圾问题，曾经被国民党的伪参议会讨论过三次，做过三次决定，收过无数次"特别卫生捐"，拨过许多次"特别卫生费"，最后还由伪中央政府的监察院前来调查了多少次，其结果却是官员们吞没费用而垃圾在吞没城市。现在呢，刚解放三天，垃圾已处于尾声，丧失了它的全部威力，这是我们把它消灭的，钟亦成想。他又看见了几个瘦骨伶仃的孩子在寒风中瑟瑟地发抖。别忙,我们会使你们成为文明的、富裕的、健康的有用人才。他走近 S 大学,他看到了胸前佩戴着"中国人民解放军"、臂上佩戴着"P 城卫戍司令部"的标志的战士,他迫不及待地远远地就掏出上级发给他的红色入门证,向警卫战士挥动:"我是党员!"入门证是会说话的,它在向战士致敬:"致以布礼!"战士怀着敬意向年轻的秘密党员微笑了。"我们会师了。"这笑容说道。"我们再不怕逮捕和屠杀了,因为有了你们!"钟亦成也报之以感激的笑容。这次党员大会要谈什么呢?走近礼堂的时候钟亦成想,会不会会后组织一部分人去台湾呢?要知道,我们是饶有经验的地下工作者了,以我的年龄,更便于隐蔽和秘密活动。那就又会看到国民党军、警、宪的刺刀,又要和 C.C,和中统打交道……那更光荣,我一定第一个报名。

  他走进了礼堂,倏地,他惊呆了。

  原来有这么多的共产党员,黑压压的一片,上千!P 城有二百万人口,上千名党员,这在日后,在共产党处于公开的执政党的地位以后,也许是太稀少了。然而,在解放以前,在敌人的鼻子底下,在无边的黑暗里,每一个党员,就是一团火,一盏灯,一台播种机,一柄利剑,培养和发展一名党员,其意义绝不下于拿下敌人的一个据点和建立我们自己的一个阵地。在严酷斗争的年月,每个党员都是多么宝贵,多么有分量!习惯于单线联系的钟亦成,除了和上级一位同志和本支部的四名党员(这四名党员在四天以前彼此从不知晓)个别见面以外,再没有见过更多的党员。如今,一下子看到了这么庞大的队伍,堂堂正正地坐在大礼堂里,怎么能让人不欢呼、不惊奇呢?他好像一个在一条小沟里划惯了橡皮筏子的孩子,突然乘着远航的大轮船行驶到了海阔天空、风急浪高的大洋里。

何况，何况悲壮的歌声正在耳边激荡：

> 起来，饥寒交迫的奴隶，
> 起来，全世界的罪人……

一个穿军服的同志（当然，他也是党员！）大幅度地挥动着手臂，打着拍子教大家唱《国际歌》。过去，钟亦成只是在苏联小说里，在对布尔什维克就义的场面的描写中看到过这首歌。

> 快把那炉火烧得通红，
> 你要打铁就得趁热……

这词句，这旋律，这千百个本身就是饥寒交迫的奴隶——一钱不值的罪人——趁热打铁的英雄的共产党员的合唱，才两句就使钟亦成热血沸腾了。他还从来没有听到过这样悲壮、这样激昂、这样情绪饱满的歌声，听到这歌声，人们就要去游行，去撒传单，去砸烂牢狱和铁锁链，去拿起刀枪举行武装起义，去向着旧世界的最后的顽固的堡垒冲击……钟亦成攥紧了拳头，满眼都是灼热的泪水。泪眼模糊之中，台上悬挂的两面鲜红的镰刀锤子党旗，党旗中间的党的领袖毛泽东同志的巨幅画像，却更加巨大、更加耀眼了。

礼堂其实也是破破烂烂的。屋顶没有天花板，柁、梁、檩架都裸露在外面，许多窗子歪歪扭扭，玻璃损坏了的地方便钉上木板甚至砌上砖头，主席台下面生着两个用旧德士古油桶改制的大炉子，由于煤质低劣和烟筒漏气，弄得礼堂里烟气刺鼻，然而所有这一切，在鲜红、巨大、至高无上的党旗下，在崇高、光荣、慈祥的毛主席像前，在雄浑、豪迈、激越的《国际歌》的歌声当中，已经取得新的意义、新的魅力了，党的光辉使这间破破烂烂的礼堂变得十分雄伟壮丽。

解放P城的野战部队的司令员、政委们，在地下市委的基础上刚刚充实起来的新市委的第一书记和第二书记们，原地下的学委、工委、农委的负责人们，早在战斗打响以前便组建起来的中国人民解放军P城军事管制委员会的主任、副主任们……坐满了主席台。他们穿着草绿色的旧军装或者灰色的干部服，服装都是成批生产的，穿着并不合身，而且由于从来顾不上浆洗熨烫，都显得皱皱巴巴。他们一个个风尘仆仆，由于熬夜，眼睛上布满了血丝，他们当中最大的不过五十岁，大部分是三四十岁，还有一些是二十岁刚过的领导人（这在钟亦成看来已经是一些德高望重的长者了），大都是身材精悍、动作利索、精力充沛，没有胖子，没有老迈，没有僵硬和迟钝。从外表看，除了比常人更精神一些以外并无任何特殊，但他们的名字却是钟亦成所熟悉的。其中几个将领的名字更是不止一次出现在国民党的报纸上，那些造谣的报纸无聊透顶地刊登过这些将领被"击毙"的一厢情愿的消息。现在，这些在国民党的报纸上被"击毙"过的将领，以胜利者、解放者、领导者的身份，在战斗的硝烟刚刚散去的P城的讲台上，向着第二条战线上的狙击兵们，开始发表演说了。

一个又一个的领导同志做报告。湖南口音，四川口音，山西口音和东北口音。他们讲战争的局势，今后的展望，国民党对于P城的破坏，我们面临的困难和克服困难的办法……每个领导人的讲话都那么清楚、明白、坦率、头头是道、信心十足，既有澎湃的热情、鼓动的威力，又有科学的分析、精明的计算；像火线宣传一样地激昂，又像会计师报账一样地按部就班、巨细无遗；却没有在刚刚逝去的昨天常常听到的那些等因奉此的老套，陈腐不堪的滥调，哗众取宠的空谈，模棱两可的鬼话和空虚软弱的呻吟。这不再是某个秘密接头地点的低语，不再是暗号和隐喻，不再是偷偷传递的文件和指示，而是大声宣布着的党的意志，详尽而又明晰的党的部署，党的声音。钟亦成像海绵吸水一样地汲取着党的智慧和力量，为这全新的内容、全新的信念、全新的语言和全新的讲述方式而五体投地、欢欣鼓舞，每听一句话，他好像就学到了一点新东西，就更长大了、长高了、成熟了一分。

不知不觉，天黑了，谁知道已经过了多少个小时？电灯亮了。多么难能可贵，由于地下党领导的工人护厂队的保护，发电厂的设备完好无损，而且在战斗结束四十几个小时以后，恢复了已经中断近一个月的照明供电。多么亮的灯，多么亮的城市！但是，随着灯亮，钟亦成猛然意识到：饿了。

可不是吗，中午，为了赶来开会，他饭也没有来得及吃，只是在小铺子里买了两把花生米，现在，已经这么晚了，怎么能不饥肠辘辘呢？

好像是为了回答他，主持会议的军管会副主任打断了正在讲话的市委领导，宣布说，市委第一书记最后还要做一个较长的总结报告，估计会议还要进行三个小时左右，为了解决肚子里的矛盾，刚才派出了几辆军用吉普去购买食品，现已买回来了，暂时休会，分发和受用晚餐。

于是满场传起了烧饼夹酱肉，大饼卷果子，螺丝转就麻花，还有窝眼里填满了红红的辣咸菜的小米面窝头和煎饼卷鸡蛋。筐箩、提篮、托盘、口袋，五花八门的器具运送着五花八门的来自私商小店的食品，看样子买光了好几道街的小吃店。钟亦成的座位靠近通道，这些食品他看得清楚，馋涎欲滴，烧饼油条之类对于生活穷困的他来说也是轻易吃不着的珍品啊。但他顾不上自己吃，而是兴高采烈地帮助解放军同志（大会工作人员）传递大饼麻花，远一点的地方他就准确合度地抛掷过去,各种简单而又适口的食物在刚刚从"地下"挺身到解放了的城市的共产党员们的头上飞来飞去,笑声,喊声——"给我一套!""瞧着!""还有我呢!"响成一片,十分开心。革命队伍,党的队伍在 P 城的第一次会餐,就是这样大规模地、生气勃勃地进行的,它将比任何大厅里的盛宴都更长久地刻印在共产党员们的记忆里。像战士一样匆忙、粗犷,像儿童一样赤诚、纯真,像一家人一样和睦、相亲相爱……共产主义是一定要实现的,共产主义是一定能实现的。

可是,钟亦成是太兴奋了,食物一到手他立即传送给别人,似乎快乐就产生在这一收一递里,结果,他却没有留给自己。接连三个柳条编的大笸箩都见了底,第四批食品却不见来,原来,食品已经分发完毕了。由于饿,也许更多的是由于高兴,人们狼吞虎咽,风卷残云一样地速战速决,全歼了食物,人们开始掏出手绢擦嘴擦手了,可钟亦成还在饿着。芝麻、面食和肉食的余香还在空气中摇曳,胃似乎已经升到了喉咙处,准备着冲出他的身体,向着远处一个细嚼慢咽的同志手里的半块烧饼扑去。

就在钟亦成被饥饿搅得头昏眼花、狼狈不堪,但又觉得十分可喜可乐的时候,从他的座位后面伸过来一只手,人还没看清,却已经看到了那只手里托着的夹着金黄色的油条的烧饼。

"拿去。"

"你?"

她就是凌雪。她笑着说:"我坐在你后面不远,可你呢,俩眼睛光注意看前边了。后来看你高兴得那个样儿,我寻思,可别忘了自己该吃的那一份……"

"那你呢?"

"我……吃过了。"

显然不是真话，推让了一番以后，两个人分着吃了。钟亦成觉得好像有些羞愧，可又很感激，很幸福。他每嚼一下烧饼，都显得那么快活，甚至有点滑稽，凌雪笑了。

麦克风发出尖厉的啸声，人们安静下来，凌雪也回到自己的位子。钟亦成继续聚精会神地听报告，他没有回过头，但是他感到了身后有一双革命同志的友爱的眼睛。

……不知过了多少时间，反正已经是深夜了，散会，外面正下着鹅毛大雪。出大门的时候，有一位部队首长看到了钟亦成的不合身的小棉袄和露在袖口外面的细瘦的手腕，"小同志，你不冷吗？"首长用洪亮的声音说，同时，脱下自己身上的、带着自己的体温的长毛绒领的崭新的棉军大衣，给钟亦成披到了身上。快乐的人流正推拥着钟亦成向外走，他甚至没有来得及道谢一声。

一九五七年——一九七九年

在这二十余年间，钟亦成常常想起这次党员大会，想起第一次看到的党旗和巨幅毛主席像、第一次听到的《国际歌》，想起这顿晚餐，想起送给他棉大衣的、当时还不认识、后来担任了他们的区委书记的老魏，想起那些互致布礼的共产党员们。有些记忆随着时间的流逝而逐渐褪色，然而，这记忆却像一个明亮的光斑一样，愈来愈集中、鲜明、光亮。这二十多年间，不论他看到和经历到多少令人痛心、令人惶惑的事情，不论有多少偶像失去了头上的光环，不论有多少确实是十分宝贵的东西被嘲弄和被践踏，不论有多少天真而美丽的幻梦像肥皂泡一样地破灭，也不论他个人怎样被怀疑、被委屈、被侮辱，但他一想起这次党员大会，一想起从一九四七年到一九五七年这十年的党内生活的经验，他就感到无比的充实和骄傲，感到自己有不可动摇的信念。共产主义是一定要实现的，世界大同是完全可能的，全新的、充满了光明和正义（当然照旧会有许多矛盾和麻烦）的生活是能够建立起来和曾经建立起来过的。革命、流血、热情、曲折、痛苦，一切代价都不会白费。他从十三岁接近地下党组织，十五岁入党，十七岁担任支部书记，十八岁离开学校做党的工作，他选择的道路是正确的道路，他为之而斗争的信念是崇高的信念。为了这信念，为了他参加的第一次全市党员大会，他宁愿付出一生被委屈、一生坎坷、一生被误解的代价，即使他戴着各种丑恶的帽子死去，即使他被十七岁的可爱的革命小将用皮带和链条抽死，即使他死在自己的同志以党的名义射出来的子弹下，他的内心里仍然充满了光明。他不懊悔，不伤感，也毫无个人的怨恨，更不会看破红尘。他将仍然为了自己哪怕是一度成为这个伟大的、任重道远的党的一员而自豪、而光荣。党内的阴暗面，各种人的弱点他看得再多，也无法遮掩他对党、对生活、对人类的信心。哪怕只是回忆一下这次党员大会，也已经补偿了一切。他不是悲剧中的角色，他是强者，他幸福！

四

一九五〇年二月

钟亦成听老魏讲党课。头一天，钟亦成年满十八岁了，支部通过了他转为正式党员。

老魏在党课中讲道：

"一个共产党员，要做到真正的布尔什维克化，要获得完全的、纯洁的党性，就必须忘我地投身到革命斗争中去，还必须在党的组织的帮助下面，运用批评和自我批评的武器，改造思想，克服自己身上的个人主义、个人英雄主义、自由主义、主观主义、虚荣心、嫉妒心等等小资产阶级的以及剥削阶级的思想意识。

"……以个人主义为例，无产阶级是没有个人主义的，因为他自身一无所有，失去的是锁链而得到的是全世界，为了解放自己必须首先解放全人类，他的个人利益完全融合在阶级的利益、全人类的利益之中，他大公无私，最有远见……而个人主义，是小私有者、剥削者的世界观，它的产生来自私有财产和阶级的分化……个人主义和无产阶级的政党的性质是完全不相容的……一个个人主义严重而又不肯改造的人，最终要走到蒋介石和杜鲁门或者托洛茨基和布哈林那里去……"

"太好了！太好了！"钟亦成几乎喊出声来。个人主义是多么肮脏，多么可耻，个人主义就像烂疮、像鼻涕，个人主义者就像蟑螂、像蝇蛆……

区委书记老魏继续讲道：

"共产党员是无产阶级的先锋战士，是摆脱了一切卑污的个人打算和低级趣味的人。他有最大的勇敢，因为他把为了党的事业而献身看作人生最大的幸福。他有最大的智慧，因为他心如明镜，没有任何私利物欲的尘埃。他有最大的前途，因为他的聪明才智将在千百万人民的斗争事业中得到锻炼和成长。他有最大的理想——在全世界实现共产主义。他有最大的气度，为了党的利益他甘愿忍辱负重。他有最大的尊严，横眉冷对千夫指。他有最大的谦虚，俯首甘为孺子牛。他有最大的快乐，党的事业的每一点每一滴的进展都是他的欢乐的源泉。他有最大的毅力，为了党的事业，他不怕上刀山、下火海……"

党课结束以后，钟亦成和凌雪一起走出了礼堂。钟亦成迫不及待地告诉凌雪说：

"支部已经通过了，我转成正式党员了。在这个时候听老魏讲课，是多么有意义啊。给我提提意见吧，我应该怎样努力？我已经订好了克服我的——个人英雄主义的计划，我要用十年的时间完全克服我的非无产阶级意识，做到布尔什维克化，做一个像老魏讲的那样的真正的无产阶级先锋战士。帮助我吧，凌雪，给我提提意见吧！"

"你说什么？小钟。"凌雪眨了眨眼，好像没怎么听懂他的话，"我想，做一个真正的合格的共产党员，这是需要我们努一辈子力的，十年……行吗？"

"当然要努力学习，努力改造终身，但总要有一个哪怕是初步实现布尔什维克化的目标，十年不行，就十五年、十六年……"

一九五七年十一月

七年以后，钟亦成被定为反党反社会主义的资产阶级右派分子。

经过了三个多月的大量的工作，经过了一个漫长的、其结果却是早已注定了的政治的、思想的、心理的过程。其中包括宋明同志的耐心的、有时候是苦口婆心的推理与分析；钟亦成的一次比一次详尽、一次比一次上纲上得高、一次比一次更难于自拔的检讨；群众最初并无恶意的但在号召之下所做的揭发批判，当然其中也有人为了表现自己的革命性而加大了嗓门和挑选了最刺人的词句；到后来，由于宋明的深文周纳的分析和钟亦成的连自己听了也会吓一跳的检讨，更由于周围政治气温的极度升高，这种揭发批判变成了无情的毁灭性的打击、斗争，最后，做出了上述结论。

定右派的过程，极像一次外科手术。钟亦成和党，本来是血管连着血管、神经连着神经、骨连着骨、肉连着肉的，钟亦成和革命同志、和青年、和人民群众，本来也是这样血肉相连的。钟亦成本来就是党身上的一块肉。现在，这块肉经过像文艺评论的新星和宋明同志这样的外科医生用随着气候而胀胀缩缩的仪表所进行的检验，被鉴定为发生了癌化恶变。于是，人们拿起外科手术刀，细心地、精致地、认真地把它割除、抛掉。而一经割除和抛掉，不论原来的诊断是否准确，人们看到这块被抛到垃圾桶里的带血的肉的时候，用不着别人，就是钟亦成本人也不能不感到厌恶、恶心，再不愿意用正眼多看他一眼。

对于钟亦成本人，这则是一次胸外科手术，因为，党、革命、共产主义，这便是他的鲜红的心。现在，人们正在用党的名义来剜掉他的这颗心。而出于对党的热爱、拥护、信任、尊敬和服从，他也要亲手拿起手术刀来和术者一道挖，至少，他要自己指画着："从这儿下刀，从这儿……"

当这个手术完成以后，当钟亦成从镜子里看到一个失去了心的人的苍白的面孔的时候，他……

天昏昏！地黄黄！我是"分子"！我是敌人！我是叛徒！我是罪犯！我是丑类！我是豺狼！我是恶鬼！我是黄世仁的兄弟、穆仁智的老表！我是杜鲁门、杜勒斯、蒋介石和陈立夫的别动队！不，我实际上起着美蒋特务所起不了的恶劣作用！我就是中国的小纳吉！我应该枪毙！应该乱棍打死！死了也是不齿于人类的狗屎！成了一口黏痰！一撮结核菌……

坐上无轨电车，我不敢正眼看售票员和每一个顾客，因为我理应受到售票员和每一个顾客的憎恶和鄙夷。走进邮局，当拿起一张印有天安门的图案的邮票往信封上贴的时候，我眼前发黑而手发抖，因为，我是一个企图推翻社会主义、推翻中华人民共和国、推倒五星红旗和光芒四射的天安门的"敌人"！走过早点铺，我不敢去买一碗豆浆。我怎么敢、怎么配去喝由广大热爱党热爱社会主义的农民种植出黄豆，由广大热爱党热爱社会主义的工人用这黄豆磨成，而又由热爱党热爱社会主义的店员把它煮熟、加糖、盛到碗里、售出的白白的香甜的豆浆呢？我看到了报纸上刊出了我国人民银行发行硬币的消息，看到了人们怎样快乐而又好奇地急于去搜罗、保存、欣赏和传看一分、二分和五分的镍币，人们欢呼国民经济的繁荣、社会主义的优越、物价的稳定、货币值的有保障和硬币的美观、喜人、耐用。我也得到了一枚五分钱的硬币，我也喜欢，观赏着硬币上的国徽、五星红旗、天安门、麦穗、年号，爱不释手……但是，突然，在反光的硬币上，我似乎看到了自己的癞皮狗的形象……我有什么资格、有什么权利为了社会主义中国的经济成就而欢欣鼓舞呢？我不是共和国的敌人、社会主义的蛀虫吗？我和祖国的矛盾，不是不可调和的、对抗性的、你死我活的敌我矛盾吗？不是说不把我揪出来，斗倒斗臭，就会使中华人民共和国灭亡吗？我不是只能和汉奸、特务、卖国贼为伍吗？汉奸、特务和卖国贼难道也欢呼中华人民共和国发行硬币吗？

毛主席啊，这究竟是怎么回事？究竟是怎么了？这都是真的吗？真的？

钟亦成整夜整夜地不睡，他吃得很少，喝得也很少，但他不断地小便，不断地出汗，每二十分钟他就小便一次。五天以后，他的体重由一百二十四斤降到八十九斤，他脱了形，变了样。宋明同志见他这个样子，鼓励他说："脱胎换骨，脱胎换骨，你现在不过刚刚开始！"

一九六七年三月

群众组织举行对老魏的批斗大会，老魏撅在中间，右边是钟亦成，左边是宋明陪斗，钟亦成被按倒，"跪"在台上，以示与老魏和宋明有别，体现了区别对待的"政策"。

革命造反派说："魏××，借讲党课为名，大肆放毒，为刘少奇的黑《修养》摇旗呐喊，宣传驯服工具论、公私溶化论、吃小亏占大便宜论……他，走资派，一贯包庇和重用假党员、真右派钟亦成，一贯包庇和重用反革命修正主义理论家宋明……"

"坚决打倒魏××！打倒宋明！钟亦成永世不得翻身！"

"砸烂魏××的狗头！宋明不老实就严厉镇压！"

"只准左派造反，不准右派翻天！钟亦成想翻案就让他尝一尝无产阶级专政的铁拳头！"

钟亦成痛苦、不安，因为他知道，抄家的时候抄走了他一九五一年听老魏讲党课时详细记录的笔记。为了抢这本笔记，革命造反派与无产阶级革命派打得头破血流，重伤一个，轻伤七名。最后，召开了这次批斗会，作为"反面教材"的就是他的这本始终珍爱的笔记。由于痛苦和不安，他不由得扭动了身躯，这使抓着他的头发的手，更加狠狠地把他的头抓紧、下按、再提起、再下按。

这天晚上，宋明同志自杀了。他长期患有神经衰弱症，手头有许多安眠药片。这件事，给钟亦成留下了十分痛苦的印象。他坚信宋明不是坏人。宋明每天读马列的书、毛主席的书、读中央文件和党报党刊直到深夜，他热衷于用推理、演绎的方法分析每个人的思想，把每粒芝麻分析成西瓜，却自以为在"帮助"别人。一九五七年，他津津乐道地、言之成理地、一套一套地、高妙惊人地分析钟亦成所说的每一句话或者试写过的每一句诗，证明了钟亦成是彻头彻尾的资产阶级右派。"不管你自觉不自觉，不管你主观上意识到还是没有意识到，你的阶级本能的流露，你的言行举止的实质，其客观的不依人们的主观意志为转移的性质，是反党反社会主义。"他说。他举例："譬如你很喜欢问别人：'今天会不会下雨？'你的一首诗里有一句：'不知明天天气是晴还是阴？'这是什么意思呢？这是典型的没落阶级的不安心理……"宋明的分析使钟亦成瞠目结舌、毛骨悚然而又五体投地。然而，就在进行这种分析的同时，宋明从生活上仍然关心和帮助着钟亦成，下雨的时候借给钟亦成雨衣，在食堂吃饺子的时候给钟亦成倒醋，"处理"完了以后真诚地、紧紧地握住钟亦成的手："你是有前途的，但要换一个灵魂。祝你在改造自己的道路上前进到底，把屁股彻底地移过来。""彻底地忘掉小我，投身到革命的烘炉里去吧！"他说了许多热情而真挚的，而且，以钟亦成当时的处境，他觉得是很友好的话。但宋明自己却原来是那样软弱，他选择了一条根本用不着那样的道路，文化大革命的风暴只是轻而又微地触动了一下他，他就受不了了——愿他安息。

一九七九年

一个灰影子钻到了钟亦成的卧室。灰影子穿着特利灵短袖衬衫、快巴的确良（一种流行的化纤混纺面料）喇叭裤，头发留得很长，斜叼着过滤嘴香烟，怀抱着夏威夷电吉他。他是一个青年，口袋里还装有袖珍录音机，磁带上录制了许多"珍贵的"香港歌曲。不，他不年轻，快五十岁了，眼泡浮肿，嘴有点歪，牙齿、舌头和手指被劣质烟草熏得褐黄，嘴里满是酒气，脸上却总是和善的笑容。也许他只有四十多吧，大眼睛，双眼皮，浑身上下，一尘不染，笔挺笔挺，讲究吃穿，讲究交际，脸上一副目空一切的神气，眼神里却是一无所长的空虚。或者，她只是一个早衰的女性，过早地白了头发，絮絮叨叨，唉声叹气。或者，他又是另一副样子。总之，他是一个灰影，在七十年代末期，这个灰影常常光临我们的房舍。

灰影扭动舌头，撇着嘴说："全他妈的胡扯淡，不论是共产党员的修养还是革命造反精神，不论是三年超英，十年超美还是五十年也赶不上超不了，不论是致以布礼还是致以红卫兵的敬礼，也不论是衷心热爱还是万岁万岁，也不论是真正的共产党员还是党内资产阶级，不论整人还是挨整，不论'八一八'还是'四五'，全是胡扯，全是瞎掰，全是一场空……"

"那么，究竟还有什么真实的东西呢？究竟是什么东西牵动你，使你不愿意死而愿意活下去呢？"钟亦成问。

"爱情，青春，自由，除了属于我自己的，我什么都不相信。

"为了友谊，干杯！其实，我早就看透了，早就解脱了。五七年也让我去参加鸣放会，给他个一言不发！二十多年了，我不读书，不看报，照样领工资……

"生为中国人就算倒了霉。反正中国的事儿一辈子也好不了，干脆来个大开放。

"我的女儿在搞第三十四个对象了，但是，不行，不顺我的心，不能……"灰影子说。

"好吧，我们先不讨论你们的要求是否合理。"钟亦成说，"我只是想知道，为了国家，为了人民，或者哪怕仅仅是为了你个人，为了你的爱情和自由，为了你的友人和酒杯，为了你能活着混下去，能够大言不惭地讲什么开放，也为了你的女儿……不，应该说是你自己找到理想的女婿，你们做了些什么？你们准备做什么？你们有能力做什么？"

"……傻蛋！可怜！到现在还自己束缚着自己，难道你的不幸就不能使你清醒一点点？"灰影子生气了，转守为攻。

"是的，我们傻过。很可能我们的爱戴当中包含着痴呆，我们的忠诚里边也还有盲目，我们的信任过于天真，我们的追求不切实际，我们的热情里带有虚妄，我们的崇敬里埋下了被愚弄的种子，我们的事业比我们所曾经知道的要艰难、麻烦得多。然而，毕竟我们还有爱戴、有忠诚、有信任、有追求、有热情、有崇敬也有事业，过去有过，今后，去掉了孩子气，也仍然会留下更坚实更成熟的内核。而当我们的爱，我们的信任和忠诚被践踏了的时候，我们还有愤怒，有痛苦，更有永远也扼杀不了的希望。我们的生活，我们的心灵曾经是光明的而且今后会更加光明。但是你呢？灰色的朋友，你有什么呢？你做过什么呢？你能做什么呢？除了零，你又能算是什么呢？"

五

一九五八年三月

"但是，我相信党！我们的伟大的、光荣的、正确的党！党，擦干了多少人的眼泪，开辟了怎样的前程！没有党，我不过是一个在死亡线上挣扎的可怜虫。是党把我造就成了顶天立地的共产党员，革命干部。我了解我们的党，因为即使说是混入吧，我毕竟在党内生活了十多年，用我的不带偏见的孩子的眼睛，我看了、观察了十多年。我阅读党刊，我做党的机关工作，我参加党的会议，我接触过许多党的干部，包括领导干部，他们都喜欢我，我也爱他们。我知道，中国共产党是由民族和阶级的精华，由忧国忧民、慷慨悲歌、大公无私、为了民族和阶级的解放甘愿背十字架的人组成的。你读过方志敏烈士的《可爱的中国》吗？你读过夏明翰烈士的就义诗吗？我们都读过的，我们知道这都是真的，我们相信的，因为我们相信自己在那种情况下，也会像方志敏、夏明翰那样去做的。我们知道，党除了阶级的利益、民族的利益、人民的利益再没有别的利益。正因为这样，党有权利也有义务严格要求它的队伍里的每一个人，党员之间，也有必要、有可能互相提出极为严格的、毫不留情的、毫不含糊的要求。我从小入党，这并不能成为怜悯、宽容或者庇护的理由，而只能成为更加严格要求的根据。而且，党对我的批判并不是由于哪一个个人的恶意，没有任何个人的动机。为了共产主义的事业，为了英特纳雄耐尔，为了同国际资产阶级和国内的资产阶级、同国际修正主义和中国的修正主义作殊死的斗争，党铁面无私！党伟大坚强！哪怕我只是下意识地说过不利于党的话，写过不利于党的文字，哪怕我只是在梦中有过片刻的动摇，党也应该采取果断的措施，该清除出党的就清除出党！该划右派的就划右派！该施行无产阶级专政就施行无产阶级专政！该枪毙的就枪毙！就像匈牙利枪毙伊姆雷·纳吉一样。中国如果需要枪毙一批右派，如果需要枪毙我，我引颈受戮，绝无怨言！虽然划了右派，我仍然要活下去，我仍然能活下去，就因为我有这个坚定不移的信念，坚如磐石，重如泰山！"

这是一九五八年三月八日，下午五点钟，在金波河石桥的桥下面。天下着小雨，一阵阵的风把雨斜吹到钟亦成和凌雪的脸上、衣服上和他们脚下的暂时还是干涸的河道上。寒气彻骨生凉，行人很少。自从钟亦成被批判以来，他一直躲避着凌雪，又赶上凌雪到外地出差几个月，他们好久也没见面了。这次，是他主动约了凌雪，他打算和凌雪进行一次最后的谈话。最痛苦的时刻已经过去了，虽然否定和消灭自己是痛苦的，但是，他仍然有力量去经受这种不可思议的困难和痛苦，因为他的最根本的信念——对于党的信念并没有丝毫的削弱或者动摇，相反，随着他个人的被清洗，他更增加了对党的崇高的敬意和难以言喻的热爱。这样，在这个凄风苦雨的春日黄昏，在这个风景依旧而人事全非的金波河石桥洞下（其实，除了石桥本身，周围的风景也变了——盖起了多少幢新楼），虽然当年英勇保卫石桥的青年——少年共产党员如今已变成了"分子"，虽然他肝肠寸断、心如刀绞，但是，解放这个城市，解放这座桥梁的党仍然存在着，不仅在市委和区委，在工厂和农村存在着，而且仍然崇高而又庄重辉煌地存在于钟亦成的心里，即使手术刀可以剜出他自己的心脏，却挖不出党的形象、党的光焰。所以他对凌雪所说的话，仍然是大义凛然、惊天动地。他继续说：

"我自己想也没有想到，原来，我是这么坏！从小，我的灵魂里就充满了个人主义、个人英雄主义的毒菌。上学的时候总希望自己的功课考得拔尖，出人头地。我的入党动机是不纯的，我希望自己做一番轰轰烈烈的事业，名留青史！还有绝对平均主义、自由主义、温情主义……所有这些主义到了社会主义革命的严重关头就发展成为与党与社会主义势不两立的对立物，使我成为党内的党的敌人！凌雪，你别忙，你先听我说。譬如说，同志们批判说，你对社会主义制度怀有刻骨的仇恨，最初我想不通，想不通你就努力想吧，你使劲想，总会想通的。后来，我想起来了，前年二月，咱们到新华书店旁边的那个广东饭馆去吃饭，结果他们把我们叫的饭给漏掉了，等了一个小时还没有端来……后来，我发火了，你还记得吧？你当时还劝我了呢。我说：'工作这样马虎，简直还不如私营时候！'看，这是什么话哟，这不就是对社会主义不满吗？我交代了这句话，我接受了批判……啊，凌雪，你不要摇头，你千万别不相信，千万别怀疑，更不要对党不满。哪怕是一点一滴的不满，它会像一粒种子一样在你的心里发芽、生根、长大，这样，就会走到反党的罪恶的道路上。我就是坏，我就是敌人，我原来就不纯，而后来就更堕落了。你应该毫不犹豫地抛开我，和我划清界限，仇恨我！我欺骗了你的爱情，玷污了你的布尔什维克的敬礼！在我被清除出党的队伍的同时，让我也被你从你的心中永远清除出去吧！"

　　钟亦成说不下去了。一种又苦、又辣、又像火一样烫人的气体郁结在他的喉头，他的声音呜咽了，泪水哗哗地涌流到他的脸上，他连忙转过头去。他本来可不打算流露任何悲伤。在被批判的日子里，他也多次想过凌雪，想过自己和凌雪共同走过的每一条街，共同吃过的每一顿饭，共同看过的每一个电影画面，共同唱过的、小声哼哼过的每一首歌。他们的爱情建筑在互致布礼和互相提意见上。他写过一首爱情诗，这诗也许会受到后人嘲笑和不理解，但他写得真诚而且深情。情诗的题目是《给我提点意见吧》，诗是这样的：

　　　　给我提点意见吧，
　　　　让我们更加完美和纯净；
　　　　给我提点意见吧，

让我们更加严肃和聪明。

我们没有童年,我们
把童年献给了暴风;
我们效法那勇敢的海燕,
展翅,向着电闪雷鸣。

我们没有自己,我们
把自己献给了革命;
我们效法先烈,刘胡兰
和卓娅使我们惭愧而又激动。

为了国际歌,镰刀和斧头,
为了一个共产党员的忠诚,
为了我们任重道远的事业,
提点意见吧,请批评!

在沉沉的黑夜里,
意见就是灯;
在茫茫的天空上,
意见就是星;
在干涸的土地上,
意见就是雨;
在待发的帆船旁,
意见就是风。

在我的心里呀，亲爱的同志，
你的意见就是爱情，爱情！

多么真挚的情诗！让后人去嘲笑、去怀疑、去轻视吧，让他们认定我们不懂诗，不懂人情、教条主义和"左"吧，即使在成了"分子"以后，这首诗的温习，带给钟亦成的仍然是善良而又美好的、充实而又温暖的体验。

然而这一切已经不属于他，一切已经完结，基础已经挖掉，釜底已经抽薪，互致布礼已经不可能，同志式地互提意见也已无从说起。他只能决定，毫不犹豫地结束他们的来往，坚决彻底，刻不容缓。他必须做得十分决绝，非这样不足以使凌雪同意，任何伤感都只能使凌雪恋恋不舍，使凌雪痛苦，藕断丝连，结果使自己的恶名、自己的丑行玷污和亵渎那样纯正无瑕的凌雪，那将是极大的、不容饶恕的罪行。所以他绝对不能哭。他深信自己根本不会哭。因为他的眼泪已经哭完，他的反动思想和反党罪行已经证明他早已就毫无心肝。然而，想象和现实却并不一致。想象中的决绝完全合乎逻辑，完全没有困难，三言五语就可以办齐。而今天下午呢，当他看到凌雪那熟悉的面孔，那熟悉的、柔软的、带有一点药皂气味的黑发，那富有光泽和神采的端庄的鼻子，那朴素而优雅的穿着；听到她那口齿清楚的、平静的、好听的声音，感到她的呼吸和温热；当他按照早已在肚子里周而复始地酝酿了不知多少遍的腹稿说完了他要说的话的时候，他哭了，哭得一塌糊涂，本来就是凄风苦雨，现在更是天昏地暗。布礼，布礼，布礼，好像在遥远的天边还鸣响着这样的欢呼、这样的合唱，还衍射着这样的霞光、这样的彩虹，而他呢，却是下坠着，下坠着，下坠到深渊的无底，下坠到漆黑的虚空。他张开嘴，泪水和雨水，咸水和苦水一起流到了他的肚里。

"不，不！你不要这样说，你不要这样说！"凌雪慌乱地围着钟亦成转，寻找着钟亦成的正在躲避她的目光，不顾一切地抓住他的手，抚摸着他的头发和脸蛋，扳转他的头颈，让他正眼看着自己。"你怎么了？你怎么了？你如果犯了错误，那就检讨吧，那就改正吧，那又要什么紧？你为什么要说那么多不沾边的话？我不懂，事情怎么会是这个样子的呢，我完全糊涂了，我不信，说你是敌人，我不能相信。我只能相信那确实存在、确实叫人相信的东西，我不相信那些分析出来的东西……你不要夸张，不要感情用事，不要言过其词，不要听见什么就是什么。对《冬小麦自述》批判，胡批！把你定成右派，这也不对，这也是搞错了！人家怎么说你，这有什么了不起，你自己什么样，你自己不知道？你不知道，我知道你。你不相信，我相信你！如果连你都不相信，连自己都不相信，那我们还相信什么呢？我们还怎么活下去呢？至于别的，我不知道，我不懂。不仅银河外的事情我们不知道，不仅两万年以前和两万年以后的事情我们不知道，就是我们现在的生活里，我们的党的生活里，也还有一些我们还不知道、还不懂的东西，不知道就是不知道，不懂就是不懂。然而，不可能老是这样子，这太严重了，这不能不认真想一想，这又太荒唐了，实在叫人没有办法认真想。小钟，原谅我，过去你就不爱听这话，然而这是真的：你太年轻，太年轻，我要说，是太小了啊，你太单纯也太热情，太爱幻想也太爱分析。如果说不符合党的事业的要求，正是这些，而不是别的。你想得太多也太玄了，哪有那样的事情？黑怎么能说成白，好人怎么能说成坏蛋，让他们说去吧，你还是钟亦成！你是党的，你是我的，我也是你的……让我们、让我们结婚吧！七八年了，我们在一起，让我们永远在一起吧，让我们一起去受苦吧，如果需要受苦。

让我们一起去弄懂那些还没有弄懂的东西吧……也许，这只是一场误会，一场暂时的怒气。党是我们的亲母亲，但是亲娘也会打孩子，但是孩子从来也不记恨母亲。打完了，气会消的，会搂上孩子哭一场的。也许，这只是一种特殊的教育方式，为了引起你的警惕，引起你的重视，给你一个大震动，然后你会更好地改造自己……也许，下个月就要复查的，你的事情会重新考虑的，运动当中过火一点，'不过正就不能矫枉'嘛，矫完了枉呢，事情还会回到正常的轨道……没什么，没什么，让我们……在一起！七八年了，你也太苦自己……"

她的话语，她的声音，她的爱抚，产生着一种奇妙的力量，钟亦成好像安稳多了。世界还是原来那个光明和美好的世界，金波河桥还是那座坚固而又古老的桥，人还是那些纯洁而真挚的人。被恶毒和污秽的语言，被专横和粗暴的态度，被泰山压顶一样的气势压扁了、冻硬了的心灵，在她的从容，她的信赖，她的像春天的阳光一样的爱里开始复苏，开始融解。"布礼！布礼！布礼！"这欢呼，这合唱。这霞光和彩虹重又成为对他的被绞杀着的灵魂的呼唤，成为对他的正在漂游下坠的心的支持。这世界上不会有痛苦，因为有凌雪。这世界上不会有背叛、冤屈、污辱，因为有凌雪。他把头埋在凌雪的胸前，忘记了一切，沉浸在这被威胁、被屈辱然而仍然是无玷的、饱满的爱情里。

一九五一年——一九五八年

我们是光明的一代，我们有光明的爱情。谁也夺不走我们心中的光，谁也夺不走我们心中的爱。

当我们幼小的时候，我们在黑暗中挣扎，当我们从孩子变成青年的时候，我们从黑暗走向光明。夜是太黑了，太暗了，所以，早晨，我们看到的是一片光辉，是万丈光芒。我们欢呼跳跃着奔向光明，拥抱光明。我们不知道还有阴影的存在，我们以为阴影已经随着黑夜而消逝，我们以为头顶上永远是八九点钟的太阳。

于是我们爱了，爱党，爱红旗，爱《国际歌》，爱毛主席，爱斯大林，也爱金日成、胡志明、乔治乌·德治、皮克和世界所有的国家的共产党和工人党的领袖，爱每一个共产党员、每一个领导人、每一个支部书记和党小组长。我们爱每一个劳动者，爱劳动者所创造出来的一切，我们爱新落成的百货公司和电影院，新出厂的拖拉机和康拜因，新安装的路灯和电线，新修建的街道和楼房。我们爱孩子们胸前的红领巾，爱挽着手臂行进的年轻人的笑声和歌声，爱春天的柳枝上的嫩芽，爱冬天踏着新雪的沙沙声，爱水，爱风，爱小麦和野菊花，爱丰收的田野。所有这些都属于党，属于人民政府，属于新生活，属于我们自己。

爱使光明更加光明，光明使爱成为更深、更强的爱。

于是我们相爱了，从听老魏同志讲共产党员的修养那个晚上起。听完党课，我们没有上汽车，我们本来想，走上一站再上车，结果，却走过了半个城市。我们在路灯下走着，我们的影子一会儿短，一会儿长，一会儿在后，一会儿在前。我们的心潮也是这样的起伏不定。我们走了很长的时间，夜风使我们瑟缩了，但我们的心却更热。"能不能用十年的时间实现布尔什维克化呢？""十年不行就十五年。""怎么样才能更快、更彻底地消灭个人主义呢？""我们永远听党的话，做一个好党员。""可那天我为什么对××急躁呢，'同志'，这是一个多么珍贵的称呼……可是我……""我要树立一个目标，就是老魏，我要像老魏那样质朴，那样成熟，又那样耐心……什么时候我才能像他那样呢？""你能，你能，你一定能！""难道除了做一个真正合格的共产党员，除了更好地完成党的任务，我们还有别的心思吗？为了党，我们甘愿抛头颅、洒热血，难道反倒舍不得丢掉自己的缺点吗？""是啊，是啊，就怕自己认识不到，自己不自觉，如果认识到了，我一定改，我一定丝毫也不宽容自己。如果认识到这是缺点，却又不肯改，这又算是什么共产党员呢？""但是，改造自己也是并不轻松的事，这需要主观的努力，也需要群众的监督。""那你就先监督吧，就给我提点意见吧……""我的意见嘛……""呵，你真好，你真好，你提的多么好啊，我一定接受你的意见。现在，我也给你提一点……"

给我提点意见吧，这就是爱情。可笑吗？教条吗？但是爱情之所以被珍惜，不正是因为它具有使人们、使生活变得更加美好、更加完满的强大的力量吗？这是从心底升起的追求光明、奔向光明的原动力。为什么柳条是那样浓密而又温柔？为什么槐树是那样沉稳而又幽深？为什么梧桐是那样谦和而又雍容？为什么天那么蓝，旗那么红，灯那么亮？为什么你、我和他，我们的脸上都呈现着幸福而又崇高的笑容？为了让世界美好，首先得让人们自身变得更美好些。为了让自己能够爱和值得被爱，首先要让自己变得更可爱些。为了能了解我们的事业，我们的斗争，我们的人生的真谛，首先要让自己的心灵更光明一些。所以，我们如饥似渴地互相征求着意见，互相鼓励着克服自身的缺点。甚至在我们互相通信的时候，我们在"吻你"的位置上写的却是"布礼！"是孩子气吗？"左"派幼稚病吗？令后人觉得格格不入吗？然而，既然我们是吸吮党的乳汁而长大成人的，既然主宰我们的头脑的是党的钢铁的信念，我们身上流着的是随时准备为了党而喷洒的热血，我们的眼睛是为党而注视，我们的耳朵是为党而谛听，我们的心脏是为党而跳动。既然斯大林同志说共产党员是特殊材料制成的，既然我们努力要做一个名副其实的特殊材料制成的共产党员，既然没有党就没有你和我，就没有我们的人生，就没有我们在人生路程上的相会和相互的无条件的信任，（为了这相会和相互信任，让祖先和后人永远羡慕我们！）我们相互之间怎么能不用党的方式来问候呢，我们怎么能不为这特殊的问候语言而骄傲、而欢乐、而爱得更深呢？

我们常常因为工作，因为党的任务而不能相会，或者约会好了却不能守约。有一次，我们当中的一个人在电影院的门口等着另一个人。我不说是钟亦成还是凌雪，因为，在这些体验上我们两个人互为自我。那时候，另一个人却因为取缔一贯道的事务而不能按时前去，打电话已经来不及了。一个半小时以后，这个人才跑到电影院。那个人正在那里等着，仍然忠实地等着，一点也不着急。"对不起！对不起！"这个人慌不迭地说。"可又有什么对不起的呢？你没来，我就知道你忙，你有任务，我在这里站着等你，你在那里忙碌，并不因为我等着你而急躁马虎，这有多好！"电影散场了，他们和看电影的人走在一起，别人看着，他们比最欣赏电影、最理解电影的人还满足，还高兴呢。

还有一次，一个人等了另一个人七个小时。利用七个小时他读了毛主席的好几篇著作。七个小时，天，从亮变得昏黄、变得黑了。下午已经变成了夜晚，太阳已经变成了星星。每一扇门的响动都使得这个人觉得是那个人在到来，每个细小的声音都像是爱人的自远而近的脚步。这个人焦躁了，他拿出了党章，他学习："中国共产党是中国工人阶级的先锋队……是有组织的部队……阶级组织的最高形式……"第二天才知道，另一个人临时接到通知去市委开会了，因为毛主席要到这里来视察工作。当第二天得知了这个消息，七个小时的焦灼的和平静的等待之后，是欢呼和跳跃……

我们一起走过了城市的每一条街，我们一起走过了解放以来的每一个年代，我们每每惊异，我们为什么竟然这样幸运地生活在这样伟大的党里,有了党的"介绍",我们那么快地互相发现了,没有一点犹豫,没有一点疑虑,不懂得衡量条件,不懂得对别人有什么要求,不懂得有什么保留,好像生来就该如此。我们从来没想过我们的生活会是别的样子。

人们发明了语言,用语言去传达、去描述、去记载那些美好的事物,使美好更加美好。但也有人企图用语言,用粗暴的、武断的、杀人的语言去摧毁这美好,去消灭一颗颗美好的心。在这方面,有人得到了相当大的成功。然而,并没有完全成功,埋在心底,浸透在血液和灵魂里的光明和爱,是摧毁不了的。我们是光明的一代,我们有光明的爱情。谁也夺不走我们心中的光,谁也夺不走我们心中的爱。

一九五八年四月

五一节的前夕。这是一个新鲜、美好的时令。经过漫长的冬季的委顿,阳光重又变得明丽辉煌了。柔软的枝条和新绿的树叶,已经日趋繁茂,已经遮住了城市街道两旁的天空,却仍然那么鲜活,那么一尘不染,好像昨天才刚刚萌发出来似的。树下到处是卖草莓的姑娘,嫩红、多汁、甜中带酸,更带有一种青草的生味儿的草莓,正像这个节令、这个城市一样的生动而且诱人。人们在换装,古板的老者还没有脱下大头棉鞋,孱弱的病人仍然裹着厚厚的毛绒围巾,年轻人呢,已经用他们的五颜六色的毛线衣甚至用轻柔而又洁白的单装来呼唤生活、呼唤盛夏了。就在这样一个青春的季节的晴朗的日子,钟亦成和凌雪结婚了。

世界是光明的,斗争是伟大的,生活是美好的。钟亦成更加坚定、更加执着地相信着这一点。凡是人制造出来的,人就受得住。只有人享不了的福，没有人受不了的罪。从小，他的父亲的穷朋友们就爱引用这句名言来互相砥砺，互相安慰。可不是吗，批呀，斗呀，划"分子"呀，宣布是"死敌"呀，揭露"丑恶面目"呀，清除出党呀，一关又一关，他都过来了。疼痛是难忍的，但是单因为疼痛却死不了人。凌雪说得对，关键在于自己的信心。自己不垮，谁也无法把你整垮，整死了也不垮。他可能确实犯下了严重的错误——或者叫作"罪行"，他可能犯的错误并没有那么严重，他可能确已被"批倒批臭"，他可能实际上并不臭，这些情况他自己还有点判断不清楚。但是有一条是肯定的，他仍然要活下去，要革命，要改造思想，要做一个真正的共产主义战士。他能这样，因为他强烈地、比什么都强烈地要求这样。

所以他恢复了，恢复了健康、热情和乐观的生活态度。筹备婚事的一个多月，他和凌雪一起照了许多相片。他现在不用参加那么多会了，他现在是"听候处理"，他有了恋爱的时间了，任何一次约会都不会失约。他知道了按时赴约，和凌雪在一起多待会儿是多么幸福。有一张相片是这样照的：爬山之后，他热了，他脱掉了制服上衣，用一只手在肩上抓着垂在身后的衣服，另一只手叉着腰，夕阳照在他的脸上，清风吹拂着他的头发，背景是山下的纵横阡陌。这张相片洗出来以后使钟亦成自己都感到惊奇，可以说是震惊，在目前的处境下，他的相片为什么竟是这样神采飞扬、潇洒自豪、蓬勃向上、喜气盈盈？

他应该是这样的。他本来就是这样的。他是搏击暴风雨的海燕。他是向着高天飞翔的鹰。他是沐浴在阳光里的一朵欢乐的春花。无论施行怎样精巧的整容术，他的脸上无法出现符合"地、富、反、坏、右"的排列的惧怕混杂着虚伪、谄媚，混杂着猥琐的表情。他无法做一个合格的右派，即使这使他感到抱歉也罢。

但他不敢把相片出示给别人,他也不敢让其他人知道他每个星期天和凌雪去照相,他必须偷偷摸摸地去做一个光明正大的人。

……这天晚上,他们结婚。除了几个近亲,他们没有邀请什么人。就是近亲,也有好几个托词不来。而且,就在这一天的早上,凌雪所在的工厂的一个领导人(凌雪初中毕业以后上了中等专业学校,现在担任一个工厂的技术员),对凌雪进行了最后一次"挽救"。因为她硬是与钟亦成划不清界限,在运动中,她没有能立场坚定地奋起揭发钟亦成;而现在,在钟亦成头上的冠冕还牢牢实实、还崭新刺目的时候,她竟在一个月内五次打报告要与钟亦成结婚。凌雪拒绝了最后的挽救,于是,领导不得不迫不得已采取了纪律措施,就是这一天的下午,召开了支部大会,通过了把凌雪开除出党的决议。

凌雪不接受这个处分,表决的时候,她不举手。签署本人意见的时候,她毫不含糊地写上了"不"字。为此,她受到了警告,说她"态度恶劣""还要加重处分"。

两个小时以后,她换了一件紫地带绿色花点的衬衫,套上一件黄色的毛线衣,穿上一件灰色哔叽裤子,半高跟黑皮鞋,然后,她坐上公共汽车,把自己"嫁"出去了。

这是一个十分冷落的、应该说是冷落得可怕的婚礼。除了双方的母亲(他们都没有父亲了)和年幼的弟妹,除了两位在街道上打零工的邻居以外,再没有别的客人。一盘瓜子,一盘水果糖,一盘果脯,几杯茶,这便是全部的招待。而且,凌雪把早上和下午发生的事情告诉了钟亦成。她并不认为这仅仅是对他们的结合的一个打击,相反,这似乎增加了他们的结合的意义。在天塌地陷的时候,他们挽起了手。钟亦成的脸白了一下,眉头也皱了一下,虽然他自己经受了许多,但是落在凌雪身上的打击比落在他身上的还让他难受。但是,凌雪的倔强的嘴角上呈现着的是笑容而不是哀伤,凌雪的眼睛里流露着的是令人销魂的温柔而不是怨怼,凌雪的一举一动里,都包含着欢乐,包含着那么饱满的幸福,而不是寂寞和悲凉。于是,钟亦成也笑了。七年了,他们在一起,却又不在一起,这有多么苦!现在呢,他们将永远在一起了,他感谢命运,感谢凌雪的真情,感谢太阳、月亮、地球和每一颗星。

到晚上九点,屋子里就没有人了。但还有收音机,收音机里播送着鼓干劲的歌曲。凌雪关上了收音机,她说:"让我们共同唱唱歌吧,把我们从小爱唱的歌从头到尾唱一遍。你知道吗,我从来不记日记,我回忆往事的方法就是唱歌,每首歌代表一个年代,只要一唱起,该想的事就都想起来了。""我也是这样,我也是这样。"钟亦成说。"从哪一年唱起呢?""一九四六年。""一九四六年唱什么呢?""唱《喀秋莎》,这个歌我是一九四六年学会的。""好,唱完这个,我们就唱'兄弟们,向太阳,向自由'。""一九四七年,一九四七年呢?""一九四七年我最爱唱的是这个歌,这是我入党的时候最爱唱的歌……"

  路是我们开哟,
  树是我们栽哟,
  摩天楼是我们亲手造起来哟……

"那时候,我唱着这个歌走过各条街巷,我觉得,整个旧世界都在我的脚下……""一九四八年,一九四八年我们唱'天快亮,更黑暗,路难行,跌倒是常事情'……""一九四九年呢?""一九四九年的歌儿可太多了,'没有共产党就没有新中国''大旗一举满天红啊'……""一九五〇年唱'五星红旗迎风飘扬''我们要和时间赛跑'……""一九五一年唱'雄赳赳,气昂昂''长白山一条条……'记得那时候我们都要求到朝鲜去吗……"他们唱起来了,嘹亮的歌声填补了被剥夺的一切,嘹亮的歌声里充满了青春的动人的光明和幸福。他们就这样回忆着、温习着那纯洁而激越的岁月,互相鼓舞,互相慰藉着那虽然受了伤却仍然是光明火热的心。

他们唱得太高兴了,甚至没有听见敲门声,也没有听见门被推开的声音。及至听到了"小钟""小凌"的招呼和脚步声,他们转过头来一看,客人真好比是从天上降落到了他们的面前。三个人:区委书记老魏和他的多病的妻子,他的汽车驾驶员小高。

经过运动,老魏也瘦了,下眼皮似乎略有浮肿,嘴角上的纹路也更明显了。老魏的妻子是一个农民出身的妇女工作干部,黑瘦黑瘦的,在对钟亦成进行"批斗"的过程中,她没有说过一句话,而且,她总用一种大惑不解的、同情和安慰的眼光看着他,这使钟亦成铭记不忘。批斗的日子里,谁给钟亦成倒过一杯水,谁见面的时候向他点过头、微笑过,谁发言的时候用了几个稍许有分寸一点的词汇,都被钟亦成牢牢地记在心里,终生感激。老魏夫妻俩带着友谊,带着和善的笑容出现了,只有汽车驾驶员,年轻的小伙子,踮着一只脚,嚼着牙花,显出一种不耐烦的样子。

"好你个小钟,你们竟然向我封锁消息。"老魏大声说,他的关心和慈爱的态度使钟亦成回想起一九四九年初第一次党员大会上送给他军大衣的情景。老魏招招手,妻子拿出了礼物:一对刺绣的枕套,一本相片册,两本精装的美术日记。

"拿酒来,让我们为你们俩的幸福干一杯!"他喊道。

"可是,可是……"钟亦成尴尬了,手足无措了,"我们没有酒啊。"他小声说，声音是颤抖的。

"什么，什么？"老魏好像听不懂他的话，"为什么没有酒？这是喜酒啊，我们可是来喝喜酒的啊！"

"没有就算了，天也晚了。"老魏的妻子温和地说。

"我不喝。"驾驶员简短地声明。

"但是我要喝，我一定要喝你们的喜酒。"老魏似乎是负气地说，"为什么没有酒？为什么没有酒啊？"他大喊道，他的声音里充满了悲怆，他的眼睛是湿润的，钟亦成，凌雪，老魏的妻子，连驾驶员都不由得被触动了。

"小高，你给我买酒去！"他看了看表，用战争中下达军令的不容商讨的坚决态度说，"半个小时内完成任务。他们不招待，我们敬他们，我们将他们的军！"他笑了起来。

小高从书记的神色里知道这确实是一个不能打折扣的任务，他匆匆地走了。二十多分钟以后，小高气喘吁吁地回来了，"真糟糕，商店早就关了门，火车站附近的昼夜售货部偏偏又赶上月底结账，停止营业一天。"他说。"咱们家就没有一点酒吗？"老魏带着质问、带着莫名的怒火问他的妻子。"没有。"他的妻子抱歉地说，似乎喝不上喜酒是由于她的过错，"你又不喝。医生也不让你喝……对了，咱们还有一瓶料酒，那是炒菜用的。""料酒能不能喝？当然，要喝也不会被禁止。"老魏自问自答，下令说，"把房门钥匙给小高，就把那瓶料酒取来！"

小高走了以后，他说这，说那，只是不说那分明刚刚发生过的事，没有说那刚刚开始的苦难。一瞬间，钟亦成也忘记了这些荒谬绝伦的事情，从老魏到来的那一刻起，他好像有了依靠，有了主心骨。好像在睡梦中被魔住以后听到了醒着的人的呼唤，只要一活动，一睁眼，所有的恐怖和混乱就会丢到冥冥之中去了……

小高回来了，拿回来的不是料酒，而是一瓶尚未启封的茅台——小高拿来了自己家的"储备"。

"为了钟亦成同志和凌雪同志的新婚，为了他们的幸福，为了他们一定能克服前进道路上的困难，为了……总会……干杯！"

老魏庄严地举起了杯，钟亦成和凌雪也举起了杯，他们喝下了这暖人肺腑的喜酒，杯中半是茅台，半是热泪。

六

一九五八年十一月

列车在一望无垠的冬日的原野上飞驰。青纱帐撤去了，视线没有遮拦，世界显得更是无边地辽阔了。初冬，还没有积雪，田野上秋收作物的茬子和虽然略有瑟缩却仍然没有褪尽绿色的冬小麦清晰可见。"孕育着丰收"的冬小麦啊，结果却孕育了苦难。不可思议吗？事出有因吗？在劫难逃吗？赶上"点"了吗？还是党的一种特殊的教育自己的儿女、考验自己的儿女的方式呢？不论是什么，作为党的一个忠诚的战士，他要从积极方面接受这一切。老魏出席了他的婚礼，许多的同志也仍然是友好地、正常地对待他。"划清界限"，这本是暂时在一种压力下才发生的，待到压力稍稍放松，"界限"就不那么严酷了。还有凌雪，她那么体贴，那么痴情，用十倍于往昔的温存温暖着他那颗受了伤的心。

别的"右派"早就下乡"在劳动中改造自己"去了（钟亦成不爱说"劳动改造"，因为那四个字叫人联想到囚犯），但是老魏通知钟亦成"等一等"，说他的问题可能还要复查。这给他带来多少希望，他不敢想象这样的幸福，正像原来不敢想象这样的灾难。他梦见机关支部书记找他谈话，支部书记通知他，对他的处分改为留党察看二年了。虽说仍然是严厉的处分，然而他感激得哭醒了，醒来，枕巾已经湿了一大片。半年过去了，每天早晨他都充满了希望，每天晚上他都祝祷着明天。到了明天，乌云就会散去了，一切就都会好了；到了明天，所有的冤屈，所有的愁苦，将会变成一个宽厚而又欣慰的微笑了。但是，最后，通知他："这次运动一律不搞复查。"真是奇怪，所有的运动都有复查，"三反""五反"时候打的那么多"老虎"经过复查都解脱了，唯独这次运动，不准复查。"过去的事情已经过去了，希望你今后好好努力，只要自己努力改造思想，总有一天还会回到党的队伍。"临下乡前，在办公室，老魏对他这样说。这样说也给他带来无限的温暖啊！

现在，他坐在列车上了。他的眼前仍然浮现着站台上送行的凌雪的努力含笑的脸。"一路顺风！"车开动之后，凌雪用抖颤的声音喊道。这声音的抖颤使钟亦成感到那么悲怆。"凌雪！我对不起你，我对不起你呀！"他想哭……

汽笛长鸣，车轮铿锵，车头粗重地喘气，烟囱放出浓烟。车过桥梁时大地猛烈地颤抖，车过隧道时车厢一片漆黑（乘务员忘记了打开灯）。车厢喇叭里响彻了大跃进的豪言壮语和"超英赶美"的气壮山河的歌声，各车厢正在举行红旗竞赛。列车员除了不停地打扫、送水以外，还要说快板、读报、进行政治宣传，用自己的声带和广播喇叭比赛。这一切都像鼓槌一样地敲打着钟亦成的心房，使他渐渐地把对城市、对凌雪的依恋之情暂时放在一边，过去的让它永远地过去吧，生活仍然是这么强健、这么红火、这么吸引人。我才二十六岁嘛，时间在前面，未来在前面，唯有一心向前！他自言自语说。其实，早在上火车之前他就多次对自己这样说过，但只是现在，在车厢的嘈杂和明明暗暗的多变的光照之中，在他贪婪地隔着车窗注视着正在掠过、正在飞旋的田野、道路、池塘、房屋的时候，他才当真是又痛苦、又兴奋、又快乐地感到了："过去的过去了，新生活正在开始！"

　　他还年轻，有力量，身体健康，四肢和头脑都好用，革命和生活都还在他的前面，像是一朵花，才刚绽开花蕾，甚至还是含苞待放的时候，突然来了一阵毁灭性的狂风暴雨。然而，花的本性是芬芳，花的本色是万紫千红，花的本来面目是开放，特别是，如果它有很好的根、很好的蕊，如果它有对太阳、对土壤、对空气和水的天然的亲和爱，那么，你用火烤、用烟熏、用刀锯、用沸汤浇，它总还会有一点根、有一点花心活下去，它活着，接受阳光和雨露，吸收大地的滋养，重新抽出枝条、长出绿叶。看吧，尽管他的眼角上已经过早过密地出现了鱼尾纹，尽管他的额头上也有那么几道悲哀的、深深的纹路，尽管他的嘴角上的纹线给人一种惧怕和痛楚的感觉，这一点当他咧嘴笑的时候就更加明显。但是，他的眼睛仍然是明亮的乐观的，他的鼻子仍然是坚毅的稳定的，他的头颅仍然是昂扬的；随着列车的行进，随着"鼓槌"的敲击，他的目光中更飞出了兴高采烈的火花来。

　　车到站了，在经过了一个又一个隧道，一块又一块蓝天之后，在一个三面环山、一面近傍着大河的险要的地方，火车停下来了。

　　钟亦成像士兵一样地背着行李包，手里拄着一根刚刚撅下来的助步的粗树枝，攀登在崎岖的山路上。雄鹰在头顶盘旋，油松和核桃树在山坡上伫立，青石在道路旁虎踞，激流在山谷里跳跃，钟亦成不知哪里来了那么大的劲，飞快地走着，走着。由于他是等待复查而最后下去的一个"分子"，没有人和他同行。但他感到有一股巨大的力量在催促着、驱赶着他。他不能停，在改造的道路上他必须快马加鞭。国家在跃进，再过几年就要取消三大差别、进入共产主义了，中国即将成为全世界第一个繁荣、富裕、先进、一大二公的国家了，他难道还能停留在"资产阶级"的泥坑里？到了全国实行共产主义的时候，他们这些"资产阶级"，不是太滑稽、太不合时宜、太有碍观瞻了吗？他不灰心，他不怕，看，他能一口气走上三个小时、五个小时的山路，虽然早已是汗流浃背，他的耻辱只有用汗水来冲洗了，出汗，这才刚刚是序幕呢。青春是无价的财富和无穷的力量，青春什么都不怕，就算过去二十六年全错了，白活了，全是罪过，那又要什么紧呢？今后不还有五十年的时间给他重新生活、重新革命、重新做一个共产主义的战士的机会么？五十年的时间难道不能做许多许多有益于党、有益于人民的事情么？五十年的时间难道不够他重新塑造自己之用么？他已被清洗，他无法做党务工作了，那就——譬如让他去学建筑或者数学去吧，他本来也很喜爱数理功课，只是因为党的事业的需要他才转移了自己的心。但是不行，他得先改造，先取得一个公民、一个人的资格，那就到山区来吧，在山区他也要献出自己的青春，放出自己的热。

  汗水淹没了全身，连睁眼都困难了。裤角上粘满了牛蒡子、刺草叶。鞋面上盖满了红的、黄的、黑的和白色的尘土。钟亦成爬过了正在开采马牙石的琥珀色和白色的山，爬过了核桃、大枣、桃、梨、杏、柿、山楂满坡的花果山——只有个把橙红如火的柿子还挂在枝头。又爬过了乌黑如墨的煤山，穿着单裤、赤着上身的矿工推着小矿车从简易的坑口走出来,使钟亦成觉得分外亲切。又走过了灰黄色的石灰石山和依然碧绿的松山,终于,他登上了制高点——雁翅峰。

凉风习习,热汗淋淋,视线一下子开阔,千山百岭都已在他的脚下。大河如同一道银带,辗转蜿蜒,尽收眼底。远处的地平线上,烟气飘飘,氤氲渺渺,树木和村庄隐隐约约,好像是在大海里出没着的船。脚下近处呢,是炊烟袅袅的房舍,是阡陌纵横的田亩,是正在施工的筑路队的帐篷、工棚。回首来路,几个小时的奔波已经不仅使城市而且使平原远远地被抛在后面。俯视眼前呢,山川历历,天地悠悠,豁然开朗,心旷神怡。他放眼四极,忽然吃了一惊,这风景,这地面,这高山与流水,树木与田野,村舍和工地,怎么如此熟悉,似曾相识,竟像是过去来过、见过一样呢?明明他是生平第一遭到这儿来,不但是初次到雁翅峰来,而且是初次上山下乡来,为什么这风光景物竟使他觉得这样亲切、熟悉、心心相印呢?莫非他在哪一本小说中看到过这样的描写?莫非他在哪一部电影里看到过这样的画面?莫非他曾在梦中到此一游?莫非他多年来所寻找、所期待、所要求的正是党给他安排的这样一个宽广的天地?

我来了,新生了,过去的永远过去,新的里程从兹开始。他想欢呼,想高歌,想长啸,但他想到了应该克服这种小资产阶级的狂热性,过分的激情只会带来灾难……他想起了临行前凌雪对他提的意见:"劳驾,别那么激动。有许多事情我们还不懂,我们需要思考,需要理解。作为一个共产党员,不仅要有火一样的热情,还要有冰一样的头脑……"虽然钟亦成提醒她正视现实——难道还用提醒么?奇怪,为什么一个女同志会这样执拗,凌雪仍然在用党员的感情、党员的目光、党员的语言来看问题、想问题、说问题……批下来了,凌雪也被开除了党籍。一个从小做过童工,从小参加革命,一个本来没有任何辫子的好同志，只因为忠于他们的互致布礼的爱情，也被从政治上判处了死刑……布礼，布礼，布礼！突然，泪水涌上了他的眼睛。

一九七九年

灰色的影子说：你真可怜！你怎么到那个时候还看不透，你怎么会像个傻瓜似的欢欣鼓舞地去劳动改造？看穿一点吧，什么也不要信……

然而灰色的朋友，你有什么资格说看透，说不相信呢？你只不过是在生活的岸边逡巡罢了，你下过水吗？你到生活的激流中游过泳、经历过浮沉吗？没有下过水的人有什么资格评论水、抨击水、否定水呢？你那么聪明，又那么爱惜自己，于是，你冷眼旁观，把自己的生命闲置起来，白白地浪费掉，于是你衰老了，白了头发，落了牙齿，你絮絮叨叨，发出盲肠炎急性发作的病人才能发出的呻吟。你的一生，不过是一场误会，一场不合时宜的灾难，一声哀鸣罢了，你怎么看不透你自己呢？你何必活下去呢？

一九七九年

你说什么？你热爱党？你热爱党为什么注销了你的党票？注销了你的党票你还能热爱党吗？

多么天才的逻辑，真是高屋建瓴，势如破竹！但什么叫党票呢？难道我们的国家除了有粮票、肉票、布票、油票以外，还又发行了党票吗？党票可以换来什么？在黑市又是以多少钱一张的价格买卖的呢？

你说什么？你热爱党，热爱党为什么给你戴帽儿？你这就是翻案！这就是反攻倒算！

奇怪，多一个敌人究竟对国家有什么好处？能提高钢铁的产质量吗？能提高农民的粮食定量指标吗？否则，为什么要千方百计地塑造一个定型的敌人呢？

赎罪？你赎了什么罪？你是老账未完又加新账，对你要老账新账一起算，罪恶滔天，死有余辜！

祥林嫂！为什么生活在社会主义新中国的一个共产主义者，一个朝气勃勃、赤诚无邪的年轻人的命运竟然像了你？中华民族呀，多么伟大又多么可悲！

好吧，先把你的问题挂起来……

把什么挂起来？钟亦成是什么？一顶帽子吗？一件上衣吗？一个装酱油的瓶子吗？

先通通轰下去，然后，就地消化……

他们是什么？是一块窝头，一碟切糕？还是一盘需要好胃口的莜面卷？消化以后变成什么东西呢？尿吗？大便吗？一个打出来的嗝或是一个放出来的屁吗？

清队结论：钟亦成，男，一九三二年出生于P市，家庭出身：城市贫民。本人：学生……该钟自幼思想极端反动，怀着不可告人的个人野心，于一九四七年未经履行应有的手续，混入刘少奇及其代理人控制下的党组织……一九五七年，利用写诗向党猖狂进攻……至今拒不服罪，拒不揭发刘少奇的代理人大搞假共产党的滔天罪行……实属没有改造好的资产阶级右派分子……

年代不详

　　黑夜，像墨汁染黑了的胶冻，黏黏糊糊，颤颤悠悠，不成形状却又并非无形。白发苍苍、两眼圆睁得像两口枯井一样的钟亦成拄着拐杖走在胶冻的抖颤中。呼啸着的狂风，来自无边的天空，又滚过了无垠的原野，消逝在无涯的墨海里。是闪电吗？是地光吗？是磷火还是流星？它偶尔照亮了钟亦成在一个早上老下来的皱缩的、皮包着骨的脸颊。他举起手杖，向着虚无敲击，好像敲在一个老旧的门板上，发出哪、哪、哪的木然的声音。

　　钟亦成，钟亦成，钟亦成！

　　他发出的声音苍老而又遥远，紧张而又空洞，好像是俯身向一个干枯的大空缸说话时听到的回声。

　　钟亦成，钟亦成，钟亦成！

　　黑夜在旋转，在摇摆，在波动，在飘荡；狂风在奔突，在呼号，在四散，在飞扬。桅杆在大浪里倾斜，雪冠从山顶崩塌，岩浆从地下喷涌，头颅在大街上滚来滚去……

　　钟亦成，钟亦成，你怎么了？

　　钟亦成，钟亦成，他死了。

　　闪电之后是彻底的黑暗。

　　寂静无声。暗淡无光。凝定无波。

　　多么微小，好像一个小提琴在一百公里以外奏起了弱音，好像一百支蜡烛在一百公里以外燃起了青辉，好像一百个凌雪在一百公里以外向钟亦成招手……

　　布礼，布礼，布礼……你对我有什么意见？

他要追逐这布礼,他要去追逐这意见,他要抬起这难抬的、被按着的头,他要睁开眼,极目远望……

又是一道闪电,他看见钟亦成了,钟亦成就在凌雪的身边,戴着袖标,举着火炬。不,那不是火炬,那是一颗痛苦的、燃烧的心。

一九七八年九月

钟亦成的日记:

今早写了申诉,二十一年来,第一次向党说了那么多心里话。多么令人惋惜,每个人的生活都只有一次。人们经历的一切,往往都是在事先没有准备、没有经验的情况下就打响了的遭遇战。假如一切能重新开始一次,我们将会少多少愚蠢……然而,回顾二十余年的坎坷,我并无伤感,也不怨天尤人。我也并不感到空虚,不认为这是一场不可思议的噩梦。我一步一步地走过了这二十一年,深信这每一步都不会白白走过。我唯一的希望是,这些用血、用泪、用难以想象的痛苦换来的教训将被记取,这些真相,将恢复其本来面目并记录在历史上……

七

一九五八年十一月——一九五九年十一月

劳动,劳动,劳动!几十万年前,劳动使猿猴变成了人。几十万年后的中国,体力劳动也正发挥着它净化思想、再造灵魂的伟力。钟亦成深信这一点。他的对祖国山川和人民大众的热爱,他的献身的愿望,他的赎罪的狂热,他的青春的活力,他的不论在什么处境之下都无法中断的、不断从生活中获得补充和激发的诗情,全都倾注在山区农村的笨重的、应该说是还相当原始的体力劳动里。

他背着满满的一篓子羊粪蛋上山,给梯田施肥,刚起步两分钟,就像做豆腐的最后一道工序——用石板压一样,汗水像豆腐水一样从四面溢了出来。他爬梁越坡,沿着蜿蜒崎岖的山径前行。他的腰背弯成七十度,尽力学着老农的样子,两腿叉开,略略拳曲以利于维持平衡。两只手是自由的,有时甩来甩去,觉得上肢轻松得令人飘飘然。有时交叉手指放在胸前,一副虔诚的样子。有时用两手拢成一个圆环,这是一个练气功的姿势,为了跋涉陡坡,必须气运丹田。每走一步他都觉得腿在长劲,腰在长劲,他确实是脚跟站稳,脚踏实地,在把自己的体力和热情,把饱含着农作物所需要的氮、磷、钾和有机质的肥料,献给哺育着我们的共和国的农田。

他淘大粪。粪的臭味使他觉得光荣和心安。一挑一挑粪稀和黄土拌在一起,他确实从心眼里觉得可爱,拌匀了,发酵了,滤细了,黄土变得黑油油的了,黏土也变得疏松,然后装上马车,拉到地里,撒开。风把粪渣送到嘴里,他觉得舒畅,因为,他已经被大地妈妈养活了二十多年,如今第一次把礼物献给大地妈妈……

春天了,他深翻地,目不斜视,耳不旁听,全部肌肉和全部灵魂的能力都集中在三个动作上:直腰竖锹,下蹬,翻土;然后又是直腰竖锹……他变成了一台翻地机,除了这三个动作,他的生命再没有其他的运动。他飞速地,像是被电马达所连动,像是在参加一场国际比赛一样地做着这三位一体的动作。腰疼了,他狠狠心,腿软了,他咬咬牙。腿完全无力了,他便跳起来,把全身的重量集中到蹬锨的一条腿上,于是,借身体下落的重力一压,扑哧,锨头直溜溜地插到田地里……头昏了,这只能使他更加机械地、身不由己地加速着三段式的轮转。忘我的劳动,艰苦而又欢乐。刹那间,一个小时过去了,三个小时过去了,十二个小时也过去了,他翻了多么大一片土地!都是带着墒、带着铁锨的脖颈印儿的褐黑色土块。你想数一数有多少锨土吗?简直比你的头发还多……人原来可以做这么多切实有益的事。这些事不会在一个早上被彻底否定,被批判得体无完肤……

夏天,他割麦子,上身脱个精光,弯下腰来把脊背袒露在阳光下面。镰刀原来是那么精巧,那么富有生命,像灵巧的手指一样,它不但能斩断麦秸,而且可以归拢,可以捡拾,可以搬运。他学会用镰刀了,而且还能使出一些花招,嚓嚓嚓,腾出了一片地,嚓嚓嚓,又是一片地。多么可爱的眉毛,每个人都有两道眉毛,这样的安排是多么好,不然,汗水就会糊住眼睛。直一下腰吧,刚才还是密不透风的麦田一下子开阔了许多,看见了在另一边劳动的农民,看到山和水。一阵风吹来,真凉快,真自豪……

秋天,他打荆条,腰里缠着绳子,手里握着镰刀。几个月没有摸镰刀了,再拿起来,就像重新造访疏于问候的老友一样令人欢欣。他登高涉险,行走在无路之处如履平地,一年的时间,他爱上了山区,他成了山里人。如同一个狩猎者,远远一望,啊,发现了,在群石和杂草之中,有一簇当年生的荆条,长短合度,精细匀调,无斑无节,不嫩不老,令人心神俱往,令人心花怒放。他几个箭步,蹿上去了,左手捏紧,右手轻挥镰刀,嚓的一声,一束优质荆条已经在握了,捆好,挂在腰间的绳子上。再一抬头,又发现了目标,他又攀登上去了,像黄羊一样灵活,像麋鹿一样敏捷,身手矫健,目光如电……

除了和农民、和下放干部们一起劳动以外，他和几个"分子"还主动地或被动地给自己加了成倍的额外任务。夜里三点，好像脑袋才刚挨枕头，就起来"早战"了，把粪背到梯田上，把核桃、枣、甘薯、萝卜背下去。在星空下走小路，星星好像就在人的身边，随手都可以抓到。中午嘴里还啃着咸菜和窝头，就又开始"午战"了。晚上喝完两大碗稀粥，又是"夜战"。夜战的时间长了，有时候也犯迷糊，分不清早战和夜战了。除了星宿的位置有些不同，别的区别很少能觉察到。人真是有本事，把加班说成什么什么"战"，马上就增加了一层非凡的革命的色彩，原来他们是在战，在打仗，在向资产阶级、向自己思想中的敌人开火，不是你死，就是我活，谁能懈怠呢？干就干吧，还要竞赛，还要批评表扬，一得空就要评比，还要按劳动和遵守纪律的情况划分类别，改造得较好的——一类，一般的——二类，较差的——三类，继续反党、反社会主义的准备带着花岗岩脑袋见上帝的——四类。这种评比可真有刺激的力量！所以农民反映："分子"们劳动是拼命，像"砸明火"一样气急败坏，看着他们干活我们都害怕——他们重载上山的时候是跑步，下山的时候是跳跃，喘气的声音二里地外都听得见。这还不算，一有空他们还得考虑自己的罪行，考虑通过这种"砸明火"的劳动如何进一步认识自己的丑恶面目，进一步感谢党的挽救……

钟亦成出身城市贫民，从小家境不好。在他发育成长的关键时期——十一岁至十四岁的时候，正是家里吃了上顿没有下顿的时候，所以，他身材瘦小，手腕和脚踝特别细。解放后的繁忙的会议、工作之中，他也没有年轻人应有的娱乐、体育锻炼和足够的休息。来山区后营养又差，农民还可以从供销社买点点心吃，但他们的纪律是不准买任何吃的东西。但不知道是一股什么样的内在的、神奇的力量，支持着钟亦成,使他在如此严酷沉重的劳动中没有垮下来——许多比他们干活少得多的下放干部这个住了院,那个请了假,有的一回城就半年不见影子——他咬紧牙关,勇往直前,在严酷的劳动中体味到新的乐趣,新的安慰。他甚至觉得,以往不从事体力劳动的岁月全是浮夸,全是高高在上,虚度年华。而如今,他的四肢,他的肠胃,他的身体和精神都得到了解放。一切的清规戒律,什么饭后不要立即从事重劳动啊,什么一天应该睡八小时啊,什么刚出过大汗不要下凉水啊,全都打破了。有一天吃面条——这是罕有的改善,小小的钟亦成一顿吃了六碗——一斤半干面出的条儿。这种出色的、努力认真的、傻气的劳动沟通了他和农民的感情。农民说:"你刚来时我真怕一阵大风把你吹跑了。谁知道,你还真豁着命干。"农民一再爱惜地劝导说:"悠着点劲儿,别那么卖死力气,伤着身子一辈子的事儿!"还有的农民悄悄邀请他:"甭听他们的限制,上我家喝两盅儿,我给你煮两个鸡蛋,瞧你瘦成了啥样子!"农民的热情使钟亦成五内俱热,然而,他是一个罪人啊,他有什么颜面接受农民父老的这种关心和爱护呢?

有一个小名叫老四的农家孩子,才十三岁,对钟亦成特别好,一会儿递给钟亦成一把红枣,一会儿抓一个蝈蝈叫钟亦成去看,好像钟亦成是他的同龄的伙伴似的。家里烤好两个土豆,他也要趁热给钟亦成拿一个吃,他还给钟亦成的背篓缝上了一层棉垫,这样背起来就不那么硌腰,老四无微不至的帮助使钟亦成感激而又惶恐,他对老四说:"你还小呢,你倒老替我操心!"老四说:"我看着你们几个人实在太苦。"说着,眼泪在眼眶里打转。"不,我们不苦,我们有罪!"钟亦成慌忙解释说。"你们不是改好了吗?你们思想要不好,能这么劳动,这么老实吗?""不,我们改造得不好……"钟亦成继续嗫嗫嚅嚅地,自己也不知所云地解释着。

说是每个月休假四天，但是对于"分子"们，两个月也不见得放一次假，宣布放假也是突然袭击，早晨吃完早饭，正擦着铁锨，有关负责人把"分子"们叫去了："今天起你们休息，按时回来，不得有误……"这样临时通知，据说有利于改造。钟亦成更来了个彻底的，通知休假的时候，他一咬牙，申请说："我不休了……"

凌雪来了好多信，并没有责备他不该放弃休假，却是说：

"……知道你健康，劳动得好，我很高兴。可你为什么不写诗了呢？为什么你的信里没有诗了呢？你不是说山区的生活十分可爱吗？我相信它一定是十分可爱的。我相信不管有多么苦（你当然不说苦了），它仍然是甜的。你不是说常常想念我吗？那就写一首关于山区、关于劳动的诗，寄给我吧。干脆写一首给我的诗也行。别忘了，我永远是你的诗的第一个和最忠实的读者。现在，我也许是你唯一的读者了。将来呢，也许你有很多很多的读者……

"为什么不征求我的意见了？我的意见就是要你——写诗。不要气馁，不要悲伤，哪怕一切从零做起，我相信你……"

凌雪的信给钟亦成带来了自信和尊严。战胜这一切，体味着这一切，他时而写一首短的或相当不短的诗，寄给凌雪，并从凌雪的回信里得到意见，得到新的启发。

一九五九年十一月二十三日

一年的时间过去了，最初的参加劳动、净化自己的狂喜和满足已经过去了。钟亦成已经习惯了农村的劳动和生活。他黑瘦黑瘦，精神矍铄。他学会了整套的活路——扶犁、赶车、饲养、耘草、浇水、编筐和场上的打、晒、垛、扬，他也学会了在农村过日子的本领——砍柴，摸鱼，撸榆钱，挖苣荬和野韭菜，腌咸菜和渍酸菜，用榆皮面和上玉米面压饸饹……虽然他从小生长在城市，虽然他干起活来还有些神经质，虽然他还戴着一副恨不能砸掉的眼镜，但他的举止愈来愈接近农民了。同时，随着时间的流逝，那种劳动和改造的热情似乎逐渐淡了下来，体力紧张的后面时或出现精神的空虚。他们不要命地改造，可谁又过问他们的改造情况呢？他们想主动汇报个思想也没人听。下放干部的带队人，除了监督他们干活时不要偷奸要滑和下工后不要偷偷去供销社买核桃酥以外，不问其他。也没法问，他哪里知道他们是由于思想上出了什么差错而堕落成"分子"的呢？反正他们的脸上已经盖着右字金印，他们和人民的矛盾是对抗性的敌我矛盾，所以对他们是只准规规矩矩，不准乱说乱动，管严一点，莫要丧失立场就是了。

钟亦成有时觉得纳闷，不管领导运动的"五人小组""三人小组""运动办公室"也好，整个机关和全体同志也好，以及他个人也好，费了九牛二虎之力，鸡飞狗跳，死去活来，好不容易查清了他的面目，好不容易透过共产党员、革命干部、自幼参加革命、一贯对党忠实的表面现象分析出了他的反动本质，并且周到地、严密地、逐一地、反复地、深入地、头头是道地把他批了个体无完肤，他自己也好不容易前后写了十几篇检讨，累计达三十多万字，比他在办公室工作八年执笔写的简报还多，最后，他终于写出了一篇连宋明同志也认为"态度还好，开始有了转变"的检讨，检讨中对他出生以来的每一句话、每一个举动、每一个念头还有梦中的每一个细节都进行了把一根头发劈成七瓣似的细密的分析，难道费了这么多时间、这么多力量、这么多唇舌（其中除了义正词严的批判以外也确确实实还有许多苦口婆心的劝诫、真心实意的开导与精辟绝伦的分析），只是为了事后把他扔在一边不再过问吗？难道只是为了给山区农村增加一个劳动力吗？虽然根据劳动和遵守纪律的情况划分了类别，但这只是为了督促他们几个"分子"罢了，并没有人过问他们的思想。他们是因思想而获罪的，获罪之后的思想却变成了自生自灭的狗尿苔（一种野生菌类）。好比是演一出戏，开始的时候敲锣打鼓，真刀真枪，灯光布景，男女老少，好不热闹，刚演完了帽儿，突然人也走了，景也撤了，灯也关了。这到底是什么事呢？是为什么呢？不是说要改造吗？不是说戴上帽儿改造才刚刚开始嘛，怎么没有下文了呢？

但是，事情在发展，只是这发展与钟亦成的估计有些不同。钟亦成原来认为，所以费这么大力气批判，还不是为了弄清是非，还不是为了下一剂猛药，让他们回头，重新回到党的怀抱和革命的队伍？批得严，是因为期待得殷切，恨铁不成钢，党对自己的儿女，不是经常抱这种态度的吗？但是，一年过去了，他愈来愈感到回到党的怀抱的前景是多么渺茫，而报刊和文件上正式出现了"右派分子是帝国主义和蒋介石的代理人"的提法和"地、富、反、坏、右"的排行。后来，到了五一、十一前夕，钟亦成他们被叫去与村里的地主一起去听公安人员的训话……

抽象地分析自己脑子里有些什么主义、什么观点、什么情绪，分析这些主义、观点、情绪代表了一种什么样的思潮，具有什么样的严重得吓死人的危害性，这毕竟是容易做到的。不管有多么苦、多么涩、多么噎人，这毕竟是一个形体不那么固定的，可塑性很强的果子，虽然它的体积太大、简直无法吞咽，但是连拉带拽，连按带送，果子终于被点滴不漏地吞下去了。下吞的时候还有一种很有效的润滑剂，那就是钟亦成坚信党决不会把自己毁掉，决不会把一个痴诚的党的孩子毁掉。但是，许多的日子过去了，处境却一天恶劣于一天，现实的政治待遇，这就是另外的事了。他这个从儿童时候就怀着不共戴天的仇恨去与蒋介石国民党政权作殊死的斗争的孩子，到底是从哪一天起、为了什么、怎样代理起帝国主义和蒋介石的业务来了呢？帝国主义和蒋介石，又是从哪里来的那么大本事，是怎样在解放了的中国大陆，在英勇坚强、令一切反动派胆寒的中国共产党内部招募了，或是聘请了、任命了那么多大大小小的代理人呢？如果他们的代理人当真是如此之多，如此隐蔽而无孔不入，一九四九年何至于垮得如此迅速而且彻底？

算了吧，反正想也想不清楚。他苦笑了。劳动的最大好处就是使你没有时间也没有精力去胡思乱想。哪一个劳动了十几个小时，一顿吃了三个大眼窝头、半碗咸菜又喝了好几碗凉水的人还有兴致进行这种政治推理和玄学遐想呢？铁锹、镰刀、窝头、咸菜……他的头脑已经为这些东西所充实。农民就是这样，他们委实与知识分子不同，他们倾其全力，首先还是为了维持生活，他们的思想总是围绕着"怎样才能活下去"，"怎样才能活得稍好一点"，稍一懈怠就有饥寒之危。而知识分子的境遇再不济，往往还是在维持生存的水平线之上，所以他们要考虑一些稀奇古怪的问题："活着干什么？""我将如何活得更有意义？"所以要这样自寻烦恼，推其主要原因，还是吃得太饱，简单归结起来，两个字：撑的。

他这样想着，就再什么也不想了。他的眼皮已经像铅块一样沉重干涩，他的四肢已经像被拧上螺丝一样动弹不得。"算——了——吧。"他只来得及再苦笑了一下，还没等收起这个苦笑的表情，就睡着了。

算了吧，苦笑，香甜的安睡……这对于钟亦成来说，完全是一种新的精神状态，一种新的体验。也许，这里头包含着一种新的动向，新的契机？也许，这却是消沉和沦落的开始！

……大风，深秋的暗夜里突然狂风怒吼，飞沙走石，把钟亦成惊醒了。他迷迷糊糊地下床去关紧窗子，看到窗前一亮。

他一惊，定睛一看，在离他的住地半里路的地方，在筑路工程队的厨房方向，正有火光和烟雾在风中一闪一闪。"不好！"钟亦成喊了一声。他知道，厨房旁边就是筑路队的仓库，里面不仅堆放着木材，而且还新运来一批炸药和雷管。如果灶火没有压实，如果大风把火吹到了炉灶之外，如果火苗在大风中飞舞，那么几分钟之内筑路队就会变成一片火海，筑路工人的生命财产、国家的修路材料就会被火焰所吞噬，并会引起全村的大火，而且，在这样的大风里，进一步引起邻村和山林的失火也是完全可能的。

钟亦成又喊了一声，不顾同宿舍的其他"分子"是否醒来，他跌跌撞撞地向着冒火的方向奔去。火光愈来愈大，厨房已经从里面着起来了。"火！火！火！"钟亦成失声大叫，惊醒了熟睡的筑路队工人，人们喊叫着，吵闹着，叮叮当当，敲钟的敲钟，拿洗脸盆的拿洗脸盆。厨房的门还锁得紧紧的，烟气从厨房中溢出，呛得人喘不过气来。钟亦成第一个冲到门前，顺手抄起一根圆木，"通"的一声砸开了门，火和烟噗地向外一蹿，钟亦成的脸上、身上全都火辣辣的，他顾不得自己，去扑打，去踩，去到火和煤渣上打滚……随后大队的人端着水盆，端着盛满沙土的篮筐，拿着唯一的一个灭火喷雾器跟上来了。一场混战，总算迅速地把火扑灭了。

直到把火彻底扑灭之后，钟亦成才感到钻心的疼痛，他这才发现，头发烧掉了一多半，眉毛已经全烧光了，脸上、背上、手上、腿上，到处都是火伤，到处挨不得碰不得了，不，连站也无法站了，他的脚也烧坏了。他脸上出现了一个痛苦的、歪扭的表情，没等呻吟出声来就失去了知觉。

第二天

"那天晚上,你跑到筑路队去干什么?"

由于严重烧伤,钟亦成被送到公社医院。他躺在病床上,看到病房的门打开了,下放干部的副队长、筑路队的一名保卫干部和公社的公安特派员向他的床位走来,他心里感到无限的熨帖和温暖,他勉为其难地挣扎着坐了起来。然而,三个人走到他的床边,脸色是铁青的,肌肉是高度收缩着的,目光是呆板的,声音是冷冷的,他们张口了,说出来的不是对于受伤者的问候,不是对于灭火者的感激,他们开口提的是一个审案式的问题。

钟亦成谦和地回答了提问,"我看到了火光……"他说。

"你几点钟看到了火光?"

"不记得了,反正已经过半夜了。"

"过了半夜你还不睡觉吗?不睡觉你又干了些什么呢?"

"……我睡了的,刮起了风……"

"刮起了风怎么别人没醒你却醒了呢?"

"……"

"你为什么不请示领导就往筑路队的仓库跑呢?那里有许多要害物资,你不知道吗?"

"……"

"你砸开厨房的门的目的是什么?"

"……"

"从昨天晚上六点到现在,这二十四个小时你都到了什么地方,说了什么话,做了什么,证明人是谁,你详细地谈一谈。不要回避,不要躲躲闪闪……"

　　问题一个接着一个。开始，怀着一种习惯的对领导和对同志的亲切、忠实和礼貌，钟亦成尽管全身疼痛，一天没有正式吃饭，体力和脑力都感不支，但他还是一一做了尽可能准确和详尽的回答。但是，问题仍是不停地提出来，一个比一个问得离奇，一个比一个问得莫名其妙，而且，明明他已经清清楚楚地回答过的问题，隔了一会儿又从另一个人的嘴里从另一种角度、用另一种方式问一遍，所有的答话都被详细地记录，而且在挖空心思从他的答话里找矛盾，找碴儿……突然——多么迟钝，多么愚鲁——他明白了这些提问后面的东西，这是即使天能翻身、地能打滚、黄河能倒流也叫人想象不到的东西。他的两眼发黑，他的额头、鼻尖和脖颈上沁满了虚汗，他的嘴唇在哆嗦，鼻翼在扩张，手脚在发冷，但他终于还是喊出了声：

　　"你们问这些干什么？你们怎么能这样怀疑人？毛主席呀，您老人家知不知道……"

　　"不要忘记自己的身份！"三个人异口同声发出了警告。然而，钟亦成已经听不见这警告了。天地在旋转，头脑在爆裂，身体在浮沉，心脏在一滴又一滴地淌血。他知道，他死了。

一九七九年

灰色的影子：活该！

　　钟亦成：那么，按你这个聪明人的意思，你将眼见着起火而不管吗？你将任凭工人、农民、村庄、财产被火灾所毁灭吗？呸！

一九七五年八月

钟亦成被再次遣送到农村"就地消化"已经又有五年了。下乡，劳动，和农民们共同吃一口铁锅里贴出来的饼子，这对钟亦成不但没有什么困难，而且是在这动乱和颠倒的年月里使他得以正常地活下去的重要的精神支柱。过去的事大致被冻结了，有个别人问起来时，他淡淡地一笑说："那是上一辈子的事了。"二十多年来的坎坷，他的体形、神态、举止都有变化。严酷的事实打开了他的眼睛，除去害怕肉体上的折磨以外，那种精神上负罪的感觉，已经完全没有了。在农村，他学农、学医，而且悄悄地写了许多诗。但是，不管他多么不愿意，不管他怎样努力抵抗，特别是在经过最后十年的再批判，或者像某些人残酷地说的"炒回锅肉"之后，他真的老了，虽然他内心里维护着自己的尊严，他在和旁人接触时，已经不自觉地习惯于一种赔着笑脸的谦卑的表情，说什么话，也都习惯于一种诚惶诚恐的音调，生活比愿望更强，岁月比青春更有力。这又有什么可说的呢。

然而，他还保留着二十多年前的一个老习惯：关心国家大事。他看起报、听起广播来往往忘记了吃饭。透过谎言和高调的迷雾，他努力寻找关于祖国、关于世界的真实信息，并且每每忧心如焚，夜不能寐……

一九七五年以来，他接连几次收到老魏的爱人的信，信上说老魏被株连到一个什么"二月兵变"的案子里，自一九六八年以后到外省坐了七年多监狱，最近才放出来。"他身患不治之症，他常常说起你而且非常想见你……"

钟亦成三次请假，好不容易获准在麦收以后给假十天。于是，八月份的一个下午,他出现在 P 城的一间只有十二平方米的小房子里。

老魏面色灰白,他得的是血癌,这两天刚刚发作了几次,时而昏迷,时而清醒。他见了钟亦成,枯瘦的脸上显出了一种安慰的表情。他说:

"你总算赶上了。在这个世界上,有件事始终挂在我的心上,就是关于你五七年的事……"

"过去的事了。"钟亦成的脸上显出了淡漠和宽厚的笑容。

"不,不能就这样错下去。我希望你写一个申诉……"

"我活腻了吗?我才不找这个不肃静。"钟亦成仍然笑着。

"你少来这一套!"老魏发怒了,他闭上眼睛半天说不出话来。

"可这怎么可能呢?铁案如山,已经快二十年了。光我自己写的检讨就有三十万字……"

"是的。"老魏用微弱的声音说,"我当时就反对划你的右派,但是宋明拿出了你自己的检讨。真蠢!但是,不论是二十年的时间、三十万字的检讨和哪怕是三百万字的定案材料,只要是不公正,只要是不真实,那么哪怕确实是如三座大山,我们也要用愚公的精神把它挖掉。人民信任我们。但是我们,我们却用夸大了的敌情,用太过分了的怀疑和不信任毒化着我们的生活,毒化着我们的国家的空气,毒化着那些真诚地爱我们、拥护我们的青年人的心……这真是一个大悲剧呀!你怨党吗,小钟?"

在这个问题上,钟亦成曾经充满了火热的希望。从那个时候起,许多的黑夜和白天,许多的星期,许多的月,许多的年都过去了。每过一天他就把希望埋得更深一点,最后,深得他自己都看不见了。近年来,他更是筑起了厚厚的硬壳,他只表示低头认罪,至多表示到往者已矣,来者可追,表示对再谈它已经毫无兴味,正像木乃伊难以复活一样。他已经死过不止一次了，他再不愿也不敢认真地稍微思考一下五十年代的旧事，再不愿揭开这块已经结了钢板似的厚痂的创口。他的这种心情和这种态度，甚至也骗了他自己，有时他自己也真心相信他已经是对这件事再无兴趣、再无意见了。这种心境使他既觉得心安也觉得恐怖。然而今天，在行将离开人间的老上级的床边，当他听到近二十年来从没听到过的率真而信任的言语的时候，他哭了。他说：

"不。我只怨我自己。如果当时我自己脚跟站得稳一些，检查思想实事求是一点，也许本不至于如此。而且，说实话，我要对您坦白地说，如果当时换一个地位，如果是让我负责批判宋明同志，我也决不会手软，事情也不见得比现在好多少……当时可真是指到哪里打到哪里，说什么信什么呀！至于您，我知道您其实几次想保护我……您想重新介绍我入党，也没能实现……现在还说什么呢，您最后连自己也没有能保护住……"

"我们这些人也可怜。"老魏断断续续地说，"说了归齐，我们太爱惜乌纱帽了。如果当初在你们这些人的事情上我们敢于仗义执言，如果我们能更清醒一些，更负责一些，更重视事实而不是只重视上面的意图，如果我们丝毫不怕丢官，不怕挨棍子，能挺身而出，也许本来可以早一点克服这种'左'的专横。当一个人被宣布为'敌人'以后，我们似乎就再不必同情他，关心他，对他负什么责任……现在呢，报应了，我们自己也被宣布是走资派、黑帮，我们又成了地、富、反、坏、右的代理人，正像当年你们成了蒋介石的代理人一样……"

"您怎么能这样说，您能有什么责任……"

老魏困难地摇了摇头，示意钟亦成不要和他争辩。"在我主持城区区委工作的时候，"他继续说，"一开始全区只揭发批判了三个有右派言论的人。但后来有了指标，全区应该揪出三十一点五个右派。于是出现了强大的政治压力,最后,连我们也控制不住了,一共定了九十多个右派分子,株连处分的就更多,其实大部分是错的。这件事不办,我死不瞑目。我已经给党写了报告……总有一天,你将可以将它连同你的申诉一起交给党……我有责任。作为一个郑重的党,作为一个郑重的党的一分子,我们必须在人民的面前把责任承担起来……但我也骄傲,看,人民是多么拥戴我们,即使那些受了委屈的同志,他们仍然一心向着党。古今中外,任何别的党能赢得这样多、这样深的人心吗?这是一个伟大的党,这是一个很好的党,这是一个为中国人民做了远远更多得多的好事的党。虽然即使是这样的党也会犯错误,但我仍然觉得一辈子没有白活……不要记恨我们的亲爱的党吧……"

他的声音愈来愈微细了,终于,他的心脏停止了跳动。他的妻子跪下了,伏在了他的身上。

钟亦成摘下了帽子,露出了早白的头发,他肃立着,默默地垂下了头——

致以布礼!

钟亦成怀里揣着老魏写的报告,像揣着一团火。有了这个报告,叫人更难安生,更难苟活了。他将再也无法将错就错地闭上眼睛,听凭命运的摆布了。但他又能怎么样呢?去做一些事,这是困难的和无效的;去强迫自己不做什么,只是熬着、等着、盼望着,这就更痛苦了。时间在一分钟一分钟、一秒钟一秒钟地流逝,头发和胡须在一根一根地变白。一九五七年过去是一九五八年,从一九五七年到一九五八年就有三百六十五天,然后是六十年代,然后现在已经是一九七五年了,多少个三百六十五天已经过去了,还有三百六十六天的年份呢。

他把老魏的报告给凌雪看,不加什么评论,而只是说:"要想个办法藏好,千万不能让别人知道。"

然而凌雪提高了声音:"对那一年的事,我从来就没有承认过。到底谁才是真正的共产党员,到底谁有罪,还需要历史来做结论呢!"

"至少组织上是开除了嘛,至少你已经十八年没有交党费了嘛。"

"我不信。我们被扣的那些工资,难道不是党费吗?我们的眼泪和汗水,我们的青春,难道不是党费吗?"

有什么办法呢?女性的执拗……

凌雪又说:"既然物质不灭和能量守恒的法则对于整个宇宙、对于全部自然界都是适用的,那么,我常想,在社会生活当中,在政治生活当中,不灭和守恒的伟大法则究竟意味着什么呢?事实真相和良心,难道是能够掩盖、能够消灭的吗?人民的愿望、正义的信念、忠诚,难道是能够削弱、能够不守恒的吗?"

"然而这法则起作用似乎起得太慢了……"钟亦成摆摆手。

"冬天之后一定是春天,三角形的三个内角之和是一百八十度,不会更长或是更短,更多或是更少。我想,当谎言和高调、讹诈和中伤过多地放在历史的天平的一端的时候,就会发生倾斜,事情就会得到扭转……"

"我当然也相信这一点,所以,我不止一次写信对你说,如果我死了,只可能是被害,却绝不会是自杀……然而我们还要好好地活下去,因为在我们党内,还有许多老魏这样的人。"

一九五九年十一月二十七日

然而,他没有死,他活了。恍惚中,有一只温暖的、精心护理的手,给他喂食,给他饮水,给他翻身,帮他解手。只是他看不见,也说不出话来。不过，他的心里愈来愈明白。

于是，在三位审问者走了之后的第三天，他缓缓地睁开了眼睛，在一片褐黑色的云雾之中，他看到了一个穿着白衣服、戴着白帽子的护士，这护士的背影好像在哪里见过似的。

"护士同志！"他轻轻叫了一声。

护士走过来了，护士把脸凑近了他，他惊叫起来："凌雪！"

凌雪把食指竖在嘴边，示意他不要说话。她告诉他，是区委书记老魏通知她前来护理钟亦成的。她告诉他，老魏知道了这里的情况，并在前一天亲自来看他来了。由于他还在昏迷，就没有惊动他。许多的农民，许多的筑路工人都为他鸣不平，他们向老魏提出要求，要表扬他，要奖励他。老魏告诉凌雪，他准备回区委后在常委会议上提出提前给钟亦成摘帽子与重新发展他入党的问题。

老四扶着他的爷爷来了。拄着拐杖的贫农老大妈来了。许多筑路工人也来了。他们带来了鸡蛋、水果、花生、板栗、蜂蜜……"我们都知道了，你是好人。"他们说。这就是钟亦成受到的人民的最大的褒奖。

"然而，做一个好人是太难了。"他说，"救火这件事打开了我的眼睛，使我知道我的处境有多么险恶……"

"但同样是这件事，不也带来了希望了么？"凌雪说，"总有一天，我们的忠诚将得到党的认可。虽然，很可能我们的面前还有数不清的考验，很可能还有许许多多意想不到的打击落在我们的头上，很可能通向这一天的道路还十分十分漫长。然而，这一天是会来的，总有这一天！"

一九七九年一月

这一天终于来了！

尽管岁月是无情的，尽管在岁月后面还有比岁月更无情的试炼，尽管钟亦成已经花白了头发而凌雪也已经并不年轻，尽管他们夫妻十分冷静地接受了平反昭雪、恢复党籍的书面结论，就像接受四季的转换和三角形的三个内角和的值一样平静，但是，从P城的党的机关走出来以后，他们不约而同地手拉手走上了钟鼓楼。在这个楼顶上，可以鸟瞰全城，可以看到城郊的山、水和田，更可以目送直达北京的特快列车开出车站，在山水之间飞驰。

他们不约而同地把目光集中到正在飞奔的火车上，在白雪覆盖的大地上，火车像一条热气腾腾的黑色的龙。他们的心正随着这火车向北京奔去，他们站了老半天，看了老半天，没有说话。但他们心里的语言是相通的和共同的，他们心里的声音是可以听得到的。他们流着热泪说：

"多么好的国家，多么好的党！即使谎言和诬陷成山，我们党的愚公们可以一铁锹一铁锹地把这山挖光。即使污水和冤屈如海，我们党的精卫们可以一块石一块石地把这海填平。尽管'布礼'这个词已经逐渐从我们的书信中和口头上消失，尽管人们一般已经不用、已经忘记了这个包含着一个外来语的字头的词汇，但是，请允许我们再用一次这个词吧：向党中央的同志致以布礼！向全国的共产党员同志致以布礼！向全世界的真正的康姆尼斯特——共产党人致以布礼！

"二十多年的时间并没有白过，二十多年的学费并没有白交。当我们再次理直气壮地向党的战士致以布尔什维克的战斗的敬礼的时候，我们已经不是孩子了，我们已经深沉得多、老练得多了，我们懂得了忧患和艰难，我们更懂得了战胜这种忧患和艰难的喜悦和价值。而且，我们的国家，我们的人民，我们的伟大的、光荣的、正确的党也都深沉得多、老练得多、无可估量地成熟和聪明得多了。被革命的路上的荆棘吓倒的是孬种，闭眼不看这荆棘，甚至不准别人看到这荆棘的则是自欺欺人或是别有居心。任何力量都不能妨碍我们沿着让不灭的事实恢复本来面目、让守恒的信念大放光辉的道路走向前去。

"团结起来到明天，英特纳雄耐尔就一定要实现！"

1979 年 6 月

太　原

男：老陈醋？

女：果子红。

女：柳巷。

男：迎泽门。

男女合：太原！太原！太原！

春天来了,他推着一辆轮椅,行走在山西太原的街道上。

他的头发已经花白,气色不错,腰板挺直。坐轮椅的她则是满头银发,她非常认真地为自己化了妆,打扮得停停当当、雅致清秀,叫人在同情她的轮椅代步的同时又愿意多看她两眼。她的五官搭配得完美和顺,她的鼻子和嘴,堪称至善。她多半是快乐的,她的跨越了苦难的深远镇静的笑容,比一切廉价的喜乐都更动人。

见到他们，你会遐想，你会猜测，他们应该有一个美丽如画的青年时期。

两个人的年龄加起来超过了一百五十岁了。

他们不停地说着话，但句子都不完整，莫非他们不甚通华文？声音倒还好，男的还能唱帕瓦罗蒂的《我的太阳》与《重归苏连托》，女的还能含含糊糊地哼哼巴勃拉·史翠珊的《当女人堕入爱河》与《记忆》，后者是音乐剧中猫的主题曲。也许含糊的呻唤更加动情。

而比所有的歌曲更珍贵的是：湖北民歌《喽咚喽》、还有山西梆子的高腔。

怎么可能把山西梆子与湖北民歌掺和到一起去了呢？

提起太原，想起我写过的小说《济南》。作为旅游，太原似乎赶不上济南，济南有很多泉水，有大明湖，"海内此亭古，济南名士多"（大明湖景点上的一副对联），有黑妞白妞——《老残游记》的妙笔生花的描绘。

首次到太原，一下火车，我们的主人公闻到的是煤烟——硫化物的气味。从前是这样，现在还是这样。

二十一世纪的一个早春。在老火车站的西面不太远的地方是新火车站。一下火车，你又闻到了二氧化硫与可吸入颗粒物。

有点雾蒙蒙。是不是烟雾反而使气温多保持住了一点点温暖？不冷。是春寒料峭的季节。他们谢绝了一切可能的公关接待，他们悄悄地溜到了太原，略带诡秘。

原来的火车站在五一广场。郎若漾第一次来太原的时候，一下车就被山西口音所包围：《大众电影》，两毛一本儿书玉荾子来。

亲切的，与谁都是零距离的山西口音，梗梗的，把粗犷、娇媚和精明混合在一起。《大众电影》的发音像是"答纵颠映儿,两(读阴平)帽医勃儿",玉茭子的发音像是"鱼轿子"。

"我不喜欢。"刘霞说,她的眼睛里含着泪花。

不喜欢什么?是"醋味儿"的方言?是太多的一道道水来一道道山带来的阻隔感?是离开了北京?

半个多世纪后,虽然细心查找,却只能找到极少的说山西土话的音声了。伟大的普通话呀,你会不会消灭山西?一旦山西人不说山西话了,上哪里找山西去?

"其实,我喜欢太原。"刘霞说。她见了郎若漾与郎若漾见了刘霞一样,他们说话都会颠三倒四。

二十三岁的郎若漾看不得刘霞的泪花。郎若漾在一篇苏联诗人(是不是苏尔科夫?)写的文字里读到"是斯大林擦干了人民脸上的眼泪"的字样。而这个时候的一个老延安,一个女性老革命,一个杂志的主编撰文,说是等到农业发展十二年纲要实现以后,中国人民将不再懂得什么叫泪水,除非是由于喜庆而笑得窒息。几十年后,天真的与无用的她却变成了有家难归的流亡者。

他感动得要死。他没有想过擦干所有的受苦人的眼泪。但是他至少为了擦干心爱的女孩的眼泪,愿意献出自己的生命。

他想起了第一次听到刘霞的声音的情景。从话匣子……广播里他听到一个女声,世界上从来还没有这么一个天真无邪而又无限甘甜的嗓音,有一点糯,有一点辛苦。由于善意和操心,她的嗓子并不锐利和响亮。由于谦逊和忍让,她的声音不会一下子引起轰动。她的声音里有温和却没有足够的自信。有忙碌却没有骄傲和洋洋自得。有顺从却缺少足够的警惕与自我保护。有太多的情感却不想全部表达出来。

那时候还没有半导体。话匣子的声音里含有太多的电流声响。交流声像云霞，而朗诵像是月光。月光因云霞而更加美丽。

她在诵读一首关于青春的诗，青春而一点都不咋呼。只有在那个时候的中国才有这样万众一心的、好指挥的与信任一切、接纳一切、洁白无瑕的青春。后来，青春被"武装"到了牙齿。人们乃知道青春也可能变得无赖、无知、无耻，同时自吹自擂；当青春劫掠了或者被劫掠了自己的底线。

再以后，有的被娇惯坏了的青春任性任得成了小霸王，纨绔得像一碗猪油，浅薄并且愚蠢蛮横得像一只驴子。

只是在听了三行以后，说的是1956年，郎若漾才听明白，这位朗诵者朗诵的是他郎某的处女作《青春放歌》。他一下子闭住了气。他几乎晕了过去。他的前后修改了几十遍的诗句，以意想不到的温暖、对不起，他要说是带几分愁苦与犹豫的音色，渐渐地渐渐地震响起来了，终于接近于黄钟大吕，不过是刚刚靠近，她又平静了下来，余音袅袅。

这是谁的诗？我的？怎么可能写得这样好！

他听到了刘霞的名字。他当天晚上立马梦到了刘霞，不是梦到了这个姑娘，这个演员，他不知道也没有去想象她到底长的是什么样儿。电台介绍说，她是青春艺术剧院的青年演员。他梦到的只是一种好听的声音。声音里有一切温暖与纯洁。他猜测，只要有一颗足够善良的心，有一双健康的耳朵，盲人也会感受到，也许是更多地感受到这个世界的幸福。他的梦好听，像话剧独白与对白，像唱歌与行吟，像海浪拍岸与涌过来又涌过去的诗歌朗诵。

"我看到了你，我的星星……"

似乎涌去涌来老是有这样一句话。

我的星星，我的星星。

人的一生会做许多许多的梦，然而梦到诗，梦到歌曲与乐曲的机会并不多。梦到音乐与声音的机会甚至比梦到数学难题与化学分子式，梦到思想汇报材料与汇单支票的几率要少。

五十年代的太原市，还是有星星的。那时候北京也有星星。那时候的夜晚，灯光还很稀落。城市的街道上，也还听得见人们在唱山西小曲。

  想亲亲想得我手腕腕（那个）软，
  拿起个筷子我端不起个碗。
  想亲亲想得我心花花花乱，
  煮饺子下了一锅山药蛋。
  ……

刘霞说那是西山的矿工，他们晚间在大街上走路时候带着电石灯。进入了新世纪才知道，采一个煤会死那么多人。

听完对于自己作品的广播，一连许多天郎若漾睡不着觉，与刘霞见一面的思想像九级风一样把他的内心吹得什么也没有剩下。

他至今无法判断自己的行为。他想起了那个时候《人民日报》全文刊载的斯大林著的《马克思主义与语言学问题》，该文的最后，批评一个斯大林不喜欢的学者："具有赫列斯达可夫的气味"，赫列……是果戈理戏剧里的假钦差大臣。郎若漾的一位朋友甚至断定那位被斯大林定性为骗子的人应该被很快处决。那是那样的一个时代，若漾和他的友认为好人都是战斗英雄与劳动模范,而坏人差不多都应该被就地解决。

他激动地,偷偷地给刘霞写了一封信,他说他听到了话匣子里的她的朗诵,他就是那首诗的作者……

他害怕他的信带有赫列斯达可夫的气味,那个时候他轻易地充满着神圣感(对于时代)与罪恶感(对于自身)。他还是写了,说明越是关键的事情上,他越是义无反顾,敢于创造自己的人生。

他写上刘霞两个字并且为这两个字温暖不已。突然,一个刘字让他觉得好听,单纯,像溪水涓涓,像一幅绸缎,像星光更像歌声,让他想起水流,想起刘勃夫卡、刘德米拉与刘芭,还有岁月。她们都姓刘……流。流水落花春去也,子在川上曰,黄河之水天上来,都是。而霞是一道光辉,是旭日和近晚,他喜欢"近晚"两个字超过了"傍晚",是湖边——那时候他还不会梦到大海。湖水映射朝霞。"霞"令他头晕目眩,光芒万丈、沐浴狂喜。

流霞像山呼海啸一样地倾注在他的身上了。

读者,你还记得你第一次写下你心爱的,却是还不相识的名字的时候从心底涌上的波澜吗?你咀嚼过品味过某一个美丽的神奇的名字吗?那种涨潮的汹涌澎湃,那种燃烧的飞扬异彩!美丽的梦与姓名一道,后来又与地名歌名一起保存在心的深处。

而刘霞说郎若漾的名字使她天昏地暗,狼?像羊?怎么会拥有这样的凶恶中带有调侃的姓名。你的名字太刺激了,刘霞后来对他说,我笑,我怕。

她——你,立即回信,"想不到这样荣幸地与作者认识了。"你说是认识了,其实咱们还没有见过面呢。你甚至说"您有一个不一般的名字",这样写信像是老友。

"作者"两个字令我升腾飞翔,"认识"两字使我落泪。"我、认识了、你",这像一句话剧台词,十分多情,我要说简直是上苍的恩宠。同时我感到恐惧,因为我立即想起这句台词的可能的不祥的下文:然而我错过了你。整个台词似乎是:"我认识了你,然而错过了你。"

人生的公式是多么悲伤!

你知道两个小时以后我想的是什么吗?太不好意思,我突发奇想,我想用我的《青春放歌》的稿费给你买一辆天津产飞鸽二六坤车,我想,我真想送给你一辆飞鸽自行车啊。车把上要安装化学(那时还没有塑料一说)把套。配上洁白的劳保线手套。我还想与你一起在夏天喝信远斋冰镇桂花酸梅汤,在冬天喝浓香热烂的年糕张小豆粥。

我想拉一下你的手。

然后是我们夜走北京城,我们在参加完保卫和平的集会之后去吃了夜宵馄饨和烧饼。是那一次集会使我第一次听到了巴拉圭和乌拉圭的国名。此前我们熟悉的和平人士多是法国人,约里奥·居里、法齐、阿拉贡、毕加索。北京集会上有一位巴拉圭诗人在和平集会上朗读了他的诗。我想以后也许我会被邀请作类似的朗诵。

巴拉圭至今没有与中华人民共和国建交。

然后我们走路,一路我都在唱歌,你的倾听,你的眼皮与人中的轻微抖动与对于歌词的轻声默颂,比我的歌声更迷人。那时候我"认识"许多爱笑的女孩子,然而她们的笑太肤浅。你的笑是不一样的,你的笑承担了太多的分量。我们互相讲述着不幸的童年,父母、家世。你甚至于告诉我,你的皮肤的特点是冬暖夏凉。这使我觉得亲得要死。我们走过了地安门和后海,我们感觉到了微风与水香和柳树新枝的芬芳。我们走过了银锭桥,走过了北海后门与养蜂夹道,甚为窄细的养蜂夹道也让人感到那么安全,那个时候中国的词典上"犯罪"两个字消失了。西单、天安门与前门……那时的路灯稀疏而又飘摇，昏黄而又沉静。可能是我们走路走得饿了，走过饭馆的时候我们闻到了菜肴的香味。你说你最喜欢吃烧饼，包括芝麻烧饼与马蹄烧饼。一旦餐饮，香甜永远。一过八点，所有的饭馆与商店都打烊。开始入睡的伟大城市含情脉脉，略带神秘，无限流连，休养生息，准备明天，流行的口号是要与时间赛跑。偶尔有几辆汽车驶过。我们觉得坐汽车的人都是伟人与准伟人，都是钢铁一样的英明领导与救世英豪。而大街上的行人似乎只剩下了咱们俩，咱们俩代表着青春，新一代，亲爱与抚摸咱们的城市。甚至于城市两个字也是解放以后流行起来的，带几分苏俄味儿。解放前我们知道市、城、闹市、街市、古城、城郭，却很少讲"城市"。解放了的人们都重视唱歌与听报告，从歌曲与报告中我们学会了城市一词。而如果唱了歌、听了报告还一起走了路，一起欣赏了喜爱了自己的城市……那就是，那当然是爱情。

我问你，你喜不喜欢"城市"这个词？你的回答是愈来愈喜欢。

这些单纯与阳光，是从什么时候改变的呢？为什么会改变呢？这是郎若漾至今闹不清楚的。

然而确实是改变了，消失了，对于这样的改变郎若漾是迟钝的，他以为光明压根是永远的。终于他无情地、冷淡地、傻子一样地接受了改变的无所不在。

改变了的所有的人的命运。人无百日好，花无十日红，社会没有千日的太平。

  一把扇子哟，呀呀咿儿哟，
  竹骨子编哟，哟儿哟哟喂，

这两句像是一只欢乐的鸟儿，扑棱扑棱意欲飞向蓝天，紧接着落到了田舍。

　　嗹咚嗹呀金扇哟，
　　嗹咚嗹呀银扇哟，
　　金扇银扇海棠花……

响起了欢呼，敲锣打鼓，彩绸飞扬，底下的三句像是过年，人们甚至说曲子源自劳动号子。共产党让你天天过年，天天劳动狂欢。歌词里的金扇变成了金梭，银扇变成了银梭，海棠花变成了海棠梭。民歌歌词是天生的后现代。

这样的动情女声齐唱，怎么能够没有呼应？小女子的声音散入天空。

　　嗹咚嗹咚嗹呀吗呀儿哟，
　　等你等在我家门嘛呀儿哟……

痴情。你想念吗？你相信吗？上个世纪的五十年代，连"那天从你的门前过，你端着一盆水往外泼"这样的滑稽歌词都令我热泪盈眶。我相信在美丽的女孩门前，接受自己心爱的女孩泼过来的一盆凉水，是天大的幸福与温暖。多泼一点吧，把我浇成一棵树，一根花草，让我长出根须、绿叶和骨朵来吧，我亲爱的。

有一些声音和特定的时间、心绪、经历与人，上苍赐给你相逢的伙伴，上苍赐给你美丽的姑娘，密不可分。它与她们糅合在一道。久远的，似乎已经遗忘了的歌曲随着心跳涌起，就像一条条深水里的鱼，它感到了湖面的清风，绿草出芽，桃花结蕾，哪怕还有渔人的饵……它开始上浮。年代久远的鱼儿已经没有气力，却仍然活泼。

半个多世纪过去了，就是说已经五十二三年了，别来无恙。人生易老歌难老，老歌依旧，而且有新的，让老人不尽适应却也无法是好的唱法。例如把民歌唱成摇滚，唱成 Rap 洋快板。老人喜欢老歌，老歌全靠老人。每个老人的离去，都带走了那么多歌曲。

　　竹骨子编哟，哟儿哟喂，
　　抬手丢在，呀呀咿哟，
　　小妹妹面前呐，呀儿呀子喂

唱成了情歌。情歌与号子的结合，成为五十年代这首或者不只这首歌曲的特色。而二十一世纪呢，人们更习惯于将拳击音响效果用到床上。

《喽咚喽》是五十二年前那个月他在太原度过的那个星期的"每周一歌"。对于他来说，那首先是太原的歌而不仅是湖北的民歌。那个时候的广播，那个时候的中央人民广播电台与"每周一歌"节目影响非常大，《茶花女》里的《祝酒歌》就是靠"每周一歌"节目普及的。为什么是湖北歌？带点天真，带点傻气，像唱，更像呼喊，无限真情，几乎喊哑了嗓子。像长江的波浪，涌过来再涌过去。像江南的秋千，荡过前面再荡向身后。什么呀呀咿哟，哟儿哟喂，呀呀咿哟，喽咚喽呀，呀儿呀子喂……唱得人销魂忘我，唱得人真想痛痛快快地大哭一场。

啊，青春，你的痛哭也是那么甜蜜而又酣畅！你的痛哭也是那样充盈而又响亮！

这些声音对于他和她带来了老陈醋与刀削面，杏花村与玉茭子的味道。

这些都是偶然，历史上发生过的，一经发生，便已千古不易，便已混为一谈。一经宿命，便成为诗，成为心爱，成为神祇，成为此生的辙印和纪念，无比珍重，颤心触肺。

他年轻时候第一次出远门，其实后来看是最近最近的"门"，便是太原。到太原要坐一夜的火车，进入山西境后要穿过那么多山洞，隧道，经过那么多河流、桥梁。火车经过钢桥的时候击打出震天动地的声响。地势分割了北京与太原，使本来靠近得不得了的太原变得遥远。走着L形轨迹，也才有六百一十七公里。他喜欢数字六百一十七。一道道水来一道道山，没有比《刘胡兰》歌剧的这句词更能描绘山西的了。那时候的音乐人马可，已经渐行渐远。激越的车轮撞击着铁轨。太原之行是一次金属乐器的打击乐。湍急的河流，也急于唱出自己的歌儿。为什么不是在平地上流淌，而是急急地自上而下地赶路？河流到了中国也变得急如星火，热切难耐。深夜。那个时候他还不习惯于坐卧铺，他宁愿走到最后一节车厢，观看列车的尾灯飞速前进。在一夜的汽笛声中，在铿锵有力的行进声中，在光影交织、忽明忽暗、星月灯火混杂的山洞与铁桥的交替中，度过一个漆黑的夜晚，迎来一个似乎是从远处靠近的黎明，包含着一个伟大的古老的工业与文化的历史的城市：太原。

不仅太原是无比亲切的，阳泉、寿阳、榆次，这些地名也让我那样受用。那时的太原铁路局列车上的广播员将普通话中的您读作上声，请您（声调如读紧）下车的广播令人忍俊。她们是按读"你"的第三声读第二声的您的。

坐在火车上，想着刘霞的好听的声音与笑容，想着他要好好地安慰一下刘霞，不当演员又有何妨？郎若漾如饮罢好酒。

夜走北京的大街与胡同是一次激情的爆发。而三年后这次与刘霞的夜走太原更像是一种深潜的灵魂的冒险。灯影萧疏，凉风习习，不无陌生，毕竟还没有睡去。谁也不知道究竟为什么，在他们认识了一年多以后，刘霞突然被上级认定不宜于在"中央"的文艺单位工作。"中央"的灵魂工程师，应该有政委或者准牧师的修养、威信与纯洁。在批判完了胡风以后，绝对与胡风没有一点瓜葛，连胡风的一个字也没有读过的刘霞转业调离，变成了太原的一个见习出纳了。

刘霞有一个叔叔，据说是在香港，是不是因此刘霞不宜于做灵魂的工程师了呢？与她谈话的"组织"向她保证不存在这样的考虑。让她到太原去，完全是为了她的好，为了人民，为了刘霞，为了革命。美好的用心也会使人们离开真相，自欺欺人。

往事总是有一点糊涂，糊涂是一种慰安。我再也不愿意在小说里写到过往的政治运动了，兴味索然。

五十二年前，第一次来到了太原，我与刘霞走了一夜太原城。郎若漾一直想告诉太原百姓，他与刘霞为了太原市街道的结实稳定作出过自己的贡献，那时的散步，是被称作"轧马路"的。

那天我们在柳巷的上海饭庄吃了西餐。为什么叫柳巷？明朝开国皇帝朱元璋的大将常遇春在这里受到柳大妈的掩护，这样的故事倒好像很现代，令人想起我们的八路军众多拥军故事。后来是由于清朝光绪年间的一次大水，淹没了南城商业区，萧条的小街柳巷就这样变成了商业繁荣的太原的核心。

我们沿着迎泽大街走进了柳巷。沿着大街的说法令我想起了俄罗斯民歌《沿着彼得大街》。男高音的独唱最后是对于马匹的吆喝——

噢依噢依喂依。彼得大街是莫斯科的一条街道，所以我没有能在彼得堡旅行时找到它。虽然彼得堡有彼得一世的青铜骑士雕像与永远的涅瓦河。彼得堡这里并没有在酒醉的马车夫眼中变得那样神奇的彼得大街。这像一个绕口令里的句子：彼得堡没有彼得大街。太原城却有迎泽大街。迎泽大街有迎泽门与迎泽公园。迎泽门其实已经拆除。没有拆除的是人们对于迎泽门的记忆……绕口令永远是神秘的，有启发也充满活力。

迎泽大街是解放后的一条崭新的街。迎泽宾馆是太原最重要的宾馆之一。五十多年前的迎泽湖公园还显得非常原生态，那只是挖出来的一个大坑。它位于古城墙迎泽门的附近。我们从西郊出发。我说，不好，风有点凉。我们走过迎泽大桥，我又说风小一点了，好了。你说那是因为桥栏杆挡住了风。几根稀疏的栏杆能够挡住风？我为此笑得落了泪，为此笑了也哭了几十年。爱哭的女生其实都是爱笑的女生直到男生。我们有过爱笑的年华。爱笑的年华何其短暂。

从迎泽大街拐向柳巷。柳巷号称太原的王府井大街。由于有王府井大街的虚设与比拟，我更感觉到柳巷的亲切、亲爱与寒碜。就像小时候去到阔绰的同学家里，看到他或她的珠光宝气的母亲、挺胸腆肚的父亲，娇惯任性的兄弟姐妹与势利眼的下人，便更加体会到、感觉到自家的亲爱与珍贵。越是贫穷寒碜，越是亲亲宝贝。"咱们穷人"四个字感人至深，力透地壳。

而上海饭店是一幢中式二层楼，有一个亭阁式的屋顶与外貌。依栏杆，倚危栏，独自莫凭栏，李后主凭依与吟咏哭泣的就是这样的楼阁。在二十世纪五十年代的中后期，在反右派斗争即将开始的时刻来到这样一个地方吃西餐，这本身就有点不协调，不搭调。五十年代，它的西餐大致风味与北京东安市场的国强餐厅类似，是古老的法式大餐的中国化，而与风头正健，同样也在走向反面的俄式老莫（莫斯科餐厅）颇异其趣。它有奶油鸡茸与洋葱蘑菇汤，可惜做得有点腥，也缺少鲜奶油或者酸奶油的调剂。它的猪排太肥，我吃了不到一半就剩下了。你要了一块鱼。我劝告你不要点鱼，我告诉你鱼虾并不是西餐的强项。你不听。为此我有点别扭。我已经知道没有一个漂亮的女孩是虚心的。你们只要有了错，宁可自己吃亏，也要毫不犹豫地坚持下去。

他们一共没有在外面的餐馆吃过太多的饭，但是郎若漾有一个强烈的印象，她进了饭馆非常挑剔，不愿意坐在离门、离柜台、离洗手间近的地方，不愿意坐在近旁有形象不良的客人的地方，不愿意坐在近旁有暖气、有电扇、有广播、有脚印或者衣架、报架或者有人吸烟的地方。她点起菜来更加麻烦，只要是郎若漾向她推荐的，她都表示异议。有时候不想吃海鲜，有时候不想吃肉，有时候不想吃辛辣，有时候不想吃酸甜。最使郎若漾无地自容的是她常常向服务员提出某某菜好吃不好吃，某某材料是否新鲜，某某菜肴是不是做得好的问题。郎若漾认为向服务员问这样的问题简直是智商出了差错。当服务人员尽力吹嘘这种菜肴的时候，显然，那是推销；当服务人员冷冷淡淡不置可否的时候，郎若漾觉得自己也算是受到了冷遇。

在北京，他们一起在北海公园的仿膳吃过一顿饭，那时候的仿膳顾客绝无仅有，在仿膳用餐的经验近于寂寞萧索。他们的菜烧得非常慢，使他们俩颇为不快，那个时候他们不知道也不具有吃高级餐馆时应有的"资产阶级"式高贵的耐心。

这次的柳巷上海饭店的西餐也吃得不舒服也不畅快，他压根就那么爱吃西餐？从哪里受的这种影响？疙里疙瘩，花了将近二十块钱，他们出来了。那时对于二十块钱的感觉与当今对于一千元钱的感觉差不多。他们买了一点蛋卷，柳巷里的可怜的"西点"，装在洋铁罐装里的蛋卷，香、酥、脆、甜，已经是那个时候的点心的极致。然后，一拐弯就是山西大戏院，他们立马买两张戏票，看丁果仙的《鞭打芦花》，他真奇怪，这出取材于《二十四孝》的故事竟然令郎若漾感动得热泪盈眶。

半个多世纪后，他们已经知道，丁果仙艺名果子红。其实他们对于戏剧已经忘记得差不多了，但是记住了大名鼎鼎的晋剧表演艺术家的姓名。他们奇怪果子红的艺名，如何与她苍凉泼辣的唱腔相配。他们也遗憾于如今，丁果仙的接班人似乎还不是那么成熟与公认。山西梆子成为首次太原之行的符号，而且从此他们与晋剧，与山西风味的民歌建立了浓厚的感情。那种多情，那种山西的酸曲，那种小锣和脆生生的小梆子、葫芦子、二弦和三弦四弦，伴奏的断断续续、弯弯曲曲、滴滴溜溜，欲说还休……怎么人可以这样质朴而又动人地表达？怎么人可以这样不由得应声而感应声而泣！

但是他们并没有看完丁果仙的整场演出，本来《芦花》之后还有正戏。他们的愿望过分充盈，他们的兴趣过于广泛，他们的青春过于躁动，他们静不下心来。与听完一场演出相比，他们更愿意走出室外，走在太原的大街上，感受城市、感受夜晚、感受与自己心爱的人儿的挽手散步，感受青春、感受五十年代、感受爱情、感受生活。生活就像清爽的夜风，无限美妙却又现出了凉丝丝。

凉丝丝。事后想起来真是荒谬呀，到太原去看望自己心爱的姑娘，使我总觉得不那么踏实，我似乎觉得自己太个人，太离群，太拉开了与组织的距离。而我从小就那样地习惯于与组织在一起，与群体在一起，组织组织还是组织，群体群体还是群体。

五十二年后他们争着说五十二年前那天晚上的情景，你记得吗？

那时候这里也有一个盛锡福帽店。你记得吗？我们在这里站立了一小会儿。不，那时候这里不会有一个旅行社，那个时候咱们这里不兴说旅行。现在，让我们怎么说现在呢？现在这里有肯德基和麦当劳，家家乐和东方快餐。然而那时候这里同样是口腔医院。不，口腔医院也是新的，早先这边是许多小小的牙科门诊部，醋多了牙容易受损。你别拿山西人开玩笑，都说是阎锡山的兵打了败仗可以缴枪，就是不能缴醋葫芦。

多么有趣，人可以活许多年，踏遍青山人未老，中国成语叫作"记忆犹新"。人老了，记忆却是新的、年轻的、鲜活的。我们已经活得太久。活了很久后你仍然是你，我仍然是我，你的笑容仍然有一点点苦相，对不起，你的笑容常常引起的我的泪水而不是欢笑。我们说的我们年轻时候的事，仍然是你与我的昨天，不过是昨天。仍然是你与我的感动，你与我的见证，你与我的往事与生命的证明。只有你能与我共享这对于昨天的记忆了。

江山依旧，人事全非，城郭半非。惊涛骇浪之后的人仍然长久。岁月无情之后的人仍然有情。当年的太原记住了的，山西的太原记住了的，不但有当年的地名也仍然有当年的韵味，当年的情绪。最最惊人的是情绪如新，如昨，如旧时，如我们年轻的时候。

我们确信。

地名是重要的。海子边、钟楼街、鼓楼街、侯家巷与漪汾桥。还有一座什么文庙？说是曾经在这里公布科举考试的名次榜。包括各地都有的新华书店，然而柳巷的新华书店最动人。地名比人更永久，比面貌更靠得住，人来了又去了，建筑修建了又拆除了，街道扩宽了又改线了，火车站从五一广场边缘改到了东面，它离凌霄双塔寺更近了。年轻时候他们去双塔寺觉得很远，现在觉得很近。年轻时候觉得双塔寺很荒凉，无人管理。以至于那里发生过情人野合的生猛故事，而且是刘霞那个单位的同事。这样的故事当年他们仍然觉得青春，有点丢丑，毕竟仍然麻辣撩人。现在双塔寺很热闹，是正式的旅游点，来人要收门票，人们讨论怎么样与铁道部门协商让出一条路来，方便游客乘公交车前来。这里有了各种装修与古物。不但有来观光旅游的还有长期固守在这里研究文物的。

地名中出现了那么多陌生，现代给人以陌生感，尤其是老年人。华宇超市，贵都百货，可笑的加州牛肉面（怎么会出来一个加州牛肉面？），万事发与红宝绿宝。这样的名字无法了解与记住二十世纪的五十年代，二十世纪的五十年代更不可能想象这样的商号名目。

数十年如一日。虽然太原已经美丽了不知凡几。古老的历史，美丽的发展，堪忧的污染。

然而我们的日子并不平坦，半个世纪前的一夜环绕太原而行以后是悲伤的离别，是绝望，是永远的分手，是误解却以为是为了对方。热衷于前途与未来的你却放过了现在，热衷于对方的人却伤害了对方。

郎若漾无法想象"后来"发生的一切。他想起了刘若英的歌曲《后来》。他接受刘若英，但不是周杰伦。他宁死不愿意承认是自己害怕了"海外关系"的威力。他相信这以柳巷为中心的环绕太原的一夜，才真真是他们的生命之诗的高潮。围绕北京的一夜是他们的序诗。这样的序诗与高潮，一个人的一生最多有一次，否则是连一次也没有。这是一夜激情，一夜歌唱，一夜交响，一夜朗诵。

然而后来的结果是分手。

为什么？为什么要问为什么？因为我太爱刘霞了。你可以不信。

但是我说的是真。

    你把扇子扇一扇呀　呀儿呀咿哟
    凉风吹来呀嘛　呀儿哟
    别人嘛要买扇　呀呀咿哟
    几多钱我都不卖它　哟儿哟喂
    小妹要是看中了哇　呀儿呀咿哟
    我天天都送你一把　呀儿哟

  A. 是哥哥没有把扇子"抬手扔在地上"。

  B. 是小妹妹没有弯下腰，捡起扇子。

  C. 是情哥哥与小妹妹都太胆小（歌中唱道"几多情啊……"）

  D. 是他们只顾了听歌。迷恋于听歌与唱歌的人，不一定真的有金扇银扇海棠扇子，更忘记了及时把扇子扔过去与捡拾起。

  你将怎样回答这道选择题呢？

  是初恋茫定了不可能成功，是热火熊熊时刻的未能如愿。他们本来应该去双塔寺，本来应该在那里结合，天似穹庐，地是毡毯，一座塔是见证，一座塔是勇气，天上布满了星星。如影片《阿娜尔汗》里唱的："星星月亮，我们客人，红柳沙丘，我们陪伴……"然后，他们应该双双殉情自尽。

  ……五十年代在北京的剧院他们观看过印度诗剧《莎恭达罗》，那是初次的中印蜜月时光。刘霞在剧中饰演一个配角。郎若漾到得太早了，他在开演前五十分钟，从休息室买了一本许地山翻译的印度故事《二十夜问》。一位公主给她的求婚者二十个夜晚，让求婚者提出能够难倒她的问题，否则，求婚者将被杀掉。这一关键情节令人想起

《图兰朵》。更合乎逻辑的、带有高等数学中所讨论的说谎人悖论与理发师悖论的答案出现在这本书里。应该承认,它比"图兰朵"高明得多。白马王子问道:"我应该向这位美丽而又无情的公主提出什么问题呢?提出什么样的问题才是这样的公主所无法回答的呢?"其实中国古代早就有这样的思辨:叫作"以子之矛,攻子之盾"。这也正像"我说谎"的言说,算不算是谎言?只给不给自己理发的人理发的理发师,应不应该给自己理发?对于这一类的问题,你无法作出合乎逻辑的回答。

然后许地山翻译的书里出现了红唇、秀发、玉指、肥臀、乳房、腰肢、媚眼等词儿。由于来自印度,它减少了被指责为不雅的可能。五十年代的中国,一个二十郎当岁的男孩子,他读了这些印度字词只如五雷轰顶,烈火泼油。

是的,那个夜晚他们本来应该把山西点燃,把太原点燃,把柳巷与双塔寺点燃。他们本应该在那一夜像原子装置一样地爆炸。

《二十夜问》的结尾是王子与公主的酣畅淋漓的结合,在最最幸福的一刻,天神接受了他们的祷告,满足了他们的愿望,用雷电结果了他们俩的生命。

牛虻,是的,何况那时候他们的灵魂里恰恰有一个钢铁的革命偶像亚瑟——列瓦雷兹,笔名是"牛虻"。爱情与青春伤害了牛虻,牛虻狠狠地报复了嘲笑了爱情与青春。为什么卓娅和保尔·柯察金都迷恋于牛虻的自虐与凶狠?而这样的牛虻,不仅在意大利女作家艾捷尔·丽莲·伏尼契的小说里有。二十世纪五十年代的郎若漾同样沉醉于车尔尼雪夫斯基的《怎么办》,书中的主人公罗甫霍夫,甚至伪装自杀把恋人"让"给另一个革命者基尔萨洛夫。而罗甫霍夫用碎石子铺在床上锻炼意志的方式,也流行到一批中苏共青团员当中。

还有胡志明、甘地。他的夜游太原之后的决定,正像是睡在石头上的决绝。

然后超过这一切的是,他被告知,在五十年代的太原之行后,他发作了一次严重的忧郁症,他陷入了黑夜,他几乎毁灭。他只有感谢碳酸锂与百忧解。

五十二年后,他却既不那么忠实于弗洛伊德,也不拘泥于车尔尼雪夫斯基和丽莲,时髦的抑郁与躁狂病症更已经成为早早与国际接轨的证明。海外关系?我们昏头昏脑。

之后他很快就与一位体育老师结了婚,至少那位老师有健康的肤色与完美的腰身。她一气仰卧起坐可以完成八十八次。体育,这个词让他想起来觉得有点幽默,当婚姻变成了体育——也许应该命名为垫上运动——以后……真解嘲!不是从前那样,不是想的那样,不过就是这样。甚至也谈不上有什么操作操练。不好意思,不无野蛮与无耻,手忙脚乱,然后惘然若失。他常常在梦中哭醒。他常常将妻子称作刘霞。刘霞两个字隔离了他与体育老师,他一辈子想着的是刘霞而不是体育。现在更时髦的叫作把爱、性、婚姻全部剥离开。看到一个皮皮毛毛地宣扬着廉价的一知半解的性解放的年轻人,留起了一点远远比不上洋人的胡须,并从而趾高气扬的样子;郎若漾不免失笑。

他常常苦笑着告诉自己,在那个太原之夜以后,青春从此一去不复返了。

"我的青春小鸟一样不回来。"

我的青春小鸟被我自己处决了。

赞美青春与处决青春,哪一桩更吸引你,令你起兴欣然或者——只是当时已惘然呢?

等到再见到刘霞，她已经轻微偏瘫、坐轮椅和半失语。然而她把自己收拾得那么美丽细腻无瑕，例如眉毛鼻子与嘴，比年轻时候还漂亮。

他推着刘霞的轮椅在太原的街道上慢步行走，他们二人的笑容融合在一起。他沐浴着春风、稀疏的春雨、焕然一新的街道和永远不能磨灭的记忆往事。

你们走在一个几乎是崭新的城市太原的大街上，你们依旧轧着马路，接续着五十二年前的散步。你们看到了一切新成就新风景新气息，你们看到的同时却是往日，是青年时代，是你们的初恋，你们的与时间的疯狂，还有永远的悲哀。

现在的太原恢复了青春？包括青春的无赖与危机，野心与冲动。小煤窑主背着麻袋到北京来炒房，包二奶三奶与四奶，并且建立和谐的"奶"际关系，正像当年辜鸿铭所自豪地宣扬过的中华文化的独有"奇葩"。

这里有无比地丰富多了的道路、宾馆、房地产，穿着入时的青年、酒吧与咖啡馆。还有从世界范围来讲便宜得令人发疯的商品，虽然质量不一定靠得住，但是大致可以说，巴黎与米兰、香港与纽约能有的东西，太原也有。

然而我们仍然喜爱山西的刀削面、拨鱼、荞面饸饹。在山西做饭更带有儿童游戏的趣味。山西的面食更像玩具。我们也喜欢这里与湖北民歌《唯咚唯》混合起来的带有悄声哭泣与自私自叹风格的山西梆子。喜欢山西人的那股子土圪垃式的精明与劲力。喜欢太原的古老感、历史感、朴实感与厚重感。世界上有多少美妙的与醉人的城乡，享受的与欣赏的地方，然而，它们都没有太原的沉甸甸与亲热热。

还有老陈醋，一股浓厚的麦芽糖的气味，比糖更甜，比酒更厚，比茶更芬芳，比酱油更乌黑锃亮明光，老陈醋还具有一种扫荡一切歪风邪气病毒细菌腥膻异味的威严。太行山，因了历史与歌曲而永远崇高神往；民歌与郭兰英，《妇女自由歌》唱出了多少泪水；杏花村汾酒，醇厚结实，对于饮用它的人永远忠心耿耿；海子边公园，亲切宜人，公园前的人民饭店服务极好。海子边公园当中有一个小得可怜复可笑的动物园，五十二年前那次他们买了额外的动物园门票，看了那里的一只老虎。而后来说是老虎咬了人，动物园干脆撤消了。晋阳饭店、并州旅游、太原王氏、太原张氏……

难忘永远的与古老的晋祠，圣母殿与难老泉，水母楼与千年古柏参天。这里的圣母不是玛丽亚，而是唐叔虞与周成王的母亲。"晋祠流水如碧玉，微波龙鳞莎草绿"。五十年代那次，他与刘霞为了去晋祠在五一广场等了一个半小时的汽车，那时候的公共交通是多么不便啊。来了车，挤上了那么多人，而从车站到公园又走了近一个小时，等匆匆走完一遍晋祠，再跑回车站，最后一班车发车的马达已经轰轰作响，开车已经迫在眉睫，再晚两秒钟他们俩就会被抛弃在荒郊野外的晋祠了。那时的晋祠是那样荒凉，似乎除了收门票再无任何维修与管理。那时人们以遗忘掉历史为时尚，就像如今以言必称历史为时髦。在新的世纪，坐着方便的公交车过去，才知道它原来离太原城区近在咫尺。它变得太鲜艳太热闹太红火了，拥挤的游客破坏了晋祠的古老与幽深，商业的无孔不入的服务冲淡了晋祠的文化色彩，人们已经愈来愈难于感觉去晋祠与去购物游乐中心的差别了。

啊，历史，你是寂寞一点、破败一点好呢，还是牛市一点、闹闹哄哄一点好呢？

霓虹灯、汽车流、巴黎的化妆品与港台的游客使回忆不那么合乎时宜。进入二十一世纪后的再游太原使郎若漾宁可保守自己的秘密。怀旧之旅，悄悄默默，老气纵横。面对着把玩煤价与印花税，关注着谭晶、阎维文、戴玉强与阿宝（这些歌唱家都出自山西），盘算着地产开发与绩优股，出国签证与北京航空与铁道快线的新太原人，追忆往事者另类得有点像间谍，他只能保密，保守自己的特殊使命，不为人知，不得人知，不与人分享。他这个间谍的上司是"五十年代"，是往日、旧事、旧情难舍。他于是接受了"二十世纪五十年代"的派遣，到二十一世纪的第九年的太原，前来搜寻往事痕迹，核对旧事旧情的消失或者依稀保持。同时他顺便了解新的符码、新的信息，不是为了掌握新东西，做新东西的文章，而是为了，仅仅为了张望和叹嗟。他的"情报"将写成一篇新的短篇小说。他们的接头暗号是问："老陈醋？"……在时尚如火如荼的新世纪的中国，在昨天已经古老的迅猛发展的山西，老年人的不合时宜的回忆，属于另类的精神间谍游戏。

呵，我为什么说不明晰？

这天晚上刘霞与郎若漾讲了不少的话。第一次听到刘霞含糊不清的语音的时候郎若漾几乎哭了起来，一个早年的话剧演员，一个把说话变成了艺术生命的温柔美丽的女孩，为什么出现的却是黏黏糊糊、不清不楚的声音？

然而刘霞的声音慢慢发散了，舒展了，变成了梦里的音乐。在五十年代的太原夜游之后，刘霞说是嫁过一个上海人，她去了江南。一年后，他们离开。之后刘霞一直是一个人。后来她确实去了香港，没有多久，她回来了。她说她回来因为她坚信总还要见到你。你听了这句话泪如泉涌。在体育老师因病离去以后，郎若漾千辛万苦找到了刘霞。他与刘霞的新世纪的重逢用的就是前述的暗号，在上海古老的

西餐馆"红房子",他约了刘霞:

郎若漾问:"(你还记得)老陈醋?"

刘霞答:"(你还记得)果子红?"

然后是刘霞问:"柳巷?"

郎若漾回答:"迎泽门。"

他们同呼:"太原!太原!太原!"

太原的呼声使二人热泪如注。

他们计划了新世纪的太原游,半是往事温习,半是望新兴叹。重圆旧梦?你怎能忘旧日朋友?我们怎可见面又别离?

虽然有一点障碍,他们还是说了不少话。见了面之后才知道原来有那么多话等着说……才知道原来有许多话不一定再多说。

再游太原之后,刘霞说:"我想起了我一生最快乐的事……"

什么?

刘霞的脸上现出了异样的表情,她好像喝下了美酒,她好像见到了天使,瞬间的美丽甚至使她的魅力超过了青春时光。

刘霞清清楚楚地,像唱歌一样地说道:

"是不是我们那天在'五一广场'跳了一夜的舞,从远处传来了《嗤咚嗤》的舞曲,我们俩人,一夜探戈……多么快乐,多么美丽,我这一生并没有白活……后来,梦……"

郎若漾心悸了。他一刹那间怀疑的并不是刘霞而是他自己。我已经失却记忆了吗?《嗤咚嗤》不是《鸽子》也不是《彩云追月》,它能伴舞探戈吗?为什么在郎若漾的脑子里完全没有这回事?他知道刘霞喜欢跳交谊舞。他觉得对不起刘霞,因为他不会跳,那个年代他未免教条而且枯燥,他羞怯甚至于保守。相爱了一回甚至于没有搂在一起跳一个完整的舞曲。他记得有好几次机会,他们共同参加一个活动,有一次还有一批苏联专家在场,刘霞怂恿他一起下池跳舞,他没有去。而他的在场使刘霞也谢绝了他人的邀请。他是多么可恶!

然而刘霞的回忆是热烈的、坚决的,你不能忘旧日朋友。而且,毕竟那是一个青年人拥有无限的跳舞的自由的年代。

梦?他肯定了,此生最快乐的事,是陪刘霞在二十世纪五十年代,在太原市中心的五一广场跳了一夜《嗺咚嗺》。说是跳了,就是跳了么,谁说没跳呢?他就像扇子,刘霞像海棠。爱情就像情哥哥,舞蹈就像小妹妹,青春就像"呀儿呀子喂",太原就像"呀么呀儿哟"。他问:"也许我们现在仍然可以再跳一曲?"

在过往年代的许多个醒来凄凉的梦境里,他早已与刘霞的探戈舞步默契。他必该是能跳的了。

他听到:

> 情哥哥/小妹妹,
> 呀儿呀子喂。
> 嗺咚嗺咚嗺呀么,
> 呀儿哟。
> 嗺咚嗺呀金扇哟,
> 嗺咚嗺呀银扇哟,
> 金扇银扇海棠花……

在太原的夜空飞动着许多美丽的扇子。

他轻轻地将刘霞从轮椅上扶起。他们俩小声唱起了《嗺咚嗺》。

给我们一个雷电吧。他本想默默地祝祷。

他没有这样祝福,没有这样祈求。过去了,什么都永久地过去了,包括做这样的祈祷的年纪。老人应该平和,老人应该随缘。他们只是祝福太原好,晋剧好,山西的煤矿、环境与旅游好。如果刘霞病愈,他们也许将最后的岁月会迁移到——迁回到太原来。

蝴　蝶

　　北京牌越野汽车在乡村的公路上飞驰。一颠一晃，摇来摆去，车篷里又闷热，真让人昏昏欲睡。发动机的嗡嗡声时而低沉，时而高亢，像一阵阵经久不息的、连绵不断的呻吟。这是痛苦的、含泪的呻吟吗？这是幸福的、满足的呻吟吗？人高兴了，也会呻吟起来的。就像一九五六年，他带着快满四岁的冬冬去冷食店吃大冰砖，当冬冬咬了一口芳香、甜美、丰腴而又冰凉爽人的冰砖以后，不是曾经快乐地呻吟过吗？他的那个样子甚至于使爸爸想起了第一次捉到一只老鼠的小猫儿。捉到老鼠的小猫，不也是这样自得地呜呜叫吗？

　　汽车开行的速度越来越快了，一个又一个的山头抛在了后边。眼前闪过村庄、房屋，自动列成一队向他们鼓掌欢呼的穿得五颜六色的女孩子，顽皮的、敌意的、眯着一只眼睛向小车投掷石块的男孩子，喜悦地和漠然地看着他们的农民，比院墙高耸起许多的草堆，还有树木、田野、池塘、道路、丘陵地和洼地，堆满了用泥巴齐齐整整地封起了顶子的麦草的场院，以及牲畜、胶轮马车、手扶拖拉机和它所牵引的斗子……光滑的柏油路面和夏天的时候被山洪冲坏了的裸露的、受了伤的沙石路面，以至路面上的尘土和由于驭手偷懒、没有挂好粪兜而漏落下来的马粪蛋，全都照直向着他和他的北京牌扑来，越靠近越快，刷的一下，从他身下蹿到了他和车的身后。指示盘上说明越野小车的时速已经超过了六十公里，车轮的滚动发出了愤怒而又威严、矜持而又满不在乎的轰轰声。车轮轧在地面上的时候，还有一种敏捷的、轻飘飘的沙沙声，这种沙沙声则是属于青春的，属于在冰场上滑冰，在太液池上划船，在清晨跑步的青年人的。他仍然在坚持长跑，穿一身海蓝色的腈纶秋衣秋裤。该死的汽车，为什么要把他和地面，和那么富有、那么公平、那么纯洁而又那么抵抗不住任何些微的污染的新鲜空气隔离开来呢？然而坐在汽车上是舒服的，汽车可以节约许多宝贵的时间。在北京，人们认为坐在后排才是尊贵的，驾驶员身旁的那个单人的座位则是留给秘书、警卫人员或者翻译坐的，他们时时需要推开车门，跳下去和对方的一位秘书、对方的警卫人员或者对方的翻译联系，而作为首长的他，则呆呆地坐在车后不动。甚至当一切都联系好了的时候，当他的秘书或者别的什么人打开后车门探进头来，俯着身向他报告的时候，他也是懒洋洋的、没有表情的、疲倦的和似乎是丝毫不感兴趣的，有时他接连打两个哈欠。许多时候他要等秘书说了两遍或者三遍以后才微微地点点头或摇摇头，"嗯"一声或者"哼"一声，这样才更像首长。倒不是装模作样，而是他实在太忙。只有行车的时候他才能得到片刻的解脱，才能返身想一想他自己。同时也还有这样的习惯：所有的小事情他都无需过问，无需操心，无需动手甚至无需动口。

那是什么？忽然，他的本来已经粘上的眼皮睁开了。在他的眼下出现了一朵颤抖的小白花,生长在一块残破的路面中间。这是什么花呢?竟然在初冬开放,在千碾万轧的柏油路的疤痕上生长?抑或这只是他的幻觉?因为等到他力图再捕捉一下这初冬的白花的时候,白花已经落到了他乘坐的这辆小汽车的轮子下面了。他似乎看见了白花被碾轧得粉碎。他感到了那被碾轧的痛楚。他听到了那被碾轧的一刹那的白花的叹息。啊,海云,你不就是这样被轧碎的吗?你那因为爱,因为恨,因为幸福和因为失望常常颤抖的,始终像儿童一样纯真的、纤小的身躯呀!而我仍然坐在车上呢。

他稳稳地坐在车上,按照山村的习惯,他被安排坐在与驾驶员一排的单独座位上。现在他在哪里都坐最尊贵的座位了,却总不像十多年以前那样安稳。离开山村的时候,秋文和乡亲们围着汽车送他。"老张头,下回还来!"拴福大哥捋着胡须,笑眯眯地说。大嫂呢,抹着眼泪,用手遮在眼眉上,那样深情地看着他。其实,并没有刺目的阳光,她只是用那手势表示着她的目光的专注。秋文的饱经沧桑,仿佛洞察一切的悲天悯人的神情上出现了一种他从来没有见过的期待和远眺的表情。他们的分别是沉重的,他们的分别是轻松的。这样,如秋文说的,他们可以更勇敢地走在各自的路上。路啊,各式各样的路!那个坐在吉姆牌轿车上穿过街灯明亮、两旁都是高楼大厦的市中心的大街的张思远副部长,和那个背着一篓子羊粪,曲背弓腰,咬着牙行走在山间的崎岖小路上的"老张头",是一个人吗?他是"老张头",却突然变成了张副部长吗?他是张副部长,却突然变成了"老张头"吗?这真是一个有趣的问题。抑或他既不是张副部长也不是老张头,而只是他张思远自己?除去了张副部长和老张头,张思远三个字又余下了多少东西呢?副部长和老张头,这是意义重大的吗?决定一切的吗?这是无聊的吗?不值得多想的吗?

秋文说:"好好地做官去吧,我们拥护你这样的官,我们需要你这样的官,我们期待着你这样的官……心上要有我们,这就什么都有了。"她缓缓地、微笑着说,她的声音里听不出一丝悲凉,她说得那样平稳,那样从容,那样温存又那样有力量,一刹那间,她好像成了张思远的大姐姐,她好像在安慰一个因为没有放起自己制作的风筝而哭哭啼啼的小弟弟,其实,她比老张要小好几岁呢!其实,老张已经是快六十岁的人了。快六十的人了,在他那个圈子里却还算作"年轻有为"。古老的中国,悠久的中华!这些年,青年人的年龄上限正像转氨酶实验阳性反应的上限一样,大大地放宽了。过去,转氨酶一百二就可以确诊肝炎,现在呢,转氨酶二百还不给开病假条呢!

离开山村,他好像丢了魂儿。他把老张头丢在了那个山乡。他把秋文,广义地说,把冬冬也丢在了那边。把石片搭的房子,把五股粪叉,把背篓和大锄,草帽和煤油灯,旱烟袋和榆叶山芋小米饭……全都丢下了。秋文和冬冬,是照耀他这个年轻的老年人的光,秋文便是照耀他的无限好的夕阳。他把夕阳留在了长满核桃树的云霞山那边,夕阳对他招着手,远去了。一步一远啊,这是文姬归汉时所唱的歌词。而有了北京牌越野汽车,车轮的旋转使变远的速度大大加快了。冬冬呢?冬冬什么时候才能理解他呢?冬冬什么时候才能来到他的身边呢?为了冬冬的母亲——海云,那颤抖的、被碾碎了的小白花,这一切报应都是应当的。然而他挂牵着冬冬,冬冬还只是一颗在地平线上闪烁、远远没有升起来的小星星,这颗星星总会照耀他的。他完全知道,所有的老年人对于下一代的过分的关心、过分周到的安排、给下一代提供的过分优越的条件和为了防范下一代而画地为牢的一切努力不仅注定是徒劳的,而且往往是有害的。然而他仍然默默地祝福着冬冬,这个连他的姓都不肯姓的他的唯一的儿子。他为冬冬的思想的偏激而忐忑不安，虽然他知道要求青年人毫不偏激无异于要求青年不要是青年，何况这一代青年成长在颠倒和错乱的年代，他们受了太多的骗，他们有太多的怀疑和愤怒。但是，冬冬是太过分了。他希望他的孩子能够了解历史，能够了解现实，能够了解中国，能够了解占中国人口绝大多数的农民。他希望他的儿子不要走上歧路。他希望儿子的可以原谅一部分的偏激不至于向害己害人害国的破坏性方面发展。

天晴了。明亮的夕阳有点儿晃眼。他把车内的褐色的遮光板放了下来。透过褐色的遮光板，他看到的是乡间的薄暮。然而他的身上有阳光，他的上衣和膝盖头上的阳光变幻着。路旁的树枝切割着夕阳，把光的碎屑不断地洒向他的全身，这给他一种捉摸不定的行进的感觉。他沐浴在这瞬息万变的光网里，渐渐地觉得舒适和满意。随着这嗡嗡声、轰轰声和沙沙声，随着指示盘上的红字的旋转和黑字的跳动，他离山乡越来越远，离北京越来越近，离老张头越来越远，离副部长越来越近。正在工作忙的时候，他竟然请了十几天的假。他甚至告诉部长，他要解决他的生活问题，接一个老伴来，把爱情说成是解决生活问题或解决个人问题，似乎这样说才合法，才规范。如果他说他要去看看他的心上人，那么人们马上会认为他"作风不好"，认为他感情不健康或者正在变"修"。把爱情叫作"问题"，把结婚叫作解决问题，这真是对祖国语言的歪曲和对人的感情的侮辱。但他还是要从俗，他还是用这种刻板的、僵硬的语言请了假。他离开了他的工作岗位，离开了一系列紧张而繁忙的事务，这使他十分不安。离开一个本来属于他的，他在里面过得很舒服、很适宜、很习惯了的办公室和住宅，这好像是不那么愉快的。但是老年人也是充满了想象的。那种想象使他激动得喘不过气来。于是他悄悄地走了。他坐了硬卧火车。他坐了长途汽车。夜间休息的时候四十二个人住在一间大房子里。烟气、汗气和臭气熏天。六盏四十瓦的荧光管灯终夜不关。他也坐过专门给他这个级别的领导干部派的小汽车，坐上这样的柔软而轻便的车，连侧视镜里映出的他的影像都像刚刚沐浴过，刚刚擦过油和吹过风一样的鲜亮。坐上这样的车，他美好得像一块新出炉的面包，带着小麦、牛奶、蛋黄和砂糖的芳香，烘烤得红扑扑的。下了这样的车，他住进只供外宾和高级干部住的宾馆。新安装的空调设备，开动起来就像野蜂在花的原野上飞舞。洁白的浴盆。小巧而方便的电加热淋浴喷头。然而这一切与他是没有多少关系的。这一切并不决定于他本身，他自己。他自己毋宁说是更适合那个遥远的山乡。他到那里去寻找秋文，寻找冬冬，寻找那还没有失去的老张头，寻找一个被农民所信赖、所关照的不幸的幸运的人。现在，他离去了。高级宾馆的一夜以后是四个小时的飞行。然后是他的吉姆车，秘书到机场来迎接，使他确认了自己的副部长的身份。又是繁华的街道，雪白的快行线，又是红灯。人口和车辆都增加了很多，一到十字路口，就要耽搁。再拐两个弯，汽车减慢了速度，停下了。握手、道谢，他邀请驾驶员上去坐一坐，驾驶员谢绝了。秘书从他手中抢去了所有的本来也不多的东西。明亮的电梯间，烫发的女服务员向他问好。他又回到了一个凡是知道他的职务的人都向他微笑的地方。钥匙插在锁孔里，他没有把钥匙给秘书，而是自己开的门。他不愿意在每一件小事上劳动别人。门开了，灯亮了，高分子化合物的墙壁和地面仍然是一尘不染，就像天天有人用洗涤剂刷洗过似的，他回来了，他坐到了沙发上。

海云

这是昨天刚刚发生过的事吗？海云的声浪还在他的耳边颤抖吗？她的声音还在空气里传播着吗？即使已经衰减到近于零了也罢，但总不是零啊，总存在着啊。还有她的分明的清秀的身影，这形象所映射出来的光辉，又传播在宇宙的哪些个角落呢？她真的不在了吗？现在在宇宙的一个遥远的角落，也许仍然能清晰地看见她吧？一颗属于另一个星系的星星此时此刻的光被人们看见，还要用上几百年的时间，她的光呢？不也可能比她自身更长久么？

然而这毕竟是遥远的往事，是上辈子的事了。这是一种老年人的心理吧，每当他想起那三十年代、四十年代、五十年代的事，便觉恍若隔世。会不会在一百年以后，二百年以后，五百年以后，有人会回忆起海云或类似海云来呢？他的那么多甜的、苦的、酸的和灼热的回忆，会不会在五百年以后隐隐约约地出现在那时的幸福而公正的社会（但也绝不会是天堂）的一个小伙子的心灵里呢？

上辈子，上辈子，是不是他与海云在上辈子见过面？一九四九年，解放区的天是明朗的天，打得好来打得妙呀打得妙，打得好来打得热闹真热闹，年轻人，火热的心，跟随着毛泽东前进，人们就是唱着这些歌解放全中国的。战争的严酷，行军的艰苦，转移、撤退、暂时的失利，牺牲，流血，负伤，饥馑，化装进城，宪兵的钢盔和闪亮的刺刀尖，碉堡的阴森森的眼睛，"剿匪总司令部"的布告，三整三查的紧张空气，一次又一次的检讨，在中国共产党人付出了人类所能付出的最大的代价以后，解放军摧枯拉朽，坦克、骑兵、炮兵与红绸舞、腰鼓队、秧歌队一起行进。一进城就先扭秧歌，一进城就响彻了腰鼓。人们甩着红绸解放了全中国，人们扭着秧歌可以扭到天堂，而一敲腰鼓，仿佛就会敲出公正、道义和财富。他那时二十九岁，唇边有一圈黑黑的胡髭，穿一身灰布干部服，胸前和左臂上佩戴着"中国人民解放军××市军事管制委员会"的标志。在他的目光和举止里，洋溢着一种给人间带来光明、自由和幸福的得胜了的普罗米修斯的神气。他每天可以工作十六个小时、十八个小时到二十个小时。他不知道疲劳。他有扭转乾坤的力量。他正在扭转乾坤。他比一切年轻人都更年轻，因为他前途无量。他比一切老年人更有经验，因为他是只占居民人口的千分之几的凤毛麟角的"老"革命家。他担任这个中等规模的城市的军管会副主任，他每天接待地下党组织的负责人、驻军领导、工会和学联代表、科技人员、资本家和国民党军政起义人士。他的话，他的道理，连同他爱用的词汇——克服呀、阶段呀、搞透呀、贯彻呀、结合呀、解决呀、方针呀、突破呀、扭转呀……对于这个城市的绝大多数居民来说都是破天荒的新事物。他就是共产党的化身，革命的化身，新潮流的化身，凯歌、胜利、突然拥有的巨大的——简直是无限的威信和权力的化身。他的每一句话都被倾听、被详细地记录、被学习讨论、被深刻领会、被贯彻执行，而且立即得到了效果，成功。我们要兑换伪币、稳定物价，于是货币兑换了，物价稳定了。我们要整顿治安、维护秩序，于是流氓与小偷绝迹，夜不闭户，路不拾遗。我们要禁毒禁娼，立刻"土膏店"与妓院寿终正寝。我们要什么就有什么。我们不要什么，就没有了什么。有一天，他正在对市政工作人员讲述"我们要……"的时候，雪白的衬衫耀眼，进来了一位亭亭玉立的大姑娘。现在想起来，那只不过是一个小小的女孩子。就像小时候走也走不完的长街,长大了以后一看,原来是一条小巷。

她那时是多少岁呢?十六岁,实足年龄只有十六岁,比他小十三岁。瘦瘦的,两只热情、轻信而又活泼的大眼睛。她进来了,她说话的时候两眼紧盯着你,她那么愿意看你,因为,你就是党。她当时是一个教会学校的学生,学生自治会的主席。(后来把自治两个字去掉了,不知为什么。)她的同学们因为参加欢庆解放的军民联欢游园活动和讨论社会发展史,同校董事会和几名外国修女发生了冲突。海云激动地向他诉说事件的始末,说得他也热血沸腾起来……等到这个事情以中国青年人的彻底胜利而结束以后,海云又来了,"我们全体同学都希望您去做一个报告,讲一讲我们的斗争的胜利的意义。""全体同学?那么你自己呢?"他问。他为什么要这样问呢?他这样问可没有什么别的意思。但是,这个不大不小的姑娘闯进他的办公室使他觉得愉快,就像白鸽使蓝天变得亲切而鱼儿使海水变得活泼。他对这个姑娘的明亮的眸子产生了一种好感。"我自己更不用说了,我愿意天天听您讲话。"海云回答。她为什么这样回答呢?这难道不是爱吗?当然是爱,然而爱的是党。叮叮当当,蓝色的火花打响在头顶上,他和海云坐在有轨电车里。那时候还没有那么多小汽车,那时候他并不注意出门的时候要小车,那时候小汽车远没有日后那么大的意义。有轨电车的司机叉着腿,用脚踩着铃铛,刚把手柄放开,刷的一下又关掉了电门。他们没有座位,他们各自握着一个悬挂在皮带上的赛璐珞白环。就这样海云也不住嘴地说了许多。"我们班有两个特务,她们现在很惊慌。她们造谣说蒋介石的空军把上海给炸平了。我们组织了斗争会,在这场斗争里有四个同学申请入团。""我们组织了讨论,什么是共产主义的人生观。'人最宝贵的是生命,生命对于人只有一次而已……'我们把保尔·柯察金的话抄在了壁报上。"他进入了礼堂,女学生们拼命鼓掌，鼓掌的声音像潮水一样。所有的眼睛都乌黑，晶亮，闪烁着崇敬和喜悦的泪光。麦克风坏了，先是发不出声音，后来又嗡嗡地响个不住。等待麦克风的修理就用了半个钟头。海云站到了台上："同学们，咱们唱个歌儿好不好？""好！"回答的声音比上课还齐。"你们那一角是第一部，顺序往这边是第二部、第三部……"她一挥手就把学生分了四部，韩信当年指挥军队也不会这么利索。

　　民主政府爱人民哪，爱人民……
　　共产党的恩情，恩情……
　　说不完哪……说不完……不完……
　　呀呼咳咳依呼呀呼咳，呀呼，呀呼
　　……咳咳！咳咳！咳咳！咳咳！

……全礼堂都在"咳咳咳咳咳咳"，好像在抬木头，好像在砸石头，好像在开山，好像在打铁。是的，打铁。

　　我们大家，都是熔铁匠，
　　锻炼着幸福的钥匙……
　　快把那铁锤，高高举起，
　　打呀打呀打……

和声部分开始了，只有从充满了热情、欢乐和神圣的革命目标的少女的心灵里，才能唱出这么动人的歌。海云指挥着，她的头发舞动如火焰，张思远看到了激情在怎样使她的年轻的身体颤抖。她就是刘胡兰，她就是卓娅，她就是革命的青春。麦克风终于修好了，他开始做报告。"青年团员们!"鼓掌。"同学们,向你们问好!向你们致以革命的、战斗的敬礼!"鼓掌。"你们是新社会的主人,你们是新生活的主人,先烈的鲜血冲开了光辉而宽阔的道路,你们将在这条道路上,从胜利走向胜利!"点头称是,一字不漏地往小本子上记,但仍然不影响频频地鼓掌。"中国的历史,人类的历史,开始了崭新的篇章,我们再不是奴隶,再不是任凭命运摆布的可怜虫,我们再不用悲叹,再不用流泪……我们要用我们自己的双手来铸造我们的未来,一切失去了的,我们都要夺回来!一切还没有的,我们都要创造……在消灭了剥削,消灭了压迫,消灭了一切自私、落后和不义之后,我们失去的只有锁链,我们得到了全世界……"更加热烈的鼓掌。他看见了海云的激动的泪花。泪花在女学生们的睫毛中间滚动,泪光里闪耀着红旗、灯塔、军号和水电站。那一次,他怎么那样口若悬河,热情澎湃?他讲了许多空洞的、幼稚的话。但是,他是真诚的。他是相信的,她们都是相信的。过去的一切都已经被革命的烈火烧成了灰烬,而新的生活、新的历史,就像那洁白、光滑、浑圆的电车上的赛璐珞环一样,掌握在她们自己的手心里……

然后是通信、打电话、见面、散步、逛公园、看电影、吃冰棍和冰激凌,他和海云在一起。然而主要的并不是公园、电影和冰棍,主要的是政治课,是海云提问和他进行解答、辅导。他像全能的上帝一样,可以准确无误地回答海云关于世界、关于中国、关于人生、关于党史、关于苏联、关于青年团支部的工作的一切问题。海云用那样虔诚、热烈而庄严的目光看着他。他实在控制不住自己了,他突然把海云搂到自己的怀里,吻了她。她没有一点儿抵抗,没有一点儿对自己的保护,没有一点儿疑虑,甚至连羞怯也没有了。她只是爱慕他,崇拜他,服从他。他不是同样觉得她亲近吗?他不是从第一眼起就觉得她已经是自己的亲人了吗？上级和同事的一切劝告对他都没有起作用，就像海云的父母的激烈反对对海云没有起作用一样。他们结婚了，他三十岁，海云虚岁十八。爱情和革命都在洒满阳光的大道上迅跑。为了他们的婚姻，海云中学都没有上完，她到一个党委机关做打字员去了。

一九五〇年，他们有了第一个孩子。就在这第一个孩子降生的时候，朝鲜战场的局势发生了重大的变化，中国人民志愿军出国参战，而在这个城市出现了一起反革命破坏事件。为了支前，为了宣传，更为了和反革命分子作斗争，他一个多月之内竟没有回一趟家，虽然他家离他的办公地点不过三公里。那天，在一个重要的会议上，他接到了海云的电话，说是孩子发高烧，很危险。"我正忙啊！"他说，电话挂上了，他似乎听见了海云的哭泣，他的心动了一下，他有点儿责备自己。"散了会我要回去一下。"他对自己说。其实他如果真的想回去他早就回去了，但是，大家都在忙，连科长和干事也是每天开夜车，一连多少天不回家，不但每个星期六和星期天，就连新年和春节也在忙工作。革命无常规！常规非革命！多加一分钟的班，世界革命就能提前一分钟取得胜利，纽约的贫民窟就会早一分钟照上太阳，而朝鲜代表在保卫和平大会上讲的那些苦难就会早一分钟消失。那一天开完会是深夜一点四十分。他有意识地提前结束了会议。一个和外国间谍有牵连的反革命集团被侦破了，很快撒下了天罗地网，两个小时后开始行动。抓个空子他回了家，进门的时候他还在看手腕上的表。然而……

孩子，他和海云的第一个孩子已经死了。

海云在发呆，她的茫然如洞的两只眼睛使张思远倒吸了一口冷气。他问，他劝，他安慰，她却始终木然。他检讨自己，他哭了，他甚至想跪在死了的孩子和呆了的小母亲面前,她仍是木然。"可你不能只想到自己,海云!我们不是一般的人,我们是共产党员,是布尔什维克!就在这一刻,美国的B-29飞机正在轰炸平壤,成千的朝鲜儿童死在燃烧弹和子母弹下面……"他忽然激动起来了,他说了许多过后看来是冠冕堂皇的和不近人情的、在当时却是非常严肃和认真的话。到时间了,警卫员来催他,他匆匆地走了。

从此他和海云互相变得陌生了。海云还是一个未经事的,没有得到足够的改造和锻炼的小资产阶级知识分子。他们的思想往往是空虚的,他们的行动往往是动摇的。她既平庸而又琐碎,而他在海云的眼里呢,也许愈来愈显得冷酷、自私、夸夸其谈。他意识到自己的责任,他谴责自己破坏了海云的学业,甚至海云的幸福。经过他的努力,海云到上海的一个名牌大学学外国文学去了——是海云自己最喜爱的专业。在火车站上,当汽笛鸣叫了三声,当广东音乐《娱乐升平》的曲调响起,当机车沉重地喘了几声粗气,当学生打扮、穿着朴素、用一根橡皮筋束起了头发的海云从车厢里探出头来,向他挥手的时候,他看到了海云的笑脸上的光辉。恋爱、婚姻,压缩到最小最小的家庭生活,孩子的生和死,所有这一切好像并没有当真发生过,海云仍然是教会女子学校的学生自治会主席,到了上海的大学,她将仍能指挥上千名学生高唱"解放区的天是明朗的天",而他呢,仍然是一个年轻的老革命,一个忘我地工作的领导干部。他们之间的关系,仍然是那么质朴,那么纯洁,那么高尚。正像没有不期而遇便没有友谊和爱情一样,没有离别也就没有感情的留恋。海云走了,他们通着信,他想念海云,想得很苦,很苦。正是沸腾的岁月,"三反五反"、打"老虎",他领导运动的几个单位一共揪出了十四个贪污数字过亿(旧币)的大老虎,虽然后来经过复查,真正能够成立的只有两个人,他仍然充满了胜利的喜悦。肃反,大家结合学习《"关于胡风反革命集团的材料"的按语》进行揭发、检举、交代、追查和斗争。搞出了枪,搞出了电台,搞出了一个又一个的反革命分子。又查清了一大批人的历史。运动接踵而来,他们正在荡涤旧世界的污泥浊水。一九五六年,他被任命为这个市的市委书记。他的一举一动,一言一行都影响到全市三十万人,就连他的皱眉或者微笑,他的表情和手势,他的目光和步伐,都受到各方面的注意。他就是城市,他就是市委,他就是头脑、心脏、决策。他殚精竭虑把全市的工作做好,不论是打苍蝇还是盖工厂,他们的工作都走在前面。他成为一架辉煌的、巨大的机器的一部分,在这机器的运转中,他感受到自己的觉悟、智慧、精力、责任心,感受到自己的分量,他的生存的意义。没有市委,没有他对于市委的指挥,也就没有他。

但是和海云的事情还是弄不好。海云上大学一个学期,寒假中回来了,离别唤醒了他们的爱情,他们一起谈论福楼拜和莫泊桑,他对于法国文学就像海云对于党委领导工作一样无知,他的问题和话语使海云哈哈大笑,海云完全明白他是为了讨自己的欢心才不怕谬误百出的。为了报答他,海云也关心起这个市的普选和财政预算。他们还一起烧了一次鱼,他发现海云的烹调技术胜过饭店的特级厨师。浇鱼的汤汁到底是用什么做的,始终是一个谜。春节的饺子以后是灯节的元宵。然后海云又走了,临走的时候因为一个重要的会议他没有能够去车站。海云来了信,她又怀孕了。他皱起眉来让海云去做流产,这激怒了海云,一连四个月不给他写信。放暑假的时候,大着肚子的海云办好了休学手续回到了家。"我们已经失去了一个儿子。"海云的忧郁的目光在埋怨。他也感到内疚,生产以后不但找了很好的保姆,而且新成立的儿童医院的主治大夫成了书记家里的常客。本来说是休学半年，实际休了一年，海云离不开他们的第二个也是唯一的儿子。张思远认为既然这样海云就不必再去上学，上不上大学对她来说已经是无关紧要的了。上不上大学她也会得到足够的尊敬和足够良好的工作条件。但是不，海云一定要上，而且换个本市的学校也不行。这么坚决，却又在临行前夜把眼泪流在快满一周岁的冬冬头上……

风和风打架。水和水冲突。人和人矛盾。自己也跟自己过不去。这个充满矛盾的世界和人生！月亮缺了，还会复圆。你果真能断定，这复圆了的月亮，便是当初那缺了、窄了、暗淡了的月亮吗？蚕蛾僵了，又出现了许许多多赶忙吃桑叶的蚕宝宝，你当然知道，这蚕已经不是那蚕。江河流水，一个浪头跟着一个浪头，后浪和前浪，它们之间的区别，它们之间的联结，又在哪里呢？

海云，海云，我了解你么？你了解我么？你为什么不原谅我？你又怎么能原谅我！

风言风语。好心的，恶意的和居心叵测的。张思远大发雷霆。难道我管得了一个城市的几十万人，却管不了你一个吗？他的内心里甚至发出了这样强梁跋扈的呐喊……但是为什么，当海云出现在他的面前，当他发现海云穿的都是她自己的旧衣服，而他给她买的一切讲究的服装都被丢弃了的时候，他是那样空虚，连一句硬话都说不出来了呢？"为了我们的孩子……"在那里请求的竟是你自己。海云沉默着，她哭了一场，退了学，答应和那个男同学断绝关系。虽然没有毕业，海云到本市的一个师范专科学校当助教去了，不久，她还被任命为系党总支的副书记。于是，张思远放心了，何况，海云上下班也是由市委的车子接送……

晴天霹雳。在一九五七年的反右斗争中海云被揪出来了。"我实在没想到你会堕落到这一步，你怎么竟然去为那些反党的小说喝彩？

你是什么人？我是什么人？你忘记了吗？"他背着手，踱来踱去，立场坚定，铁面无私。"只有低头认罪，重新做人，革面洗心，脱胎换骨！"他的每个字都使海云瑟缩，就像一根一根的针扎在她身上，然后她抬起头。张思远打了一个冷战，他看到她的冰一样的目光。……一个月以后，海云提出离婚，他仍然想挽回，但是各方面的情况都说明离婚是不可避免的了。在他最后一次见到已经办好离婚手续的海云的时候，他甚至发现了海云脸上的喜气，这曾经使他大为恼怒。"堕落了，确实是堕落了。"他对自己说。

　　枝头的树叶呀，每年的春天，你都是那样鲜嫩，那样充满生机。你欣悦地接受春雨和朝阳。你在和煦的春风中摆动着你的身体。你召唤着鸟儿的歌喉。你点缀着庭院、街道、田野和天空。甚至于你也想说话，想朗诵诗，想发出你对接受你的庇荫的正在热恋的男女青年的祝福。不是吗，黄昏时分走近你，将会听到你那温柔的声音。你等待着夏天的繁茂，你甚至也愿意承受秋天的肃杀，最后飘落下来的时候，你甚至没有一声叹息。因为你已经生活过了，尝过了，爱过了。你虽然只是一片小小的叶子，却为大树、为鸟儿、为情人做了你所能做的一切。但是，如果你竟是在春天，在阳光灿烂的夏天刚刚到来之际就被撕撸下来呢？你难道不流泪吗？你难道不留恋吗？虽然树上还有千千万万的树叶，虽然第二个春天会有同样的千千万万的树叶，虽然这棵大树在可以预见的将来也许永远不会衰老，然而，你这一片树叶却是永远不会再现的了。地老天荒，即使这个地球消失了，而宇宙间的星云又重新结合成一个又一个的新的地球，你却永远不会再接受到阳光和春雨的爱抚了，你也永远不能再发出你的善良的絮语了。

　　然而汽车在奔驰，每小时六十公里。火车在飞驰，每小时一百公里。飞机划破了长空，每小时九百公里。人造卫星在发射，每小时两万八千公里。轰隆轰隆,速度挟带着威严的巨响。

美兰

美兰是一条鱼。美兰是一只雪白的天鹅。美兰是一朵云。美兰是一把老虎钳子。

海云才走,美兰就来了。很可能这出自许多关心他的人的通力安排。他们早就不赞成一个市委书记和一个学生娃娃式的女人共同生活。美兰浑身放着光泽和香气。美兰有一张大白脸。美兰那样坚定地来填补海云留下的空缺,好像这一切都是注定了的。她来接任书记夫人的职务就像他接受书记的职务一样充满信心和不容怀疑。她有时候凝神沉思,脸上显出一种难以捉摸的表情,前额上会出现两道显得有点儿凶恶的竖纹。然而只要一看到张思远,这竖纹便立即消失了,露出迷人的微笑。她的到来使张思远的生活发生了极大的变化。衣、食、住、行,一切都出现了飞跃。"为了你的工作……"美兰把这句话挂在嘴上,使他觉得名正言顺、心安理得。旧沙发换了新沙发,金黄色的缎子面闪闪发光。他软瘫在上面,舒适而又疲乏。他恍惚有一个印象,美兰动不动就找行政处交涉什么。他抗议说:"不要随便提什么要求。生活上不要太讲究。原来的沙发就很好,换什么?"美兰嫣然一笑:"瞧你说的!你忙得忘记了一切,你忙得未老先衰了,你难得回家休息那么一小会儿,难道就不应该把条件搞好一点儿么?"他没说什么。他正在横下一条心搞炼钢,许多家庭把锅都砸了。反右,反右倾,反保守,形势逼人,他的神经长期处于紧张之中。一个新的发光的柔软的沙发,正像一个新的发光的温柔的夫人一样,对于他来说绝不是什么奢侈。只是在偶然的情况下,他模糊地感觉到自己的生活要听从美兰的安排,有时简直是被美兰牵着鼻子走。这使他有些不快。在更偶然的情况下,一个娇小的、瘦弱的、纯洁的海云的影子在他眼前一闪,他心头蓦地一动,他睁开眼,什么也没有。好像一株小树从车窗外面掠过,他定睛看时,小树早已经被车轮抛在远远的后面了,他没有工夫怀恋,他没有工夫叹息。

变异

处境和人,这二者的关系是怎样的呢?坐在黄缎面的沙发上,吸着带过滤嘴的熊猫牌香烟,拉长了声音说着"啊——喽——这个,这个——"每说一句话就有许多人在旁边记录,所有的人都向他显出了尊敬的——可以说,有时候是讨好的笑意的,无时无刻——不论是坐车、看戏、吃饭还是买东西——不感到自己在生活中特别尊贵的位置的张书记,和原来的那个打着裹腿的八路军的文化教员,那个为了躲避敌人的扫荡在草稞子里匍匐过两天两夜的新任指导员张思远,究竟有多少区别呢?他们是不同的吗?难道艰苦奋斗的目的不正是为了取得政权、掌握政权、改造中国、改造社会吗?难道他在草稞子里,在房东大娘的热炕上,在钢丝床或者席梦思床上,不都是一样地把自己的身心、自己的力量,自己的每一天和每一夜献给同一个伟大的党的事业吗?难道他不是时时怀念那艰苦卓绝的岁月,那崇高卓越的革命理想,并引为光荣么?那种小资产阶级的无政府主义,那种视胜利为死灭的格瓦拉式的"革命",究竟与我们的现实、我们的人民有什么相干呢?他们是相同的吗?那为什么他这样怕失去沙发、席梦思和小汽车呢?他还能同样亲密无间地睡在房东大娘的热炕头上吗?

他怕失去他的领导职务,绝不仅仅因为生活上的优厚条件,他自己辩解说。他怕失去党,失去战斗的岗位,失去在这个伟大的队伍中的重要的位置。位置,位置,位置好像比人还要重要。这些年,他主持一个又一个的运动,他亲眼看见了那些失去了位置的人的狼狈相。揪出来,定性,这是比上帝的旨意,比阎王爷的勾魂诏,比任何人和多少人的愿望、意志和情感更强大一千倍的自在的和可畏的力量。他当过市委书记,他自以为是全市的主宰,但是,当海云被"揪出来"和"定下来"以后,他毫无办法可想。他亲手经办了一个又一个的揪出来和定下来的事情。一夜之间,一个神气活现的领导干部便成了人人所不齿的狗屎,扬起的眉毛塌下来,刺人的目光变得可怜巴巴,挺直的腰身弓下去,焕发的容光变得毫无血色。人们对这种挨斗的脸色有一种粗野的比喻,叫作像被屁熏过一样。这简直是一种魔法,一种丝毫不逊于把说谎的孩童变成驴子、把美貌的公主变成青蛙、把不可一世的君王变成患麻风病的乞丐的法术。

但是他没有想到这个法术会施行到他的身上。历次运动中,他经常给下级、给群众讲:"无产阶级在斗争中体会到的是胜利的喜悦,斗争对于我们是得心应手的事情。只有没落阶级,才对斗争充满灭亡前夕的恐惧和感伤。"那么,一九六六年为什么他一听见红卫兵的锣鼓声就心跳呢?

事后他经常回忆,这一天是怎么到来的。当"五一六通知"刚刚下达的时候,他仍然像历次运动一样,紧张中又有点儿兴奋。他知道这样的运动既是无情的又是伟大和神圣的。但这次势头好像特别猛。

大风大浪也不可怕,他只有迎着风浪上。而且他深信这一切是为了反修防修,是用革命手段来改造社会、改造中国、创造历史的必要。他知道又要有一批领导干部倒下去,但是为了党的利益他不能温情,他毫不犹豫地举起了阶级斗争之剑。他批准了对报纸副刊主任的批判,这种批判实际上是政治上的乱棍。接着又把文联主席作为黑帮头子抛了出来。报纸上一个劲儿地提醒人们警惕走资派舍车马保将帅的诡计,一个文联主席是太小了,于是他横下心抛出了市委宣传部长。然后是分管文教工作的副书记。黑帮、牛鬼蛇神越抛越多,越抛越把他自己裸露到了最前线。终于,水到渠成,再往下揪就该轮到他自己了。

但他仍然觉得突然,觉得不可思议,觉得是另一个张思远被揪了出来,被辱骂,被啐唾沫,被说成是走资派、叛徒、"三反"分子。他觉得还应该有一个张思远才是他本来的面目,那个张思远坐在市委小楼(专为常委以上领导干部办公用的)的书记办公室,小楼门口有武装警卫。办公室有两间,外面一间比较大,铺着略旧了的地毯,墙上挂着市区平面图、城市规划图、绿化图和郊区水利工程图。一张一头沉办公桌,桌上有电话分机,还有一套沙发。他的秘书坐在一头沉的后面,细心、负责、一丝不苟。里间屋是他用的,有讲究的吊灯和台灯,有崭新的地毯,有黑漆硬木的大写字台,有皮面的旋转软椅,还有一张铜栏杆的钢丝床,供给他在中午或会议的间隙小憩之用。他看文件,他写批语,他画圈和打钩,他打电话,他沉吟、苦思,他毅然决断,然后告诉秘书去办。按他的级别,省辖市的书记本来不应配秘书,但是办公室还是派了一个秘书来,多年来,别人、他自己和秘书本人都认为那就是他个人的秘书。除去全市的工作,他没有个人的兴趣和个人的喜怒哀乐。他几乎整整十七年没有休过假,甚至于在看他自幼喜爱的地方戏的时候他也不得安宁,有些急件要送到剧场,有些电话转到了剧场来。离开了领导工作，就不存在什么张思远。同样，他也从来没有想象过市委能离得开他。

然而现在又出现了一个张思远，一个弯腰缩脖、低头认罪、未老先衰、面目可憎的张思远，一个任凭别人辱骂、殴打、诬陷、折磨却不能还手、不能畅快地呼吸的张思远，一个没有人同情、不能休息和回家（现在他多么想回家歇歇啊）、不能理发和洗澡、不能穿料子服装、不能吸两毛钱以上一包的香烟的罪犯、贱民张思远，一个被党所抛弃、一个被人民所抛弃、一个被社会所抛弃的丧家之犬张思远。这是我吗？我是张思远吗？张思远是黑帮和"三反分子"吗？我在仅仅两个星期以前还主持着市委的工作吗？这个弯着的腰，就是张思远书记——就是我的腰吗？这个灌满了稀糨糊的棉衣（红卫兵把大字报贴到了他的背上，顺手把一桶热糨糊顺着脖领子给他灌进去了）是穿在我身上吗？这个移动困难的、即使上厕所也有人监视的衰老的身躯，就是那个形象高大、动作有力、充满自信的张书记的身躯吗？这个像疟疾病人的呻吟一样发声的喉咙，就是那个清亮的、威风凛凛的书记的发声器官吗？他一次又一次地向自己提出这样的问题，百思不得其解。他得出结论：这只能是一场噩梦，这是一个误会、一个差错，简直是在开一个恶狠狠的玩笑。不，他不相信自己会成为党和人民的敌人，不相信自己会落得这样下场。我们应当相信群众，我们应当相信党，这是两条根本的原理。这个活着还不如死了好的癞皮狗一样的"三反分子"、黑帮张思远并不是他自身，这是一个莫名其妙的躯壳硬安在了他的身上。标语上说：张思远在革命小将的照妖镜下现了原形，不，那不是原形，是变形。他要坚强，要经得住变形的考验。

但是，冬冬的几个嘴巴把他的精神支柱摧垮了。

冬冬

父亲对于孩子的感情和母亲是不同的。从呱呱坠地的那一刻起，不，从生命的信息突然发生在自己的肚子里，孩子的一哭一笑、一动一止、一声一息都牵动着母亲的心。而张思远在开始的时候竟然感觉不到那个软软的、抱也抱不起来、身上带着尿臊味儿、哭起来没完、哭起来就闭上眼睛不肯睁开的小生命和自己有什么不可分割的关系。由于第一个儿子的夭亡，他对一九五二年冬天来到他和海云的生活里的冬冬，抱着一种特别的小心翼翼的加意保护的态度。这是一种责任感，这是一种习俗——父亲都应该爱儿子。然而，这不是爱。有爱也暂时还只是对于海云的。他知道海云是怎样牵肠挂肚、如呆如痴地爱着孩子，在海云坐月子的头一个星期，张思远为了海云甚至需要做出非常喜欢冬冬的样子，这使他觉得羞愧、不自然。

十个月以后，海云休学完毕，走了。冬冬已经能站立，能扶着墙挪动一下步子，能用含糊不清的声音叫"叔叔"了。冬冬总是把父亲叫成叔叔，使张思远略感不快。那时的冬冬已经长出了八个牙，能吃饼干，甚至有一次流着眼泪嚼完了一根大葱。这一切使冬冬像一个人了。一个新的人来到了张思远的身边，他将是他人生路上的又一个伴侣。这种想法使张思远嗓子里热乎了一下。在工作忙的时候，他有时会打个电话问问孩子情形。

这以后传来了海云和班上一个男同学关系"不正常"的消息。一种最庸俗、最卑劣的令人恐怖的念头一闪而过：冬冬是我的吗？讨厌！

我哪有时间管这些。我要管的是三十万人的命运。他忙得没有时间正眼看冬冬一眼了。

但是他原谅了海云,因为他是一个登高望远的领导者,更因为,他爱海云。有爱就有宽恕,什么都能宽恕。他看不得海云的孩子般的面孔上缀满泪珠。他宁愿自己受辱。但如果他的爱恰恰是海云的不幸的根苗呢?呵,呵,呵!海云的泪珠,荷叶上的雨滴,化雪时候的房檐,第一次的、连焦渴的地面也滋润不过来的春雨!一九五四年春天,隔着雨丝他一眼就看到了冬冬的紧贴着玻璃窗的脸,压扁了的鼻头青、白,丑得可爱。到处是清凉、湿润、对焦渴的心灵的慰藉。永远不老的春天,永远新鲜的绿叶,永远不会凝固、不会僵硬、不会冻结的雨丝!小冬冬爬到桌子上,把脸贴到玻璃窗上,目不转睛地看着这大自然的奇观:到处悬挂着亮晶晶的雨丝,新鲜、好奇、迷恋而又困惑。这是一个人有生以来的第一次赏雨。像蚕儿忙碌在桑叶之中一样忙碌在会议和文件之中的张思远被冬冬赏雨的画面深深地打动了,他心潮汹涌。春天,绿叶,雨丝,这是为了新生者而存在的。只有年幼者才能看到他所看不到的那些惊人的美丽,只有第二代才能懂得他所不懂的生活的魅力。生生不已,这世界才不会霉朽在锈垢里。他没有惊动自己的亲儿子。亲儿子,亲儿子!这甚至使他回想起或者根本不是什么回想,他只是模模糊糊地感觉到,正是他自己,在他两岁的时候,在三十一年以前,也用同样的姿势压扁了鼻子,欣赏这人生的第一遭春雨。冬冬和他,不就是一条生命之线上的两个点吗?他走了,为了千千万万幼小的孩子,他愿意背负起所有的重担,他愿意把一切心力献给自己从幼小时就参加了的人类最宏伟也最艰巨的事业。冬冬长大了,他们的生活会比我们这一代人好得多!祝你幸福,儿子!

从此,他一有空闲就愿意与儿子在一起。当他拉着儿子的手,缓缓地（儿子已经在小跑）走在大街上的时候，在他的身旁，不就是一个和他一样，或者即将和他一样的男子汉吗？当他把儿子抱到冷食店的乳白色的藤椅上的时候，他不是平等地在和另一个独立的人——现在是他的客人呢——"共进冷饮"吗？当儿子把脸伏在一块北冰洋牌大冰砖上，快乐地发出呜呜的声音，他又是怎样地幸福，怎样地惬意啊！等冬冬吃完了，他把儿子高高地举起来，举得远远高过了自己的头颅，看，儿子比我还高呢！父与子的爱，男性的爱，与其说是血缘的亲密，不如说是友谊！

然而这友谊遭到了风暴，原因当然是孩子的母亲。一九五七年，海云居然在系里宣扬几篇以反官僚主义为名向党进攻的小说。这几篇小说是二十年以后张思远才看到的。为什么我当时竟想不起来找小说看一看呢？然而即使有空去看小说也是没用的，因为那是一个看重信仰和热情远远胜过现实和理性的年代。于是海云变成了反党反社会主义的右派分子、企图从内部攻破堡垒的帝国主义的代理人、披着羊皮的豺狼、化装成美女（我的天！）的毒蛇、睡在身边（！）的敌人，她起的是蒋介石所不能起的危险和恶劣的作用。而结果呢，自然是海云要求离婚，他尽最大的力量做最后的努力，没有效果。我可是仁至义尽了，办离婚手续前后他一再自己对自己说，正是这种对自己无咎的坚信和一再提醒，使他意识到自己有一点底虚，正像大声唱着歌走夜路的人，声音越大，说明他越虚弱。

冬冬怎么办？他们没有谈很多。"我仍然是他的父亲，你仍然是他的母亲。"这是不言而喻的，共产党人是共产主义者，不会像划分私有财产一样地划分孩子。孩子一开始住在他这里，很快他也认识到没有母亲的孩子便是没有人穿的衣服，而没有父亲的孩子至多是没有衣服穿的人。孩子后来住到了海云那里，他有空的时候，便派汽车去接。然而冬冬是太懂事了，不论是北冰洋的冰砖、粉红色的草莓冰激凌还是高级西餐馆里装在高脚银杯里的菠萝三得，已经不能使他快乐，使他呜呜地叫，甚至也不能使他展眉一笑了。

然后美兰占领了他的全部空白，虽然他们没有孩子。他也逐渐适应了、喜欢了美兰给他安排的舒适而又合理的生活。美兰一定学过运筹学，她的生活的第一准则绝不是享乐，而是合理。早晨喝茶而晚上喝酒，早上用较凉的水洗脸而晚上用温热的水洗浴，坐着伏尔加牌汽车去看电影的时候还要让司机在电影开演以后开上车去菜市场买鲜笋，一切都透着合理。然而这样合理又这样美满的生活，仍然使张思远激动不起来。她带来的只是舒服，是令人困倦的幸福，是一种酒醉饭饱的无差别境界。而这境界又是乏味的。他几次找已经上了小学的冬冬，没有找来。于是，一九六四年的一天他自己乘车去郊区的一个小学看望冬冬。他不愿意见海云，他不能去海云家。尤其是海云也已经结婚，对方正是大学期间的那个同学。海云的这种行为更证明了他的高尚无瑕，他的良心获得了一种解脱。

一九六四年的冬冬瘦弱、苍白，显然营养不良。一九六〇年困难时期，张思远曾经打发人给冬冬送过几次高价的奶油点心与高级巧克力，奶油点心与巧克力并没能使儿子壮实起来。而且张思远觉得，在送过点心与巧克力之后，儿子与他更疏远了。一九六四年的这次见面，冬冬一再强调："爸爸待我很好。"他管继父叫作爸爸而称生父张思远父亲，而且全部称呼都是"您"。他才十二岁，他那种客气而又提防的表情使张思远想起自己的某个下属。又加上美兰得知他去看望冬冬以后给他施加的无形的压力——一切如常，只是美兰的额头显出了那两道竖纹，而且笑声特别不自然。这种笑声使他觉得脊背上冒冷气。于是，他不再去看冬冬了。一九六五年春节，他又派人往学校给冬冬带去了花蛋糕。谁想得到,花蛋糕被原封退了回来。附有冬冬的一个字条:父亲,谢谢您。不要再给我送吃的了,请您不要生气。他生气了,他已经越来越习惯把人分成上级和下级,下级对他都是毕恭毕敬的,他轻易地向下级发脾气而不会有任何不良后果,而且,脾气是威严、是权势的一个不可或缺的部分。而冬冬(当然不会是他的上级)却这样对待他,真是岂有此理!

将来等他大了,他会明白这一切的,他会自己来找我的,他会懂得,有一个老革命的爸爸,有一个市委书记的爸爸是多么荣耀和福气!张思远这样想。

两年以后,他弯腰撅腚,站在台上挨斗。打倒大叛徒大特务张思远!张思远不投降就让他灭亡!砸烂张思远的狗头!只有不要脸的人才说不要脸的话。顽固派……只能变成不齿于人类的狗屎堆。呼噜咕咚呜隆,好像在开锅,好像在刮风,好像耳朵聋了什么都没有听见。头发根被揪得发麻,腰弯得好像变成了两截。但这一切总会过去,他被斗已不是第一次。就在这时候,忽然冲上来一个少年,他正好抬起眼皮偷看了一眼,天呀,冬冬!嗖地抡起了巴掌,第一下打在他的左耳朵上。这真是咬牙切齿的狠狠的一击,只有想杀人、想见血的人才会这样打人,只一下就打得张思远从两个扭住他的胳臂的小将手里跳了起来,连脑袋都嗡地一响,像通了电,耳膜里的刺心的疼痛使他半身麻木,恶心得想要呕吐。那抡起的手臂又用手掌背反打了他的右耳,这一下比较轻,感到的疼痛却更加分明,等挨了第三个巴掌以后,他已经不省人事了。

昏迷中,他听到了那个打他的少年——他就是冬冬,没错!好像哭出了声。

阶级报复!只有用阶级斗争的观点才能说明这一切。海云是已经定性、已经做了板上钉钉的正式结论的阶级敌人。而张思远，尽管目前在受群众的审查，但他的职务是省委正式任命并在中央组织部备了案的。他的身份仍然是一个城市的党的委员会的领导人。革命群众要打倒他，给他提出了许多罪名，但这一切没有做结论，没有定性。他的问题与海云有着本质的差别，阶级的差别。冬冬顽固地站在他的妈妈的反动立场上，也许是接受他妈妈的指使，对张思远实行阶级报复，谋杀！不是说"只准左派造反，不准右派翻天"么？不是说在"史无前例的无产阶级文化大革命"中，难免鱼龙混杂，泥沙俱下，难免有各式各样的牛鬼蛇神跳出来么？冬冬的行为就是右派翻天，就是牛鬼蛇神跳了出来。需要找个机会，向看管自己的革命群众把这个问题谈一谈，提醒他们要密切注意阶级斗争的新动向，提醒他们对于社会上的真正对党对社会主义怀有刻骨仇恨的人，绝对不能手软。

然而他自己先软了。没过几天，他得到了海云自缢身亡的消息。几乎与此同时，他得知美兰已经正式贴出了造反声明，要与他彻底划清界限。这后一个消息对他却几乎没有产生什么影响。

审判

我请求判我的罪。

你是无罪的。

不。那有轨电车的叮当声，便是海云的青春和生命的挽歌，从她找到我的办公室的那一天起，便注定了她的灭亡。

是她找的你。是她爱的你。你曾经给她带来幸福。

我更给她带来毁灭。我没有照顾好我的第一个儿子,到现在我甚至于想不起他的小脸是什么样子。我得罪了冬冬,我现在才明白,我送去的巧克力和花蛋糕只能提醒他注意到我和他最亲爱的妈妈的处境的差别。在她流泪的时候,我本应该用手绢,不,用手指揩干她的泪水。但是我没有这样做,我向她打了一番官腔。但最主要的还不是这些。如果没有我,她会安心上大学,她会成为教授、专家,她会毫无负担地在完成学业、取得一定的成就以后找一个年龄、性格、地位更合适的伴侣。由于有了我,这一切都成为不可能了。这使她郁郁寡欢,这使她在一九五七年说了一些带情绪的话。

但是你爱她。真的吗?

我们都有一死。我希望在我离开这个世界前的一刹那再说一句:海云,我爱你!但如果我真的爱她,我就不应该在一九五〇年和她结婚,我就不应该在一九四九年和她相爱。我们不相信魂灵,但我假设我们还有一千个一万个来世,我愿意一千次一万次地匍匐在海云的脚下,请她审判我,请她处罚我。

你是人,你的地位并没有剥夺你的爱的权利,更不能剥夺你回答一个少女的爱的召唤的权利。

然而我更成熟,我应该理智一些,我应该负起责任。我不应该闯入一个如此纯洁而幼小的灵魂。

在一九四九年,你就不纯洁吗?你就不幼小吗?那是我们的共和国的童年,也是我们大家的童年。

但我为什么竟没有想到去保护她?豁出命我也应该在她的身边。

然而后来是她不爱你了,她太轻浮,她有毛病。在大学,她有了自己的情人,该责备的只能是她而不是你。

我的痛苦就在这里。竟没有人能够惩罚我。

有。

谁？

冬冬。

山村

庄生梦见自己变成了蝴蝶，轻盈地飞来飞去。醒了以后，倒弄不清自身为何物。庄生是醒，蝴蝶是梦吗？抑或蝴蝶是醒，庄生是梦？他是庄生，梦中化作一只蝴蝶吗？还是他干脆就是一只蝴蝶，只是由于做梦才把自己认做一个人，一个庄生呢？

一个有趣的故事。一个有趣的，听来却有点悲凉的想象。原因是他有一个有趣的，简直是美妙的梦。能够做这样的梦的人有福了。如果梦中不是化为蝴蝶，而是化为罪囚，与世隔绝，听不到任何解释，甚至连审讯都没有，没有办法生活，又没有办法不活，连死的权利都没有。再仔细一看，监狱竟是自己在任时监造的，是自己视察过的，用来关阶级敌人的……他又将想些什么呢？

就是这样的铁一样的令人窒息的梦也醒了。张思远在一九七〇年突然被释放了，就像前三年突然"升级"关进单人监狱一样莫名其妙。更使他清醒的是他的家，他的家已经没有了，在他监禁期间，美兰已经去法院正式办理了离婚手续，带走了他尚存的全部家产。这样的消息对于一个出狱者，真像山泉沐浴一样爽心明目、安神败火。

也是一只蝴蝶，却不悠游，上不着天，下不着地。"你的事情现在还排不到日程上。"专案组长对张思远说。一个钻山沟的八路军干部，化作了一个赫赫威权的领导者、执政者，又化作了一个被革命群众扭过来、按过去的活靶子，又化作了一个孤独的囚犯，又化作了一只被遗忘的，寂寞的蝴蝶。我能不能经得住这一切变化呢？

他不像有些被拉下马来的可怜虫，把生活的意义、生存的目的放在定一个"人民内部矛盾"的结论上。中国共产党的老党员、市委书记需要一个"人民内部矛盾"的结论？天大的笑话。他需要活下去，需要思考，需要找到他的儿子。

于是，在一九七一年的初春，他来到冬冬插队的一个边远的山村。山下一片杏花如云，山谷里溪流旋转，奔腾跳跃，叮咚作响，银雾飞溅。到处都是生机，就连背阴处的薄冰下面，也流着水，也游着密密麻麻的小鱼。向阳的地方更不用说了，一片葱绿。从草势来看，即使在冬天，这草也没有停止生长。顽皮的松鼠在枝上跳来跳去。大青石上是松鼠嗑掉的杏核皮，嗑得干干净净。小花蛇在枯叶里钻进钻出。野兔跑起来就像一溜烟。记得有一次张思远到郊区去视察，夜间行车，一只小灰兔闯进了越野小汽车前灯的光柱里。它一下子那么惊慌，左右都是一片漆黑，后面是疾驶着的、紧紧追赶着它的可怖的怪物——汽车。它只有向前一条路，它只有沿着车灯光柱的方向拼命跑。司机哈哈大笑起来，踩踩油门，加快了速度。当时张思远真想命令司机停住车，关上灯，让灰兔走掉，但他不好意思这样婆婆妈妈。眼看汽车就要轧到灰兔了，张思远看到了小兔的颤抖的长耳朵。忽然，小兔不知道怎样来了一股勇气，转身一蹿，得救了。张思远长出了一口气。

山径崎岖。人生的道路更加崎岖。但山还是山，人还是人。尽管祖国的大地承受着太多的苦难，春天仍然是祖国的春天，山的春天，人的春天。他真希望自己变成一只蝴蝶，从积雪的山峰飞向流水叮咚的山谷，从茂密的野果林飞到梯田。一组青年在梯田上犁地，为首的

小伙子斜披着黑色的小棉袄,打着口哨。忽然,他高声唱起了山歌:

> 天大的冤屈你告诉哥哥,
> 妹妹呀你莫要想不开,
> 莫要投河……

海云没有投河,她把脖子伸到绳环里。张思远感到了在蹬倒凳子以后的一刹那,绳索像铁钳一样咯吱一声勒断喉咙的痛苦。一想到这儿,他就半天半天说不出话来,他的发音器官出了毛病。他就是以此为理由请求不去"五七干校"而去他儿子插队的地方的。

他是作为"白丁"来到山村的。没有官衔,没有权,没有美名或者恶名,除了赤条条的他自己以外什么都没有。就像五十年前他来到这个诱人而又恼人的世界上一样。人出生的时候不是一无所有,甚至连遮掩身体的裤衩都没有吗?一无所有的他住到了山村里,儿子却立即转到了另一个村落。我们会慢慢了解的,他冷静地住了下来。他并没有很快了解他的儿子,他首先了解、首先发现的乃是他自己。

在登山的时候,他发现了自己的腿,多年来,他从来没有注意过自己的腿。在帮助农民扬场的时候,他发现了自己的双臂。在挑水的时候他发现了肩。在背背篓子的时候他发现了自己的背和腰。在劳动间隙,扶着锄把、伸长了脖子看着公路上扬起大片尘土的小汽车的时候,他发现了自己的眼睛。过去,是他坐在扬尘迅跑的小车的软座上,隔着车窗看地头劳动的农民的。

他甚至发现了自己仍然是一个不坏的、有点魅力的男人。不然,那些结过婚的女社员,那些壮年妇女为什么那样喜欢和他说说笑笑呢?已婚的男女农民们互相开那么重的玩笑,说那样的粗话,让他简直受不了。但这也是可以原谅的，难道休息的时候还不能自己拿自己开开心吗？他们开心的事够少的了，总不能歇地头的时候也念"凡是敌人反对的……"或者高唱什么"冲云天""冲霄汉"啊。他们巴望着土里多出点东西，他们不想跑到云天或者霄汉上去。倒是他张思远，过去常常坐着"安–24"或者"伊尔–18"在云天和霄汉上飞行。

他甚至在这里发现了自己的智慧，自己的觉悟，自己的人望。十七年当中，他到处受到尊敬。但这尊敬在一夜之间变成了诬陷、强暴、摧残，连美兰和他的儿子也离开了他。他恍然大悟，这尊敬不是对张思远而是对市委书记的。他失去了市委书记便失去了这一切。但是现在不同了，农民们同情他，信任他，有什么事都来找他，不是因为别的，而是因为他确实正派，有觉悟，有品德，也不笨，挺聪明也挺能关心和帮助人。

然而在冬冬面前不行。他第一次去看冬冬的时候，冬冬正在缝鞋，拿起一块皮子，噗噗噗噗往上喷一些唾沫，然后是锥子引针。他看得出，冬冬在努力表现出自己是一个缝鞋的老手，完全具有在城市的十字路口摆鞋匠摊的经验和水平。但正因为他太努力了，他并不真像一个会缝鞋的人。

"你为什么不说话……"他问冬冬。

"没什么可说的，您何必到这儿来？我连姓都改了，我不姓张。"

"那随你。但是毕竟只剩下了我们两个，我除了你，你除了我，再没有别的亲人。"

"如果您官复原职，您是要先杀一批的吧？林副统帅教导我们说：政权便是镇压之权。我不是第一个该杀的吗？"

"别……淘气！胡说八道！"

"您为什么不说您恨我呢？那天您没有认出我来吗？那天是我

打的您。说老实话,您当时是怎么想的?阶级斗争,阶级报复……是吧?"

张思远战栗了。

"这样倒好一点儿。我需要的是诚实。诚实的恨对我来说比虚假的爱还要好。"冬冬激动了,他的锥子扎破了左手的无名指。他把那个指头放到嘴里,嘬着、咽着自己的血。他的这个姿势活像他的母亲。张思远新婚的时候,不,大概还是结婚以前呢,海云给他钉扣子的时候也扎破过自己的手。

"你能不能告诉我一点儿你母亲最后几天的事情?"

"我不知道。"

"你说什么?"

"那天我打了你,就被送到了公安局。只许左派造反,不许右派翻天。这是你们提出来的口号。"

又是战栗……那绳索勒断脖颈的痛苦,咯吱,残酷的一声响,"咯,咯……"

"您怎么了?"

"咯……咯……"

冬冬把他扶到了床上,而且给他倒了一杯水。

"你……为什么……躲着我?"张思远的嗓子劈啦劈啦的,像在拉一个破风箱,像在转动一架旧风车。

冬冬听懂了他的话,半天没言语,然后反问了一句:

"您能原谅我吗?"

"也许,应该请求原谅的是我呢。"

"您说我为什么要……打……您?"

"为了你母……"

"不，不是的！"不等父亲说完冬冬就打断了他，他生怕父亲说出那荒唐而可怖的话，"我打您……真真正正是为了革命造反，我们那一派的头头鼓励我……恰恰相反，在您揪出来以后，母亲多次跟我说，您不是大字报上所说的那种人……母亲的死，和我不听她的话也许不是没有关系，当然，主要是她被打得皮开肉绽，她受不了了。我……"

热泪切割着皮肤。悲痛切割着心。他们和解了。

他们没有和解。在张思远和他的儿子慢慢建立了比较密切的来往关系以后，有一次，他看到了儿子写的一篇日记。日记写得灰暗，简直是颓废，什么"够了，这谎言和伪善，这高调和欺骗"，什么"人是最自私也最卑劣的"，什么"生活便是错误，生活便是痛苦"。看着看着，张思远的手抖了起来。难道我们这一代艰苦奋斗，流血牺牲，鞠躬尽瘁，夜以继日，就是为了让你们搞这种渺小卑微的无病呻吟吗？他激动地责备了冬冬，冬冬也激动起来。

冬冬说："立场，立场，您说我站在什么立场？你们当然是站在党的立场，你们牺牲，你们从党那里得到的东西并不比你们献给党的少！就是现在您坐了监狱，您委委屈屈，你们每月的收入也比农民一年的收入多。而且，你们当然充满信心，不是今天就是明天，你们又会坐在市委书记的宝座上！"

"住口！"张思远动怒了，"你可以尽管骂我，却不能诬蔑我们的党，不能诬蔑我们整整一代革命者！李大钊，方志敏……是为了人民而抛头颅、洒热血……"

"为了我们？为了让我们受罪吗？"

"你这样说太危险！太反动！"

"您要送我进监狱吗？本来您建造监狱也不是为了关自己的呀！"

"你……"张思远气得说不出话来。如果是五年以前,他听到这样的言论,不论是谁,他都要和他决裂,他都要全力给以回击、给以打击、给以镇压。他听到这种话简直要爆炸了,他压低了声音,含糊地骂了一句,拂袖而去。

在回自己住处的路上,碰上了雷雨。闪电就在树梢上放光,雷声炸响在头顶。雨声哗哗,真像是千军万马在奔跑,在呐喊,在厮杀。雨水在脚下流淌,走在山路上,就像趟过溪水一样,鞋变得又重又湿。这个时候,张思远多么渴望自身也变成一声沉雷,一道闪电,他多么渴望自己也能发光,能爆炸呀!他甚至想,触雷该是多么痛快的事啊!

他滑了一跤。

复职

不知道为了什么,
忧愁它围绕着我,
我每天都在祈祷,
快赶走爱的寂寞……

一首香港的流行歌曲正在风靡全国。原来他并不太知道。他只是恍惚听说许多青年在转录香港的歌曲。那时他只是轻蔑地一笑。对香港的文化,他从来没有放到眼里。只是在他没有暴露自己的身份,悄悄地动身去他作为老张头曾经劳动过六年,流过六年汗、心里头更是流过六年血的地方,在他转车之前住到了一个一般干部住的招待所里,他才从同室的一个贸易公司采购员所携带的录音机那儿,仔仔细细地、一遍又一遍地听到了这首歌。

怎么说呢?他不是音乐家。在部队,他学会了识简谱,学会了打拍子。八路军战士都爱唱歌。一个初到边区的人,头一个印象便是歌声多。有一个歌的头两句就是"解放区的天是明朗的天,解放区的人民好喜欢",然后底下两句是"解放区的太阳永远不会落,解放区的歌声永远唱不完"。解放战争时期,只要听一听蒋管区流行的《疯狂世界》,再听一听解放区流行的《我们是民主青年》,便可以知道中国的未来是属于谁的了。

然而现在呢?现在是怎么回事?三十年的教育、三十年的训练、唱了三十年的"社会主义好""年轻人,火热的心",甚至还唱了几年"老三篇不但战士要学,干部也要学"之后,"爱的寂寞"征服了全国!

他想砸掉这个采购员的录音机,他站起来,转了一圈,拳头握得指甲刺痛了手心。这是彻头彻尾的虚假!这是彻头彻尾的轻浮!那些在酒吧间里扭动着屁股、撩着长发、叼着香烟或是啜着香槟的眉来眼去的少爷们和小姐们,那些一听到外国、一听到香港甚至一听到台湾(!)就垂涎三尺而又不读书、不流汗、不开夜车,却又整天梦想着电冰箱、流线型家具和席梦思的混蛋们,他们难道真正懂得什么叫爱情、什么叫忧愁、什么叫寂寞吗?所有这一切,不过是在三等照相馆里照相时候的令人作呕的装腔作势!

一首矫揉造作的歌。一首虚情假意的歌。一首浅薄的甚至是庸俗的歌。嗓子不如郭兰英,不如郭淑珍,不如许多姓郭的和不姓郭的女歌唱家。但是这首歌得意扬扬,这首歌打败了众多的对手,即便禁止——我们不会再干这样的蠢事了吧?谁知道呢?——也禁止不住。

甚至是一首昏昏欲睡的歌。也许在大喊大叫所招致的疲劳和麻木后面,昏昏欲睡是大脑皮层的发展必然?

但是不,张思远副部长不能昏昏欲睡。从一九七五年四月复职以来,张思远夜夜都不能踏踏实实地合上眼睛。

一九七五年四月,张思远正在山村他和儿子合住的那一间用石头砌墙、用石片盖顶子的小屋里择韭菜。由于女医生秋文的帮助,他和儿子已经和解很久了。现在他择菜,打算等儿子回来吃一顿饺子,他还想邀请秋文和她的女儿一道来吃晚饭。经过了一冬的萝卜白菜之后,拿起一把哪怕是沾满了泥土和马粪的碧绿的韭菜,也顿时觉得石屋里充满了春光,充满了春的生机。白茎绿叶的韭菜,是和阔别好几个月的和暖的风、和小鸟的啁啾、和融化着的一道一道的雪水、和愈来愈长了的明亮的白天、和返青的小麦、和愈来愈频繁的马与驴的嘶鸣、和大自然的每个角落里所孕育着、萌动着的那种雄浑而又微妙的爱的力量不可分离地扭结在一起的。所有这些都敲打着每个人的心灵,即使创痛使某个心灵变成了裂了纹的鼓,也总会发出一点儿声息,给人一点儿希望。何况是张思远,贫穷和压迫熔铸了他的童年,血与火染红了他的青春,党与领袖指引着他的路,人民的尊敬、信赖与期待推动着他的步履,他已习惯于乐观和充满希望。在这个春天,他又重新充满了对于某种转机的预感。总不能老是一个样子,连小孩子都分得清的是非,党能够弄不清吗?回顾一生,回顾上下左右,回顾历史和现实,回顾中国的昨天和今天,展望明天,党毕竟是伟大的党,光荣的党,而且终将是正确的党。

这当真是预感吗?抑或只是事后才自以为是预感?不是从一九

六六年他被"揪"出来的第一天起他就不相信那正在发生的事情,而期待着对已经发生的事情的否定吗?他不是觉得昨天比今天更真实,而明天既杳然又带来向昨天靠拢的希望吗?还有这个"揪"字,什么叫揪呢?查一查《辞海》,它当抓住、扭住解。这是一个具体而又形象的动作。而现在所说的"揪"出来,又代表着一种多么明晰而又含混的意思!特殊的政治产生了特殊的政治术语。这几年人们简直是在向语言法则挑战,斯大林关于语言的稳定性的论述到底还灵不灵呢?我们的后代能够理解今天流行的这些花样翻新的词汇吗?他们能够理解"炮轰"和"油炸"、"靠边站"和"砸烂"、"站队"和"帽子拿在群众手里"吗?

所以他需要转机,他像赛前的跑马一样迫不及待。因为这一切都是他的事情,他与这一切息息相关。但是山村的生活又明明改变着他,他为在春天择一把韭菜而衷心喜悦,正像他不畏刺目的阳光抬起头来去寻找盘旋歌唱的云雀,为这春天的第一只鸣禽而衷心欢喜一样。他细心地从韭菜中剔除枯叶和杂草,他着重取掉靠近根部的不洁的鳞片,他闻到了新鲜的韭菜的辣而芳香的气息。他拿不定主意去请还是不请秋文,并为这拿不定主意而觉得懊恼。

有一种声音。不是牛的声音,不是风的声音,不是乡村孩子们的声音。拖拉机和柴油机吗?为什么声音愈来愈近?是汽车?哪一辆汽车迷了路?坐汽车的人既受人尊敬又脱离群众,但总要有人坐小汽车。"砰砰砰",这么早就剁起肉来了吗?哪里来的肉啊?放两个鸡蛋就行了,金黄的鸡蛋,油绿的韭菜。然而用鸡蛋做馅子费油,农村里供油的标准太低了。"砰砰砰",却原来是敲门。

一个年轻的小伙子。草绿色的军服,闪闪的红星。立正,一个军礼。韭菜落到了地上,站起身来的时候碰翻了小板凳,咣当。

张思远同志：

　　请于四月二十五日前来省委组织部报到。

　　此致

革命敬礼！

　　这是什么意思？同志，承认我是"同志"了吗？组织部，这个机密而又重要的部门，总是由最可靠、最有经验、最沉着的同志掌管的。此致敬礼，所以伟大的长城的一员把手举到了帽檐前，图章却是革委会政工组党的核心小组（代）。谁也闹不清这种组织机构的名称和内涵，弄不清党的机构是何时何人为了什么取消的，弄不清为什么革委会的党的核心小组变成了党委，弄不清现在让他去报到的组织部是不是原来意义上的、他所熟悉的掌管党员和干部的党委的一个要害部门。

　　但毕竟是要他去组织部。至今，他的党的组织生活还没有恢复。但他按月寄去党费，既然没有给他什么处分，他就有权利——义务变成了权利——缴纳党费，而不论是政工组还是核心组，无法拒绝。而且，他是按照他原有的级别和工资缴纳的，虽然他现在每月的生活费不足他应领工资的三分之一。这也是他的一个挑战，我仍然是高级干部，我的工资的三分之一也并不比你们少！

　　"快坐下。"他热情而又客气地请前来接他的军人同志坐下。他的口气，他的笑容，他的弓曲的腰和背更像山区的老农。这几年，他已经惯于仰视那些在新生的红色政权里工作、支左的人。那些人的工资比他少一半也罢，却有着十倍、百倍于他的威风。仰视红色政权的他便会平视农民、"五七战士"和再教育青年，这是令人痛快的。年轻的、刚刚长出一圈黑胡子的解放军同志却没有坐下，他说："外面有车。张思远同志能不能料理一下，下午就动身？×主任说是愈快愈好……"年轻人的口气既缓和又礼貌，这种口气使张思远想起了昨天，想起了他有过的秘书和司机们，想起了他的党龄和职位。"这个——"他把"个"字拉长了声音，声音拉的长短和职务的高低常常成正比。他已经有九年没有这样拉长声音说话了，当明天具有了向昨天靠拢的希望的时候他的声音立即拉长了，完全并非有意。他的脸刷地一红。

九年来他的心好像一个平静的湖泊。尽管湖泊的深处有漩涡，有波动，甚至有火山的爆发和死灭，然而湖面是愈来愈平静了。平静的湖面是美丽的，每个人都可以从湖面上看到自己的倒影，而且，倒影往往比活人更有魅力。

来接他的军人和汽车只不过是向湖泊吹了一口气。湖面上呈现了浅浅的同心圆。于是湖的自我感觉在发生变化，不管湖泊承认不承认。

他回到了自己的城市。他回到了市委小楼。他被任命为新生的红色的市委的第二把手了。"可我的组织生活还没有恢复呢！"他提出。"先上任去！"有关领导回答他。还是那条路。还是那座楼。粉刷和油漆遮盖了九年的疮痍。镶木地板和白晃晃的大吊灯在最初的一刹那竟使他热泪盈眶了。幸好，谁也没有看见。失去的天堂，他想起了这一句实在不应该想起的话。九年来，他已经忘记镶木地板和大吊灯了。五年来，他只知道崎岖的、石头铺成的山径，掩映的树木，石块和石片搭成的房子。室内的地也是土质的，要适当地洒一点儿水，洒少了起尘土，洒多了和泥。夜间照明靠煤油灯，关键在于把罩子擦净，擦亮。最初他用呵气的方法，向着玻璃罩子呵一口气，然后用柔软的手绢擦过来擦过去。有一次把玻璃擦碎了，险些扎破了手。后来他学到了一条经验，用白酒把手绢沾湿，果然擦得晶亮异常，照得石窑就像白昼一样。何况，晴天有满天星斗，乡村的星星比城市多得多，而且，由于山比地面更靠近天，所以星星离山村的农民比离城市居民近得多。但是他怕阴天，怕下雨。那次如果没有秋文医生他也许就没命了。

他现在不怕阴天，不怕下雨，也不怕黑夜了。城市无夜晚。汽车里无阴雨。拥有暖气设备的办公楼和宿舍无冬天。但是，没有夜晚就没有星星，没有阴雨就没有雨过天晴的重生的欢欣，没有冬天就没有洋洋洒洒的漫天飞雪的纯洁。有一得必有一失。

许多的老同志、老朋友、老下属、老同学来找他。正像他当初一下子变成了形影相吊、孑然一身、不可接触一样，他一下子又成了人们的希望，人们注目的中心。"我早就想去看你了，这中间我打听过好几次。"有人说，显然不是假的。"我犹豫了半天。现在人家官复原职了，找的人也多，别去打搅吧……可咱们毕竟是老关系了。张书记还能把咱们忘了吗？"如此这般。特别是市委的老人，更是把希望寄托在张思远身上。张思远重返市委领导岗位，是他们各自回到体面的昨天里去的先声。

然而，被今天毁坏了的昨天却不可能在明天照原样恢复。不仅某一派的"警惕走资派复辟还乡"和温柔一点的"穿新鞋走老路我们不答应"之类的标语在时时敲打着他。而且，在他熟悉的一切后面他发现了格格不入的陌生。公共汽车堆积在终点站上不肯发车，汽车站上等车的人一群一群，翘首相望。据说司机围拢在一起打扑克，谁被"抠"了"底"，谁开行一次。到处都是标语、口号、大批判、热烈欢呼。甜食店成立革命领导小组也说那是"毛泽东思想的伟大胜利"。黄纸红字（这两种颜色代表喜庆，白纸黑字代表声讨、共诛之）十分醒目的大标语下面是没有扫尽的垃圾和伸手乞讨的儿童。清洁工也不好好干活了，而乞丐正与空话一起增长。到处是喝酒，请客，"哥俩好，八仙寿"。据说"批林批孔"的时候有一位左派提出划拳行令中的用语有儒家思想，另一位左派便设计了新的拳经："一元化呀，三结合呀，五星红旗呀，八路军呀……"荒唐变成现实，现实变成梦魇。莫非好几亿人都把脚气灵或者痔瘘膏当作补药咽到了肚子里？

市委也不是原来的市委了。每天上班进市委的门的时候，他的心都要动一下，我没有走错吧？我真的又来这里了吗？这是什么地方呢，我不是去挨打的吧？市委的牌子换得更讲究——据说原来的牌子被不知谁拿去做大立柜了，五合板嘛，市场上缺——所以增加了警卫，戒备森严，这当然是必要的。连团市委和妇联门口也站着带枪的人。有一次张思远无意中听到了两个不在哨位上的警卫排战士模仿样板戏的对话，"……两件什么宝？""好马快刀。""马是什么马？""吹牛拍马。""刀是什么刀？""两面三刀。"

"新鲜事物"还多着呢。小汽车增加了三倍还不够用，因为副职增加了五倍。组织科四个科长只有一个干事，到处是谣言、小道消息、传说：梅花党，长江大桥擒匪，美人鱼，棺材里的死人诈尸……公开的山头和宗派。完全取消了党的组织生活，更不可能进行什么批评和自我批评。公事私办，私事公办，来联系工作的人还要拿上私人的介绍信，为了私事可以巧立出差名目。明目张胆地伸手要党票，要官，要权……

这样下去，我们的党，我们的国家不是要完蛋吗？想到这里，就像发了寒热病，张思远一会儿冻得浑身打颤，牙齿咯咯地响，一会儿七窍生烟，忧心如焚。何况，他的头顶上又出来了一位第一书记，一位除了抓辫子搞阴谋仍然只会抓辫子搞阴谋的新贵。

美兰也来凑热闹了，她要求复婚。几次来信，张思远没有回复。电话约谈，张思远回答说："不必了。"他挂上电话，不顾耳机里传来的吱哟乱叫。一天下班，我的天，美兰已经坐在他的房里，她大概是

155

拧开了锁,而别人不敢拦阻。完全是"复辟"后的全权的女主人,床单拽下来准备洗涤,卧室里新添了两束塑料花。张思远什么话都没说,回到了办公室。这时他由衷感谢市委大门戒备的森严。他拿起一叠文件,全是"大批促大变",也许是促大便吧?什么反潮流,什么法权,什么全面专政,什么唯生产力论,什么教育革命的形势大好不是小好而且愈来愈好。他漾起了酸水。他的胃在收缩,贲门在收缩。各种新名词连同小道消息,连同革命拳经,连同美兰的大白柿饼子似的面孔一起旋转,如刀如炸弹,如雾如烟,如风如电,如商标如膏药如济公活佛的蒲扇。

回到昨天是不可能的。他的余生是为了明天。必须抢救明天。

秋文

那次他在雷雨中跌了一跤。醒过来后,张思远发现自己是躺在公社医院的病房里。远近驰名的大夫秋文亲自在护理他。这一跤,不仅摔坏了他的腰椎,而且,淋雨的结果是上呼吸道感染继发肺炎。

张思远到山村来没有几天就知道了秋文,上海医科大学毕业,四十多岁,高身量,大眼睛,长圆脸,头发黑亮如漆。她把头发盘在脑后,表面上像是学农村的老太太梳的纂儿,然而配在她的头上却显得分外潇洒。衣服总是一尘不染,走在山路上,健步如飞。这在"文化大革命"期间的农村,本来是一个显得很各色的人物,但她偏偏非常随和,和农村的男女老少都说得来,接过农民让过来的烟袋就吸,接过农民让过来的酒杯就喝。

听说她和丈夫离了婚，独自带着一个女孩子生活在山村。这种独身女人本来是很难在农村生活的，偏偏她和这里的男男女女交往，却没有人在背后说过她的半个不字。

开始，张思远觉得她有点儿神秘，同时直觉地不那么喜欢她，虽然他承认她本来应该说是相当漂亮的。他觉得她有点咋咋呼呼，每天说的话，走的路，抽的烟和喝的酒都超过了应有的限度。但是，她的医术好，和农民的关系好，所以张思远每次见到她也都礼貌地招呼一番。后来他又了解到，冬冬倒是常到秋文医生那里去，说是为了找一点儿医书看。生活总不会把一切门窗堵死。

"您说了许多胡话。"秋文医生说，轻轻地，音调完全不同于她日常的说笑，"可能您想的事太多了，大干部嘛。"隔着口罩，张思远好像看到了秋文医生嘴角的笑容。她的眼睛也在微笑着。这微笑里充满了理解，充满了悲哀，充满了凝结着悲哀的清冷的自信，好像是雪天里的篝火、天与海的尽头的白帆、月光下的一株老胡桃树。那个带几分男人气质的、饶舌的、随波逐流的大夫退到哪里去了呢？

"其实把你们拉下来当当老百姓也不赖。"另一次她这样说，丝毫不顾忌同病室的其他人，"要不，别看报纸上喊什么下乡、蹲点喊得那么凶，你们躲在自己的小楼里才不愿意下来呢。您说对不对？老张头！"

张思远想抗议，他并没有什么小楼。他现在连家都没有了。但是老张头的称呼使他觉得温暖，就像小时候母亲叫他"小石头"一样。张思远的名字（乡下管这种名字叫"官名儿"，可见，这种名字是为了做官才起的）才像石头一样硬。人需要母亲，需要亲昵，需要照料、理解和同情。所以每当秋文医生说"好好吃下这些药，多喝开水，你会很快好的"的时候，他都觉得特别熨帖。

冬冬每天来给他送饭，挂面、荷包蛋、山药汤、小米粥。"您不要那样生气。"冬冬说，"我不过是在日记本上发发牢骚罢了，爱发牢骚的人其实倒不会怎么样。那天是我不对，对李大钊和方志敏，我永远崇敬他们。我最近常想，生活压根儿就不像我小时候想的那样美好，所以生活压根儿也不像我现在所想的那样不好。"

"你，你转变了？"张思远惊喜交加。

"谈不上转变。我大概总不会完全了解您，就像您不会完全了解我。人和人的隔膜，是永远也无法消除的。于是发展到不是你吃掉我，就是我吃掉你。"

"那你为什么又天天给我送饭来呢？"

"秋文阿姨让我来的。她说，"冬冬迟疑了一下，好像不知道该不该把底下的话说出来，"秋文阿姨说，你爸爸也不容易……"

"你和她谈过我？"

"谈过。"

"谈过你的母亲？"

"谈过。"

"还谈过什么？"

"什么都谈过。怎么？违反保密条例么？"冬冬的语气又是那样刻薄了。

"不。我说，那很好。"

张思远——不，老张头从冬冬那里了解了一点儿秋文的事情。秋文原来的丈夫是一九五七年划的"极右"，现在还在劳改农场。冬冬认为，只是为了女儿的前途，秋文才与丈夫离了婚，实际上，她在等待着那人的自由。一九六四年"四清"时候的工作队，和一九七〇年"清队"时候的宣传队开始都瞧着她不顺眼，准备立案专门审查，但是所有的社员和基层干部都向着她。她主动到工作组和宣传队去谈自己的一切，谈笑风生，全无禁忌，反而打消了别人对她的猜疑。

她有一层保护色吧？她分明是一株异地移植的树，既善于适应水土，又保留着自己的与这里的植物群全然不同的个性。她的随和后面是清高，饶舌后面是沉思，嬉笑乐天（带点傻气）后面是对十字架的背负。

但那些又不仅仅是保护色，清高后面确有一种由衷的利他主义，沉思后面确有拿得起放得下的丈夫气，而背负着十字架的她仍然时时感受到生活的乐趣。想想她对村里的少男少女的婚姻恋爱的关切吧，她都快成了新式的、可靠的、不怕受累、不怕落埋怨的媒婆了。如果仅只是为了保护自己，她的笑声能那样真诚，那样傻气么？

但是她显然用另外的调子与张思远谈话，"好好了解了解我们的生活吧，官复原职以后，可别忘了山里人！"

张思远挥挥手，表示对"官复原职"丝毫不感兴趣。但是秋文不饶人："甭挥手，我如果是你就争取早点儿回去。一个月挣着那么多钱跑到这儿来摸锄把子？不但官复原职，而且会官运亨通！"

"越说越不着边际了。"张思远更摇头了。

"当然。自然死亡再加上穷整，真正有经验、有水平又能干事的领导干部现在是越来越少！不光你们越来越少，就连我们这样的大学毕业生也越来越少。再搞上十年教育革命，等到中国人都成了文盲，小学毕业的就是圣人！而你们这些大干部呢，更成了打着灯笼也讨唤不着的宝贝！反正说下大天来，你既不能把国家装在兜里带走，也不能把国家摸摸脑袋随便交给哪个只会摸锄把子的农民！中国还是要靠你们来治理的，治不好，山里人和山外人都会摇头顿足地骂你们！"

张思远只觉得眼前一亮，心头一亮。治国治党，这是他们义不容辞的任务。事情总会发生变化，总会走向自己的反面。想不到秋文还是一位政治家呢。但是我能等到那一天吗？不是整天说离了谁地球也照样转吗？不是我已经被抛出社会生活的轨道有许多年了吗？

秋文的话应验了，没有用很久。一九七五年，张思远正择着韭菜就被接回了市委。一九七七年，粉碎"四人帮"后，张思远升任省委的副书记。一九七九年，张思远又调到北京，担任国务院的一个部的副部长。

上路

他终于暂时离开了质地讲究的"部长楼"。这一幢高层建筑是为副部长以上的干部提供住房的，老百姓称之为部长楼。经常有许许多多小汽车停在楼前。有警卫，所以一般人不走近它。住惯了部长楼，离开它竟不是那么容易的。虽然张思远这次的重返山村之行已经计划了许久了，已经下决心许久了，但他还是挪不动自己的脚步。一想到他要离开自己的惯常的和应有的生活轨道，他就觉得不安，甚至有点烦恼。就像一个坚持按时每日三餐的人，突然让他改成一天吃两顿饭或者四顿饭，就像一条鱼忽然准备去陆地上观光。今晚我躺在这里，明晚，后天晚上，以及后天以后的诸晚，我将躺在哪里呢？出发前夕，张思远辗转反侧，一直有一个声音在劝阻他，在拉着他的手，拉着他的腿，拉着他的衣角。别折腾了，你现在不是很好吗？你已经快要六十岁了，你担负着党政要职，热情、想象和任性对于你不但是不必要的，而且是一种不能原谅的罪过。你何必自找苦吃呢？

但他终于离开了部长楼,而且,他坚持没有坐飞机和软席卧铺,坚持不准他的秘书预先挂长途电话通知当地各级领导准备接待。秘书几次企图说服他,暗示他的这种坚持不但是幼稚的、无意义的,而且是不近人情的、不正常的。秘书只差问他一句话了:您的神经是不是出了毛病?

他用沉默压倒了秘书。现在,火车在《祝酒歌》的歌声中开动了。秘书,司机和他坐惯了的黑色吉姆车都离开了他。汽笛发出了刚亮的愉快的叫声,机轮的声音也是铿锵有力的,金属的撞击令人焕发精神。李光羲的"朋友啊请你干一杯"之中夹杂着女列车员的吐字急促的问话:"这是谁的行李?"张思远闭了一下眼睛,有一位脾气大的母亲打了她的淘气的孩子的屁股蛋,于是孩子和李光羲展开了咏叹比赛。张思远睁开眼睛,阳光洒满车厢。风吹动了他的花白的头发。有人打开了车窗。他轻松而自由。我又是一只蝴蝶了么?

"把票给我!"女列车员向他伸出手,下令说。铁路员工的蓝色制帽下是一张年轻的、不耐烦的脸。如果在软卧,她就会用另一种口气说话。这挺有意思。张思远掏出了自己的车票。铁路制服,还有解放军的军服,似乎都应该改进一下了,这两年人们穿得愈来愈好,而制服与军服却依然旧貌。本来,这种制服,尤其是军服,应该有一种强大的吸引力……

一个红鼻头、敞着怀的大胖子摇摇摆摆地坐到了他的旁边,大胖子的不寻常的分量使卧铺吱地一响。"玩两把百分吧?"大胖子说话是胶东半岛的口音,嘴里喷出辛辣的生葱味儿。如果在软卧……

如果在软卧车厢会比这儿好得多。当然。但这一类的想法只不过微弱地一闪。他的眼睛里闪烁着阳光。他喜欢这一节车厢。喜欢脸孔绷得紧紧的列车员姑娘,瞧,她又来拖地板了,多辛苦!他喜欢他头上的中铺和上铺的解放军战士,他们一开车就睡着了,年轻人的睡眠是多么香甜呀!他喜欢对面的吸着两毛钱一包的香烟的干部,这位干部死乞白赖地向他让烟,他怎么推也推不出去。为什么把烟和酒的作用看得那样阴暗呢?这位同志的让烟就丝毫不意味着托他办事之类。还有带孩子的母亲和在车厢里跑来跑去,给陌生的"叔叔"表演节目的孩子。有了孩子,生活就变得好过多了。冬冬爱说人和人之间的隔膜,但是人和人也是可以相亲相爱的呀。

是的,从一九七五年恢复工作到现在又是四年多了。艰难的,令人惶惑失望、摇摇欲坠的头一年;绝处逢生的、狂喜又狂哭的第二年;麻烦的,纠缠不休的,明明又是扎扎实实地迈步前进的这两年。回顾昨日,他不能不为已经发生的变化的巨大和迅速而惊叹。面对百废待举的现实,他又为某些人的因循麻木而心急火燎。他很忙。他很少有机会与这些坐硬卧车厢的普通人坐在一起。即使到基层去,到群众中去,他的位置也与别人不同。但是他不能那样重访山村,他不能前呼后拥,气宇轩昂地以高干的姿态出现在冬冬和秋文的面前。如果他那样做,他就是欺负人,他就是自己把自己从冬冬和秋文身边拉开。虽然他知道,坐小汽车绝不是他的或任何人的过错,住"部长楼",进软席车厢也绝不是应该责备的事情。平均主义从来都是不切实际的幻想。但是,他不能,他不愿,他不敢,他也不应该以高于普通劳动者的任何方式重返山村。

细想起来,就连硬席卧铺也不能使平均主义者安宁。更多的人坐着硬座,从起点站到终点站要运行七十几个小时,有不少的人就这样坐七十几个小时。中国人的耐性、韧性、吃苦耐劳真是举世无双。但为什么还有这么多人连硬卧都坐不起呢?三十年了,你不觉得脸发烧吗?你能不加倍努力工作吗?看看每个车站上,挑着箩筐,背着大包袄，扶老携幼，上车下车的百姓们！

那就是老张头，老李头，老王头和老刘头们。他又有两个星期可以做老张头了。恢复工作以后，他常常回忆在山村的老张头的生活。他有时候自问，可能不可能有另一个张思远，另一个自身，即那个被唤作老张头的我仍然生活在那个遥远的、美丽的、多雨又多雪、多树又多草、多鸟又多蜂蝶的山村呢？当他低头踏进吉姆车的时候，那个老张头不是正在鸟鸣中上山拾柴吗？当他在会议上发言，拉长了啊——啊——啊——的声音的时候，那个老张头不是正在地头和歇息的农民、农妇们说笑话吗？他完全不是装腔拿调地拉长了啊的声音，他在对非常复杂的工作、思想、认识问题发表意见，他的话语应该清晰、准确，他必须对他说过的每个字和每个标点符号负责，他要一边用心思考一边说，他还要使听他的发言，他的讲话或者被称做张副部长的指示的人有领会、温习、思索、消化的时间，这一切都说明啊的拉长是必要的也是很自然的。另一个张思远——老张头就从来不把啊拉长。说起话来又快又巧妙，那个老张头比张副部长要年轻一些，健壮一些。当张副部长出席一个招待外宾的宴会的时候，当他衣着整齐、彬彬有礼地为外宾布菜的时候，当五星啤酒和北冰洋汽水、通化红葡萄酒和贵州茅台、崂山矿泉水和绍兴黄酒被任意选用，任意啜饮的时候，另一个"我"不正在烟气未尽的石板小屋里，在煤油灯的光焰照耀下，在热烘烘的锅灶旁边，在钉得一条腿有点歪斜的小板凳上，端着山区人民喜爱的粗瓷大海碗，就着老腌咸菜，大口大口地喝着暖人心脾的，掺杂着诱人的红小豆、白芸豆、绿豆和豇豆的稠稠的苞谷糁子粥吗？老腌咸菜是以"老"而自豪的，拴福大哥说他的那一缸咸菜汤还是民国十八年的底子。从民国十八年腌了那一缸咸菜，每年夏天都要熬一次汤，每年秋天都要加菜、加盐、加水，一直到如今。当张副部长正在为处理一个人事问题（如今人事问题占用了他那么多精力，简直令人难以忍受）而在斟酌词句、而在搜索枯肠寻找一个既要坚持原则又要照顾关系、既要有利工作又要挡住从某个方向攻来的明枪暗箭的方案的时候，那个老张头是不是正在饶有兴趣地倾听拴福大哥叙讲自己的腌菜汤的悠久历史呢？

现在呢，他又把张副部长留在北京了。让张副部长去开那些开不完的会，看那些看不完的文件去吧。经过十年的动乱，张副部长正在按照党心民心进行紧张的工作。他并没有忘记使自己的工作对人民、对山村、对老张头和拴福大哥更为有利。不管有多少缺陷，他想不出有比现在的政策更好的政策，他想不出有比现在的做法更对人民有利的做法，如果张副部长要和老张头谈谈，他并不感到不安。

他接受了对面的同志让给他的有点儿呛人的纸烟。他有点儿不好意思地掏出了自己的带过滤嘴的"中华"。这并没有引起惊奇，因为现在即使是学徒工出门在外也要带两包好烟，这叫作甩牌子。硬卧下铺的空间位置已经决定了他在社会上的位置，不会有人怀疑。他接受了口里发出葱味的胖子的玩扑克的邀请。对家、横甩、抠底、满分升级。只是在戴上了叛徒、三反分子的帽子以后他才学会了打百分，下象棋。他也像每个无事可做的旅客一样，努力领会和钻研列车运行时刻表，好像这一次旅行以后他就要调到铁路运输部门担任调度员似的。他拦住跑来跑去的小孩子，给他们吃糖，和他们逗着玩。他本来计划在火车上读点儿书，但拿起书来常常被打搅。也好。老张头与众人平等，与众人一样并无更多的责任因而也并无急迫感。拴福大哥讲过一个理论：人总是要死的，急急忙忙地做事情，也就等于急急忙忙地去死，不慌不忙地做事情，也就等于慢慢腾腾地去死。真是高论。老张头虽然轻松而又自由，率直而又天真，然而却又可能在历史的长河中随波逐流，无所事事。有一得必有一失，这失去的代价未免太大。

还有许多细小的，无足挂齿却又相当讨厌的代价要付。老张头必须事事排队：进站、上车要排队；去餐车吃饭要排队；上厕所和去洗脸池洗脸刷牙都要排队。作为老张头应该完全适应和完全习惯的排队，却引起了张副部长的抗议。他还必须忍受不礼貌的对待和恶劣的条件。有一个胖乎乎的男孩子，看样子不过五六岁，常常横冲直撞地在车厢里穿过来走过去。老张头拦住了他，给他一块糖，无非是想逗他玩一玩，男孩子却小霸王一样地打掉他的糖，而且出口不逊，"×你妈！"这一句粗话引得所有听到的旅客哈哈大笑，笑声中充满了赞赏，好像是听到了侯宝林在相声中甩出来的一个"包袱"。张思远，多半也是张副部长霎时间血往上冲，脸大概都红了，黑帮听到詈骂只能低头认罪，但是副部长却无法忍受这种侮辱。"你怎么骂人？"他责问了一句，稍微有点严肃。五六岁的小胖子威风地扬起了头："就骂！就骂！待会儿告诉我爸爸，不给你开饭……"原来，小胖子的爸爸是餐车上的炊事员。旅客们又哄然笑了起来，一边笑一边分析："好小子，这么点儿个儿就懂得了'权'的厉害！"

还有比这更难堪的。下了火车要坐两天长途汽车，汽车司机对待旅客就像对待一群猪猡。中途停车时他看也不看大家，蛮横而又含混地发一个令：尿尿！吃饭！休息！下车！快上！那种腔调简直令人发指。这且罢了。第一天停车休息，他住进的是一间四十二个人同住的大房间，烟气汗气臭气熏天。六盏四十瓦功率的荧光灯管，终夜不关。半夜里旅店工作人员前来查铺，看有没有没开票就住下的，又查了个鸡飞狗跳。他一夜根本没有合眼。他简直后悔这次出行，后悔自己太不现实，本应该听秘书的话。如果当地省委派小车来接，这两天的路程只要多半天就够了。他毕竟已经老了，已经不是那两年的老张头……

但是第二天他精神还好。上车的时候他觉得自己是打了一个胜仗。他觉得自己是一个坚强的人，是一个没有失去普通劳动者的本色的人。但是他隐隐地觉得自己的微笑后面仍然有一种无法排除的优越感，他隐隐地预先听到了一个声音：这几天的生活，对于张副部长来说，不过是客串罢了……他皱起了眉。

但是有一件事他实在忍不住了。当第二天中午他排着长队等候买票在交通食堂就餐的时候，有一个留着长发、穿着登山服、大约有一米九高的大个子，偏偏在他快要排到窗口的时候横着走了过来，用胳膊肘把他往后一捣，插到了他的前面。问题不在于不排队、加塞儿，问题在于这个大个子在食堂卖票的窗口站了一会儿，偏偏等到张思远过来时加了进来，这明明是看到张思远老弱可欺，这是专门针对张思远的欺负、侮辱。"同志，你为什么不排队？"张思远的声音颤抖了。根本不予理睬。"后面排队去！"张思远大喝一声，而且动手去拉那个大汉。大汉纹丝不动，回过头来，轻蔑地看了张思远一眼，"少他娘的废话！"他威胁地举起了拳头，"谁说我没排队？我就是排在你前头的！""大家说，他排队了没有？"张思远问，并无畏惧，他相信蛮不讲理的无赖定会受到公众的舆论制裁。然而，多么惊人，多么气人，多么恼人啊！没有一个人言声，有的人还故意掉转了头。"我看，是你没有排队！"大汉一拨拉，差点儿没把张思远推倒在地，他把张思远推出队外，而且摆出一副要打人的架势。你难道能和这样的人动手打架吗？张思远在这个时候多么希望自己的秘书、警卫员、司机在身旁啊！他想象着当自己的身份公布出来，当警卫员掏出手枪，当秘书打电话叫来了公安人员之后这个无赖将怎样的恐惧、面如土色、赔罪求饶，说不定会跪到地上。而周围的群众又怎样地拍手称快……现在，这一切都是不可能的。如果动手，无异于以卵击石。如果在"黑帮"

时期我碰到这样的事，我会这样生气吗？张思远问自己，这个自问像一阵清凉的风，吹过了他的身体。

行路难。在家千日好，出门一日难。当老百姓并不是一件轻松的事情，正像当"高干"也绝不是一件轻松的事情。这个故事不应该是庄生梦见自己成了蝴蝶或者蝴蝶梦见自己成了庄生，它应该是一条耕牛梦见自己成了拖拉机或者一台拖拉机梦见自己成了耕牛。在生活里飘飘然和翩翩然的飞翔实在少见。六岁多为了躲土匪，爸爸曾经带着他奔逃，晚间睡在大车店的牲口棚里。他到六十岁也还记得那静夜里马吃夜草的沙沙声，静夜的寒气袭人，这是童年给他留下的最深的印象。抗日战争时期呢，他们常常睡在青纱帐里，夏夜可以听到玉米地里叭叭的声音，乡亲说，那是玉米在拔节，那是一种不可压制的生命的力量、生长的力量，来自泥土、雨水和天空的力量。甚至在长途行军中他走着路也能打盹，前面喊了立正，后面的人把头撞在前面的人的背上。

发牢骚是一件最容易的事情。发牢骚不需要培训，而且时髦。七十年代末期的某些中国人，似乎觉得不发牢骚就不得天黑。他这一路就有许多牢骚俯拾即是。可惜他不是个作家，否则光是交通食堂和交通旅馆的肮脏就够他洋洋洒洒地写一篇文章，再加上两个人物一点儿情节、一点儿感叹和两句尖锐刺激的话，就能做成一篇勇敢地揭露阴暗面的小说。说不定他还能"红"起来，能够参加作家协会，成为一个指手画脚、骂骂咧咧、高人一等、比谁都正确的英雄。写文章咒骂一个交通食堂总比办好一个交通食堂容易得多也痛快得多。然而这究竟能解决什么问题呢？难道把我们的岁月、我们的生命湮没在牢骚和怨言里么？一个没有恪尽己责的、一个丧失了公民的责任感的人的牢骚，究竟值几分钱呢？他在部里给干部讲话的时候曾经提过这么一个建议：我建议每天八小时工作制改为四小时发牢骚四小时工作，前四个小时大家一起发牢骚，跺着脚骂娘也可以，发完牢骚以后一句牢骚话也不许说，都老老实实做好自己的工作，这种四小时工作制也许对于某些涣散的单位比八小时工作制效率还高。当然，这是激愤之语。

所以，他渐渐地不再有牢骚。他想的是自己的责任，每一个人的责任。不管有多少粗野和贫穷，火车在前进，汽车在前进，车轮的旋转使他和别的乘客们时时到达新的地点，车轮的旋转是通向他们的目的地的。正是在旅途中，时间的推移意味着空间的推移，时间的行进成为有形的，成为催赶人的一股可以触摸的力量。

枣雨

到了，到了，真的到了！到达目的地的快乐便是对于旅途的艰辛的最好的报偿，正像成功便是对于一切艰苦奋斗的报偿。再转过一个山头，再绕过两块圆圆的、非人间所能有的巨大的磨盘似的石头，就是山村的汽车站。老乡们说，这两块石头是当年二郎神担着它追赶太阳的时候，中途撂到这里的。谁也不知道这两块石头已经在这里存留了多少年和将要继续存留多少年。反正张思远离去的这四年多石头并没有丝毫变化，它仍然那样沉着、持重而又永远不老地迎接着远道而来的张思远，它的欢迎的姿势与那几年张思远去邻村办事、买东西，或者看病归来的时候毫无二致，就像张思远压根儿没有离开过，没有当上什么书记或者副部长一样。停车的时候冬冬和冬冬头上的高压线他是同时看到的。冬冬好像又高了，肩膀也宽了，他早已经调到县里担任小学教员。他们在信上说好了，冬冬来这里迎接父亲。"有电了么？"张思远问，这是他下车后问的第一句话。有电了，并且正在用电灯代替煤油灯，用电磨代替石碾子，用电动弹花机、脱粒机、榨油机、舂米机和粉碎机武装粮棉加工……这是冬冬的回答。父子两人向前走了几步就来到了老杏树下，老杏树依然是流出了那么多树胶，像是多感的老年人的泪水，叫人心疼。树胶的颜色、多少、部位和形状完全和四年前一样，昨天老张头还在这棵杏树底下抽旱烟。父亲递给儿子一根过滤嘴"中华"，儿子接过去的时候嘴角微微地一撇。杏树旁边是一个泉眼，为了保持清洁，泉的源头盖着两块青石板。弄脏了清水泉就不是好姑娘，这是波兰玛佐夫舍民间歌舞团演唱的一首歌里的歌词。海云最爱唱这首歌的。初冬的太阳照得他们暖烘烘的，这是一个避风的地方。看，泉眼边的杂草，黄叶中竟又长出了新绿的芽儿。初冬的太阳，没有风，不也和初春的太阳相似吗？那新萌发的小小的草芽儿，可知道它的面前并不是明媚的春天吗？他推开石板掬起清泉喝了两口，还是一样地清冽甘甜。抬起头，他看到了这次重访第一个遇到的山里人。是一个裁缝，一个他在山村期间最少打交道的人。圆圆的老式的花镜，好像与两块巨石一样历史悠久。然而裁缝一眼认出了他，他也一眼认出了裁缝。这不是张书记吗？您怎么又来到了这个小山沟？来来来我给您提着包。好好好我们大家都好，有党中央的英明领导。您这回来是视察还是蹲点？这可是对我们山区人民的最大鼓舞，最大关怀……此一时也，彼一时也，官腔官调，应付长官，多么令人悲哀！

幸好这是第一个也是唯一的一个改变了对他的态度的山里人。拴福大哥就不是这样，"张！"老远就大喊了一声，他的习惯是只称呼姓，这个习惯倒有点像外国人。大嫂见了他竟咧开嘴哭了。真想不到你还能到这里来！真想不到大嫂活着还能再一次见到你！真想不到这两年日子一下好了许多！我们养了三头猪和五头羊，还有十五只鸡。本来是二十五只，本来有两只公鸡，天天你啄我我啄你，啄得冠子上全是血，只好把战败的那个宰掉了，谁让你没本事？又有九只母鸡串了瘟。这九只是后买的，那十四只是先买的。秋文医生给那十四只扎过针，用蘸水钢笔把鸡瘟疫苗注射到鸡翅膀上。秋文医生连鸡病、猪病也治，其实公社有兽医站。粮价也提了。核桃、杏仁、枣和蜂蜜的收购价都提了不少。电灯也亮了，广播喇叭也响了。只是粮站工作人员老是压低粮食的等级，农民钱拿多了就好像他们的屁股里被塞进了草。有电但常停电，煤油灯还不能丢，却又减少了煤油的供应。我们年终分了四百多块钱，买了一套二十四个花瓷碗。你现在高升？平安？到了北京？见过中央的那些领导人吧？可干部怎么不下来了呢？过去每年冬天都要来人，虽说有几次也乱整一气，但是我们还是想这些干部们，让他们来嘛，给山里人说说，世界上又出了什么能人，出了什么新鲜事？

　　十五只鸡马上变成了十三只。年近七十的瘦小的老太婆抓鸡的时候其灵活程度不亚于一个排球运动员。她跳起来把已经起飞的鸡抓到屋里，于是鸡毛上天而鸡肉上了案板。过油的时候鸡丁哧啦哧啦地响，于是白面馍馍入笼和出笼，于是夏秋晾下的干蒜苗、干豇豆、干茄子和腌猪肉也出场。没等到饭熟，乡亲已经来了许多。当场有五家对张思远提出了在这同一天举行洗尘饮宴的邀请，而且不容许不答应。张思远一一点头，不过前后错开，安排了一下时间。张思远再一次后悔没有随身带上秘书和工作台历。这项安排日程的繁重工作只好临时分配给了冬冬。

　　多么好啊多么好！就像他从来没离开过山村。一样的乡音，一样的乡情，一样的人心！一样的推推哪家的门都可以进，拿起哪家的筷子都可以吃，倒在哪一家的炕头都可以睡！甚至连那几条老狗也没有忘记他，摇着尾巴向他跑来，伸起前爪扑他的腿，从湿湿的狗鼻子里发出撒娇的声音。他实在抱歉，倒是想到了给乡亲们带来一点糖果、圆珠笔、画片，却忘了给这些友好的狗带几块骨头。于是他只好抛出了酸梅糖，用这种东西来款待它们可实在不够意思。有一只黄狗不认识他，凶恶地吠叫，它大概是在他离去这段时间出生和成长起来的。狗的主人把黄狗狠狠批评了一顿，"你是怎么回事？怎么连自己人，连咱们的老张头也咬？你想找死？"骂得黄狗垂头丧气，诚惶诚恐，灰溜溜地退到一旁，深刻反省自己为什么犯了这么大的过失，其实它的出发点却是忠于职守和立功受奖。

虽然也有不少的乡亲问起他的官职，并咋舌惊叹，还一致认为他的升官是一件好事、一件可喜可贺的事，但谁也没有把他当作"上级"看待。他说话既不拉长声，也没有那么多词儿，既不摇头摆尾，也不倒背着手踱来踱去，既不用事前斟词酌句，也不用事后为哪句话不当而追悔。无官一身轻！无官暖人心啊！没有平等，就没有友谊，正像没有土地就没有庄稼，没有核桃树就没有核桃果。还有山里的红枣呢，每一颗枣都像张思远的童年一样久远、古老、鲜甜。张思远小的时候，在他还不是张思远，当然更不会是张教员、张指导员或是张书记，在他只是石头，或者像母亲称呼的那样——小石头的时候，他们家也有一株枣树。打枣，这就是童年的节日，童年的欢乐的不可逾越的高峰！噼里啪啦，竹竿在上面打，稀里哗啦，枣子往地上掉。许多相好的和不那么相好的小朋友都来了，一边吃、一边捡、一边装、一边找、一边喊。有的枣滚到了渠沟里、草丛里、瓦片底下，凡是企图隐藏自己的枣子也正是最甜、最饱满又绝对没有虫子的枣儿，这样狡猾的枣子的每一颗的发现都会引起自己和同伴的欢呼。连土都是甜的,连风都是香的,这童年的喧闹和喧闹的童年!这满脸是土,满脸是汗,满脸是鼻涕和眼泪,满脸是带口水的枣皮和欢笑的童年!也许,对于平等、质朴、友情以及像枣雨一样地洒落地上的社会财富的向往,对于共同的公正而富足的生活的向往,就埋藏在这些喧闹的小小拾枣者的心里?也许,马克思、恩格斯和李卜克内西,列宁、斯大林和斯维尔德洛夫,毛泽东、周恩来、刘少奇和朱德,他们的一生,他们的事业和学说的力量正来自这些喧闹的小小的拾枣者的心底?

现在,须发花白的张思远,身居高位的张副部长,又回到这童年般的喧闹中来了。重新造访的第一天,走到哪里都被山村的男女老幼所包围,被七嘴八舌的问候、说笑、祝福和诉说所包围。我们企盼过的,我们应允过的,我们拖欠过的,我们损害过的,终于我们要渐渐地兑现了。我们总算学会了一点儿东西。乡亲们,鲜红的甜枣,普落如雨!

第一天他来不及和冬冬以及和秋文谈什么。秋文也把自己的音波汇入到欢呼枣儿洒地的儿童似的喧嚣之中。当他的目光与在人群中的秋文的目光相遇的时候,他像孩子一样地兴奋、期待、欢喜。与他对看着的是这一生从来没有看到过的那种看透了一切悲哀的明朗,是那种负责打枣的大孩子看到闹闹嚷嚷的小孩子时候的满意,是照耀着落光了树叶的枣树的月光的沉寂,他微微战栗。

晚上他和儿子,和老农睡在一起。肉、酒、喧闹、温情充塞着他的一夜。于是这一夜的梦概括了他的一生,来自他五十九年的生活经历的压缩复制。放羊娃和地主崽子的打架。穿棉袍的乡村教师的垂青。高唱着《三大纪律八项注意》的队伍的到来。枪林弹雨,第一枚手榴弹没有拉弦就扔了出去。红旗下举手宣誓。他不怕牺牲,他渴望献身,他深信迈过这一步便是幸福的红枣降落到每一个家庭的餐盘里。

夏天。洁白的短袖衬衫。两根宽宽的肩带连接着蓝色的裙子。4583，她们学校的电话。拨动字盘，然后电话机里传来怯生生的声音。接电话的人不问也知道是谁打的。洁白的身影在眼前一闪。什么，她也到了山里？在哪个公社，哪个大队，哪个村子？原来那些传闻都是假的，原来你还在，你不要走，不要死，让我们再谈两句。平反昭雪的通知你怎么没有拿到手？4583，怎么没有人接电话？咣咣，把电话机砸坏了。哭声，是我在哭么？囚徒，自由，吉姆车在王府井大街奔驰。软席卧铺车厢在京汉线上行驶。波音飞机在蓝天与白云之间飞行。上面的天比宝石还蓝。下面的云比雪团还白。又关闭了一个发动机。枣落如雨。弹飞如雨。传单如雨。众拳如雨。请听一听我的心脏。请给我一瓶白药片。请给我打一针。是的，报告已经草拟，明天发下去征求意见。

这能行吗？这不可能吗？他一再警告自己早已不是热情和想象的年纪。然而，与生命俱来的想象和热情，不是只能与生命俱去么？如果这一切都成为真的……不正是这一个又一个的假设成为指引他行路向前的火炬么？来以前还有点儿犹豫，有点儿打鼓，有点儿担心呢。还有点儿舍不得部长楼的那四间高分子墙纸贴面的住宅呢。真不好意思。张思远就在这里呢！张思远没有变。张思远是山里人，张思远就是自己。什么？到时间了？我马上就去。开不完的会，在睡梦里也还要开会。同志们！现在的形势很好。我们要安定团结，要进行改革，要精兵简政，官比兵多的现象再也不能继续下去了。

距离

天气也欢迎张思远的重新造访。一连许多天都分外晴好。人,山,树和空气,都从容安详。冬冬陪着父亲转遍了每一块梯田,山坡,果园,菜地。高大的柿子,丰满的核桃,古怪的花椒,俏皮的山楂,风流的桃李,朴实的苹果……别来无恙。蹚过一段酸枣刺,躲避着猎獾人下的夹,他们来到育林区。五年前他们冒雨栽下的油松、马尾松和落叶松苗,已经长得超过了膝盖。自己亲手栽下的(那天手上、脸上和衣服上全是泥)松树将要久远地在这里成长壮大,将要在这一代人、这两代人、这几代人身后继续葱郁葳蕤地庇荫这块山坡。这真让人欣慰。

但是他和冬冬却谈不拢。这次来冬冬对他特别体谅和关心。您要锻炼身体。该休息也得休息。最好每年夏天都到海滨去一次。冬冬真是大了,懂得疼人啦。回北京吧,你完全有理由……让我们在一起,我一天天老了。冬冬的回答是意想不到的坚决:不。为什么?不为什么,我不愿意当高干子弟。这是什么意思?"高干"就不能有自己的孩子?我们为了革命,为了人民没有吝惜过生命和鲜血。张思远有点儿激动,冬冬却很平静。你们可能是崇高的和伟大的一代人,但你总该正视现实。群众舆论对高干子弟就那么不利?您别忙。我们也愿意做崇高伟大的一代人,像你们一样,做披荆斩棘的探求者、开路者、创业者。但是你们只要求我们、只允许我们做守业者,做接班人,只允许我们顶替你们的位置,要求我们走在你们的脚印上。不,那是办不到的。我已经二十七岁了，从生下来我们就受教育，听父母的话，听老师的话，听团小组长的话，听贫下中农的话，听屁大的一个什么官儿的话。现在，我们该自己教育自己了，该自己去选择自己要说的话了。"

"你这样说既片面又空洞。何必故作惊人之语呢？中国吃各种惊人之语的亏还不够吗？是党的政策而不是你们的惊人之语——另一种类型的假、大、空话给农民带来好处。你不是真空，中国不是真空，历史不是真空。你们不能从钻木取火开始。你们既不了解国情又不了解历史。靠你们的那些皮皮毛毛的见解只能误国误己，头破血流。人类历史是一个连续不断的过程，革命是几代人的事业。接班丝毫不意味着墨守成规，真理标准的讨论已经为发展、创造、突破扫清了道路。中国需要的是切切实实的工作而不是狂徒的自我膨胀。活到老学到老，连我也时时觉得自己需要受教育……"

冬冬发现有一株山楂树上竟有五颗鲜红的果实没有被采摘走，他捡起几块石头去击落那幸存的红果。他对与父亲辩论并没有什么兴趣。最后他说：

"明天我就回县城了，我们还可以在县城谈谈，请您不要生气，我现在不那么愿意和您在一起，一个原因就是您太爱对我进行教育。妈妈在世的时候并不是这样，她用十分之九的力量照顾我，只用十分之一的力量指点我。这又有什么办法呢？她是一个弱者，而您是一个强者。我宁愿碰得头破血流也不愿依附于您。我会去看您的。今年暑假我可能就去……还不行吗？"

张思远沉默了，他转过身，凝视着对面山坡上的小松树，默默地把儿子分给他的两颗酸果放到嘴里。夕阳照耀着小松树，小松树拖下了比自身长得多的影子。

告别

早在一九七七年，张思远便得知了秋文原来的丈夫已经死于劳改队的消息。他给秋文写去了慰问的信，由于那特殊的难知其详的"离婚"，他无法直言哀悼，只是关切地问候起居，也讲述了自己工作上、生活上、身体健康上的一些苦恼，并且表述了不被这些苦恼所压倒，而要压倒这些苦恼，一往直前、鞠躬尽瘁的心思。

他没有收到回信。这是他给秋文写的第三封信。第一封信是他刚刚回到市委以后，夹在给冬冬的信里，寥寥数语："我常常想起在山村的难忘的日子。我非常感谢您在医疗和其他方面对我的帮助。我更感谢您对冬冬的关心。祝您和您的女儿安好。"这封信也没有得到回信，只是冬冬来信时写道："秋文阿姨叫代问您好。"

第二封信是一九七六年春天，在"反击右倾翻案风"的悲剧闹剧里又要强迫张思远扮演一个罪人的角色。空气肃杀，写信也是战战兢兢。回信马上来了，用的全是社论里可以找到出处的词语。"让我们坚信，毛主席的革命路线一定能够取得彻底的胜利！""这里的贫下中农随时准备接待您重新来进行劳动锻炼，改造世界观，""彻底的唯物主义者是无所畏惧的，共产党的哲学是斗争哲学。"张思远完全懂得这些话的意思，一想起秋文、冬冬和山村，他的心就落到了实处。

从一九七七年他就想再去看望一次秋文，他想去探求一下改变他们俩的生活、使他们俩生活在一起的可能性。秋文是他遇到的一个有点儿怪的人，一个既有松树的坚定又有柳树的灵活的人，在山村的五年，秋文要比他更强、更有力量。另外，自从他明确地坚决地表示不愿再与美兰恢复关系以后，关心他的"生活问题"、"个人问题"的人实在太多，有许多老战友特别是老战友的夫人硬把照片塞到他的手里，他不胜其烦。有一次他干脆宣布，他已经自己找好了，就在他曾经劳动过的山村，他将亲自把她带来，无劳众位费心。塞到手里的照片没有了，半信半疑的好人们一见到他就要问："什么时候？"好像在提醒他和催促他快快偿还积年老债。

"也许按照我们中国人的习惯，我早就不应该说这些了。也许，我的话会使你不高兴。但是，这话在我的心里已经好多年了。最初，我得肺炎的时候，还没有这么老，是你给了我力量，镇静和勇气。只是因为……我才把这种感情压在心底。"

"谢谢您了。"秋文这样说。真诚，又有点嘲笑。

"我还从来没见过你这样的女同志。你既清高，又随和，既泼辣，又温良，既……"

"这么说我也是高大完美，几百年出一个了？"

"请别开玩笑。"张思远的声音有点忧郁了，"而且，我觉得你了解我，也许你还喜欢我。"

秋文动了一下，躲避开张思远的目光。

"我碰到许多困难。我的脖子上套着拥脖，我还得拉套，有时候还要驾辕。遇到难题，我常想，假如你在我的身边，假如你能给我当参谋，当后台，当……不论什么，工作和生活就会容易得多了。"

"……"

"我这次来，就是为了你。你不会猜不到的，跟我走吧。你去了以后，工作由你自己挑选。还有女儿，她当然跟着我们……"

"什么我们？"秋文的声调是严厉的，"为什么我要去做你的参谋、顾问呢?为什么我要放弃我的工作、我的岗位、我的生活、我的邻居和乡亲,去跟着您当部长夫人呢?"

"……"

"瞧,您想的只有自己!官儿大的人总觉得自己比别人重要,是不是?您连一秒钟也没有想到,您可以离开北京,离开您的官职,到我身边来,做我的参谋、我的后台、我的友人。是这样吗?"

"这个方案也可以考虑。"

"可以考虑?官腔!对不起。单冲我刚才的表现,也证明我并不像您想的那么好。您的工作本来就比我的重要一百倍,一千倍。不服是不行的。我拥护您和您的同僚们。你们是国家的精华和希望。你们失去了太多的时间,我相信你们会夺回来。我祝你们成功。我愿意和你们拉起手来。但是我不能去。我已经野惯了。部长夫人的生活会使我窒息。在那样的环境里,我找不到自己的位置。"

"那么在这里呢?你准备在这里终此一生吗?你难道和这里的环境没有距离吗?"

"更多的是融洽。所以我佩服您。您既能当副部长,又能来到山村和我们在一起。还异想天开地想把我也拉了去。而我的适应幅度可没有这么大,我就做个乡村医生吧,给山里人解除一点痛苦。别忘记我们!心上要有我们,这就什么都有了。谢谢您……"秋文的声音有点呜咽了,"我只希望您多为人民做好事,不做坏事……你们做了好事,老百姓是不会不记下的。"

张思远的喉头也哽住了。他缓缓地离去了。秋文没有送他。他长久地后悔,为什么不多看上两眼,秋文坐的结实沉重的椅子,秋文的没有上过油漆的白木桌子。她的灯,她的书,她的脸盆架,她的草帽和听诊器。这一切物品都比他幸福,这一切物品都昼夜陪伴着秋文,都和秋文在一起。

乡亲们继续招待，胃和头脑一起进行社会调查。豆腐和粉丝，果酒和老醋，全部是他们自己的副业。鲜鸡蛋、咸鸡蛋、松花蛋和臭鸡蛋，动物蛋白和零花钱都在增长。黍面油炸糕蘸蜂蜜，这是山里人最好的甜食……还有什么困难么？还有什么意见么？就是怕变。只要政策不变，只要这样搞下去，只要再不自己折腾自己，日子就步步登高。乡下的情况比原来设想的还要好些。你们快点富起来吧，我们的国家指望着你们呢！记住以往的经验教训，稳稳当当地带着我们前进吧！我们农民指望着你们呢！酒足饭饱，他们互相鼓励着。

底下便是告别了。张副部长的秘书很会办事情，在张思远悄悄地回到山村，在他重温了和饱尝了普通老百姓的好处与难处之后一周，当地领导接到了他的秘书的电话。立刻，领导人、接待人员、小汽车都来到了山村。张思远注意地环顾四周，最后他确信乡亲们对他比儿子对他更要理解，他悟到乡亲们那样亲热并不是因为不知道他官复原职而且有升迁，不是不知道他完全有可能坐上小车、带上随行人员前来，而是知道了这一切但更知道他的为人、他的本色。乡亲们对待他没有变，是因为相信他没有变。这让人感动得热泪盈眶。这使一周来的经历更具有动人的美好色彩。于是人们簇拥在一对巨石旁欢送他。别忘了我们！人们希望的不过如此。难道能够忘怀和违背这样的愿望吗？他含着泪坐到了司机旁的在当地认为是最尊贵的座位上。他的心留在了山村。他也把山村装到自己的心里，装到汽车上带走了。他一无所得？他满载而归。他丢了魂？他找到了魂。在县里与冬冬话别以后，车向省城驶去。当然，再没有排队，没有野蛮霸道的小孩子和大流氓，没有生葱味，没有令人无法安眠的大房间。我敢忘记我受到了多少照顾吗？我没有责任、没有义务让大家都过上文明和富裕的生活吗？在省城的高级宾馆住过一夜以后他上了飞机。是四个人一排的头等舱。"禁止吸烟"和"系好安全带"的字灯亮了，发动机像发了疯一样地怒吼。飞机抬头了，他们腾空而起。山村被远远地撂在后面，繁重的工作堆在前面。回去以后他面临的任务棘手而又大有可为，他什么都不怕了。穿着清洁的蓝制服、头上戴着缀有中国民航的银色鹰徽的硬壳帽子的小小的女服务员端来了香茶、夹心巧克力、胶姆糖、纪念画片和一家外商承印的附有广告的飞行时刻表。一只翅膀略略抬高，他们在转弯，达到了预定的高度。比任何一只蝴蝶都飞得高得多。发动机的声音平稳，庄重，叫人放心。机舱愈来愈热了，他旋松头顶的黑色塑料"龙头"，冷空气吹到他的脸上。他隔着圆圆的舷窗长久地注视着祖国大地。他爱这阳光和阴影，轮廓和色彩十分分明的一个又一个的山岭，像是一排排裸露的核桃仁。他爱这线条齐整如棋盘格子的田园。他爱这纵横交错如蛛网的大大小小的道路。什么时候，能把我们的祖国，包括我们的山村，都放到喷气式飞机上，赋予她们以应有的前进的高速呢？难道民国十八年开始用的咸菜汤，还要继续腌下去吗？下面是云层了，白茫茫，灰蒙蒙。不管飞得多么高，它来自大地和必定回到大地。无论人还是蝴蝶，都是大地的儿子。他拧紧调节空气的旋钮，放低了椅背，他安安静静地睡着了。

桥梁

他吃了一碗鸡丝汤面，一个花卷，几片火腿和几片榨菜。他伸了一个懒腰，点起一支烟，吸了几口就掐灭了。他不是诗人，他再没有时间抒情、缅怀和遐想。他必须像牛一样地、像拖拉机一样地工作。工作做好了就有了一切。他换上睡衣和拖鞋，拿起剃须刀架，打开洗澡间的顶灯和整容镜上的罩灯。他放了热水，把胡须剃了个干干净净。所有的愁雾都吞咽到肚子里而面孔在两盏灯的交映下容光焕发。他一贯如此。他往澡盆里放水，不断地用手试着水的温度。他试着哼了哼在旅途中听过的那首香港的什么"爱的寂寞"的歌曲，他哈哈大笑。他改唱起《兄妹开荒》来。他好好地洗了个澡，把一切不必要的，多余的负担都洗掉了。他坚信洗澡是快乐与健康之源。他坚信他会顽强地活下去，工作下去，直到至少家家户户都有一个洁白闪亮的澡盆。他用干毛巾揩净了身体上的水珠。顶灯与整容灯照红了他的皮肤。他还不老。他的血管里流着热和红的血液。他关掉这两个灯，来到客厅。他吸完刚才搁下的那半支烟。他打开落地式收音机，李谷一在演唱《洁白的羽毛寄深情》。他站起来，洗过澡以后人轻盈得就像蝴蝶。他轻轻走过去打开阳台的钢门。清冷的夜气扑来，他以为是来自山谷的风。他披上大衣走了出去，天上的星星和地上的灯火连接在一起。他看着这些无言的、久远的星星。他发现这些谦逊而持重的、丝毫也不与盛气凌人的新贵——碘灯和钠灯争辉的星星和山村的星星并没有两样。支持她们的是同一个天空，憧憬她们的是同一个地面。在昨天，今天和明天之间，在父与子与孙之间，在山村二郎神担过的巨石与十七层的部长楼之间，在海云的在天之灵与拴福大嫂新买的瓷碗之间，在李谷一的"洁白的羽毛"和民国十八年的咸菜汤之间，在肮脏、混乱而又辛苦经营的交通食堂和外商承印的飞行时刻表之间，在秋文的目光、冬冬的执拗、一九四九年的腰鼓、一九七六年的游行，在小石头、张指导员、张书记、老张头和张副部长之间，分明有一种联系，有一座充满光荣和陷阱的桥。这桥是存在的，这桥是生死攸关的。见证便是他的心,便是张思远自己。要使这桥坚固而又畅通无阻,他渴望着一次又一次地与海云,与秋文和冬冬,与拴福一家的相会。他期待明天,也眺望无穷。

他做了几个扩胸的动作,深深地吸了几口空气。似乎电话铃在响。他走进温暖明亮的室内,随手拉上了浅绿色的窗帘。他关掉客厅里的灯,走进装有电话的居室。他拿起电话,是部长,向他问候旅途辛苦和健康,问他:"任务完成了没有?""差不多了,差不多了。"他爽朗地回答,这个脱口而出的答话恰到好处。然后部长向他叙述了一些情况,通知他后天有一个事关重大的会议,要他准备好发言。

他谢了部长,放下电话,走向写字台。最急需看的文件、信件和资料,秘书已经送到了这里。秘书开列了一个立刻要处理的事项的清单。他拿起粗大的铅笔。他开始翻阅这些材料,一下子就钻进去了。他觉得有那么多人在注视他、支持他、期待他、鞭策他。

明天他更忙。

1980 年 8 月

生死恋

一、蜂窝煤之恋

所以顿开茅只能从煤球与蜂窝煤并存的那几年说起。也许它们往昔的使用是对大气环境的破坏,雾气重重非一日之烟。此情可待成追忆,只是当时已惘然。按照同院长大的尔葆的"父亲"吕奉德最看好的德国法律,起诉煤球与蜂窝煤已经过了追诉期限。

最近不知道什么原因,顿开茅常常梦见摇煤球。煤球的烟味儿有一些哈喇,似乎还有发面丝糕与肉皮冻气息。蜂窝煤的烟味儿却有几分清香,但是香得虚假廉价。顿开茅,一九四六年二战结束后出生,他爹说他们是正黄旗,满族。或谓他们本姓纳兰,是词人纳兰性德一宗,顿是他爹参加革命时改的姓,避免由于人们对于革命的选择而贻害家在白区的亲属。其实满族无姓,弄个姓是为了对中原文化的认同。

顿开茅对人生对生命的第一个感觉是煤球烟。那时北京市民大多烧煤球,把煤末子与黄土掺和在一起,加水,用大柳条笸箩摇成玩具风格的球儿，大致路数与如今元宵文化一致。侯宝林说过相声，嘲笑外国专家用各种仪器检验元宵，不得制作元宵放入馅子的门道。善良的中华百姓，他们的科技骄傲是煤球与元宵。这种煤球由于煤末子与黄土不均匀，常常烧不透，那时垃圾堆上爬满穷孩子，他们拿着一种专门的铁爪，敲开烧过的茶色煤球，寻找剩余的仍呈黑色的"煤核"，凑几斤可以卖废品。孩子们爬垃圾堆捡煤核，是中华民国古都北平的一道风景，是堂堂民国气数已尽的刺心征兆。

到人民共和国以后，改善了煤球做法，实现了模具化与一点点机械化，煤球的形状是两个小铁碗互压而成，所有的球球都围腰显出肚圈，少了煤核，少了黄泥烧成的陶块。

烧煤球儿的时代与大杂院、养猫、满天麻雀与乌鸦还有猫头鹰与蜻蜓、萤火虫的记忆混杂在一起。蜻蜓那时叫鹨鹂，鹨鹂本意是一种小鸟，读"留离"。下完雨北京城到处都是鹨鹂低飞。还有槐树上的吊虫、冬天漫天大雪、电石灯下的炸豆腐泡与豆面素丸子汤的记忆浑然一体。顿开茅此生最初闻见的煤球味道，除上述综合丰满的念想以外还混杂有猫儿屎尿气息，这尤其臊腥得动人，泪眼糊糊，往事非烟，往烟如歌，几十年岁月不再，却是真实百分百。远去淡出，与你告别挥手，与院落墙上的猫的叫春号声一道渐行渐远。

在仍然寒风料峭的早春，春天的生气使猫儿躁动如狂，号叫如受刑，上房顶如功夫特技。猫的爱情与人相近，叫上几次，会见几次，结识几次，试探几遭，两情相悦，叫作缘分。在天愿为比翼鸟，在房愿为互叫猫。却也有互叫三夜，拜拜衣马斯的失恋。然后到了那一天那一晚，已经相识相悦的猫再闹上几小时，一分钟交配，又一声惊天动地的惨叫，雌猫屋顶打滚，完毕。生命的交响与小夜曲就是这样纯真动人而且尴尬可悲可怖。然后一切味道留在煤球的燃烧里。然后现代化集约化的民居没有了猫的惨叫与烧煤球的气息，现代化的兽医科学做好了所有宠物的去势，除了人自己，并留下了后患。

顿开茅退休以后有时怀念过往，惊今叹昔，相信古人孔子与苏格拉底都没有可能半辈子看到那么大的变化。极好的变化，也令人时感生疏与些微的怀旧。

从三进大院出门往左再往右三百米，是一家煤铺，那里的工人阶级个个脸上乌黑。那里的一个孩子，旧社会连续两年想上一家比较好的师范附小，没有被录取。那个孩子教给开茅唱《二进宫》："你言道，大明朝，有事无事，不用那徐、杨二奸党，赶出朝房，龙国太，自立为王！"顿开茅全身心地向往现代化与美丽中国，但是在他的猫爹（耄耋）之年，想念摇煤球黑头发小。他一直误学误唱，把上述花脸唱段尾句唱成"自立，威武"！

要点在于顿开茅家烧煤球的当儿，他父亲顿永顺服务的吕先生家里烧的是蜂窝煤。后来又率先改液化石油气，改天然气。白净的、戴过好几样眼镜的、最初高高在上的吕奉德先生像是天上的大神。蜂窝煤烧起来没有不良刺激，烧出来仍然保持着原先形状，直接夹出来就行，减少了煤灰。而用烧火棍捅下去的灰白的灰，轻轻细细，碰到一点风就成烟雾，像后来舞台上常用的喷雾剂——二氧化碳干冰。它更高级，好像还有点老练，如果不是阴柔。

吕奉德先生住在大四合院的二进。第一进住顿开茅一家与司机。第三进住厨子、清洁工与园丁。第三进后还有果园，樱桃和枣、梨、柿子、香椿。而最重要的是藤萝，架上紫花串串，香气袭人，摘下花串，放上冰糖，与面粉一起做成藤萝蒸饼，令人雀跃。

蜂窝煤曾经是一种新技术，说它是用无烟煤制成的蜂窝状圆柱形煤体，由原煤、碳化锯木屑、石灰、红（黄）泥、粉等混合基料和硝酸盐、高锰酸钾等组成的易燃助燃木炭剂所组成，有十二个孔。

在煤气、液化石油气特别是天然气已经成为家用主要燃料的当今，在能源早就实现了管道化网络化全民化的二十一世纪，品味着关于蜂窝煤的说法中的物理、化学、能源、技术元素，顿开茅仍然保持着某种敬畏和依恋。

可惜的是记忆中煤的形状不大像蜂窝，倒是像均匀切开的一节一节全等的乌黑的藕，切薄一点，就更是美丽的黑藕片。

吕先生是个人物，无怒而威，无言而博，无姿态而气场深邃无底。吕先生的夫人苏绝尘老师也是那样的非同小可，气质高雅，举止迷人。据说她是在法国马赛留过学的人，回国后没有外出做过事，静静地待在家里。说是她协助吕先生的专业学术与社会生活，无求于家外大世界。她的笑容如莲如菊，清新喜悦，你只在法国小说里的插图上见过这样的笑意。她的笑靥更是黄河以北罕见。他们家有别的家里看不到的自动拨号电话机。当时的城区电话五位数字。据说更早是把电话固定在墙上，拿起电话，有电话局的接线生与客户联络，客户报告说"请接2局（西四、平安里一带）2508"，然后说话，如果2508有人接电话的话。

顿开茅的父亲顿永顺，是组织上派来协助吕先生管理这个院子的，相当于吕奉德先生的管家，但是那时已经不时兴"管家"一词了，顿永顺被称为顿秘书或顿主任。开茅长大以后，怎么看怎么觉得爸爸永顺个子像篮球队员，声音像歌手或广播员，姿态却像旧社会的跟班。更重要的是顿永顺的眼睛，他长着特别迷人的婉转的眼角，雅致而又灵动，鲜活而又痴诚，加上他的浓重眉毛，招引着偶然邂逅的目光。顿秘书常常到吕先生家里请示报告，商量夏季除蚊、深秋弹棉花、冬贮白菜、采购年货、卫生免疫、接种打针种种事务。永顺同志满面含笑，双手中指按着两边的裤缝，礼节绵密，京腔悦耳，举止透着老北京的文明周到。尤其是顿永顺与苏老师说话的时候，他们的相互笑意令人愉快升华，加强了他人的全面自信自爱。

吕先生不上班，但是常常被莫斯科人牌专车送到这里那里某个地方开会说话。然后他回来读书写字。他家客厅正墙上，挂着一个镜框，内有几行德语文字和中文，是他本人译出来的歌德名言："阳光越是强烈的地方，阴影就越是深邃。"说什么那两行德语文字，是汉堡大学校长给他题写的。他家里有一台日本产留声机，从他们的房间时而传出"百代公司特请梅兰芳老板"演唱的《甘露寺》《霸王别姬》，还有周璇的《花好月圆》。开茅不久就熟悉了"和衣睡稳"与"凤衫翠盖，并蒂莲开"这样的不知其详不知其义的唱词。有时候，还可以听到苏老师对于梅老板、周璇的声与魂的应和跟随。

大约二十世纪中叶，吕先生似乎摊了点事，一天被带走了。永顺秘书同志也被找去谈了一些次话。

人们发现，苏绝尘老师的坚强冷静出人意料，她的脸上偶尔现出一点皱眉的表情，此外，若无其事。次年夏天，在意外的变故冲击中岿然不动的吕夫人生了一个儿子。这个孩子非常可爱。

然后有一些悄悄议论。

又过了一年，让苏老师和她的儿子腾出了本大院最好的位于二进的房子，迁至一进，他们变成了顿家的同等级街坊。苏绝尘仍然悄然淡然，稳若青山。

二、二宝

姑且假设苏老师的儿子二宝（后正式名尔葆）出生那年顿开茅是十岁，小学三年级，少年先锋队员，红领巾。顿永顺四十六岁。吕奉德五十三岁。苏绝尘三十八岁。别的人，读者可以分析设定他们的年龄。

要点是，三岁时候，不知道爹爹出了什么事的苏二宝戴着一个当时少见的法国帽子，照了一张相片，多年后见过世面的一些"海龟"，告诉土鳖们那是二十世纪法国制帽老板特莱克莱特制做的马洛牌防紫外线压舌平顶帽。帽顶像西瓜似的切成四部分，两两相对，显现出深浅灰黑色方格图案。娃娃的照片光彩照人，娃娃的帽子迷人。本市最最著名的王府井中国照相馆以奉送一张十二寸涂染彩色照片为条件，取得了二宝妈同意，将一张更大的染上彩色的二宝三岁标准像，在当年六一国际儿童节放在照相馆橱窗里，向世界示好。

永顺对开茅说，人民共和国初期，有一张摄影作品，题为"我们热爱和平"，那个年代苏联与国际共产主义运动，都懂得强调和平与民主，和平运动在全世界开展得有声有色。中国那个与女孩一起各抱一只和平鸽的歪着头的男孩，太可爱了。此外，人们没有看到过这样的小男孩，直到二宝出现在中国照相馆的橱窗里。二宝更小更纯，当然。而那个和平鸽男孩，据报道还由于上了图片，骄傲自满，不守纪律，至少是一度跌进了思想品质不端的泥淖，成为全国少年的一个走弯路然后转变的典型。

甚至招揽了参观者，知道了这个三进院子里有那个在橱窗里微笑的男孩子以后。男孩子为自己、自家、所在的院落带来了光彩，招来了当时还不懂得的一个词儿：粉丝。粉丝本来就不值钱，但是曾经很长时间需要登记购货本儿才可以买到限量的粉丝与芝麻酱等。那时的人非常好说话，都体谅大局。

十多年后老顿退休了，吕奉德出狱回大杂院，他们家早已从二进院子内迁出，腾出了大院最好的一组房室，搬到一进。所有当年的服务人员早陆续走掉了。老熟人只剩下了顿永顺，而吕奉德变成了刑满释放人员。天下没有不散的筵席。吕先生换了一个人，除了吸烟，还是吸烟，他把烟吸到鼻腔口腔，进入五脏六腑，吐出来时烟的颜色发黄。他的头发变得非常稀疏。他显得萎缩、丑陋、低下、寒碜，还加了些挤眼、歪嘴、颤悠腿与干咳等过去没有的毛病。

苏老师据说也犯了两次脑动脉血栓堵塞，都医疗康复过来了。其实他们夫妇体质底子不错。苏老师语言偶有吐字含糊，表情偶有与话语内容脱节，早了半秒或晚了半秒，但仍然保持着原有的风度，特别是她的笑靥姣好依旧。

而顿永顺恰恰在退休后显示了他的文明得体、人脉众多，举止进退恰到好处。即使政治运动啊，阶级斗争啊，背对背揪出一小撮啊，闹得不善，对此位自我感觉良好、翩翩浊世之佳老汉，并没有什么影响。有一位延安老领导对他很好，说是许多坎儿上他都得到了保护，他好比放入了红色保险箱，够幸运。

有一次夜半时分传来吕先生的怪声如狼嗥，然后是苏老师的压抑的哭泣，他们儿子二宝名字也被提及。他们为了二宝的事而争执？他们的儿子叫作二宝，没有大宝为什么叫二宝？后来才知道，孩子叫尔葆。尔葆还是二宝？小名二宝然后学名勉强定为尔葆？他姓苏不姓吕？

文雅的名字尔葆被文化层次过低的人们误为二宝？哪个说法比哪个更正确一些呢？

没有人知道，没有人发现，吕先生与吕苏氏这一家发生了什么问题。文明与不文明相距何远！文明的特点是光鲜，不文明的特点是闹腾。文明的特点是收敛，不文明的特点是逆风臭出四十里。

但是开茅听到了那一夜晚的苏家——由于十多年不见，街坊们已经不习惯说他们家是吕家——的惨叫，当他说到这个情况的时候，他的爸爸老顿突然变了脸色，警告儿子："不许议论旁人家的事。"

那天晚上永顺爹爹自己就着酱烧笋豆喝七分钱一两的散白酒，酒辣而且略臭，喝一口，顿永顺张开口呲呲哈哈半天，像是患了牙周病。

那天顿开茅也心情恶劣，他突然问父亲："今天我说到苏老师家，你吃那么大的心干什么？你究竟干了什么缺德事害了人家吕奉德与苏绝尘？我问你，你是不是坏人？"

"浑蛋！"顿永顺骂道，他抄起了酒瓶，就要向开茅头上砸去，突然泄了气，坐下来抱住自己的头，摇手。他结结巴巴地说："不是的……不是……"

十多年来，大院里陆续搬入了新人六家，一家卖煎饼，大门洞里常常放着一辆装有炉火炊具的手推车。饼铛与各种令人垂涎的佐料。但只卖了一年不让卖了。有三家无固定职业。有一家丈夫是医生，夫人是托儿所保育员。还有一家大女儿说是在公共汽车上售票收票。

后来本大院又在后花园里盖起了住房，拆掉了藤萝，再砍挖别的果木。顿开茅心目中，古老的北京从此少藤萝了，院有藤萝的北京人家，从此不再。有时历史就是从自己身边开始与形成的。三加一进院子，后来是十二个家庭，一个蹲坑厕所，一间室内抽水马桶。幸亏胡同里有一个气味极正的公厕，顿开茅一家很少用本院厕所，而是依靠集体公厕为主。第一进院子里一个水龙头，第二进厨房里另一个龙头。除二进后来的主房医生家外，每家一个水缸、一只水桶，从早到晚，谁一开龙头，第一进雷声滚滚。

随着岁月消逝，夏天雨季各室漏雨的现象越来越频繁，那时的街道即现名社区的工作还是很不差的，随漏随修，随修随补，随补随渗，随渗随漏。大院里违法建筑与人口越来越多，其他物种苍蝇蚊子刺猬猫儿狗儿燕子麻雀蝙蝠越来越少。街上收垃圾的车子，放着《学习雷锋好榜样》的唢呐曲调，按时收垃圾。生活稠密，秩序井然，革命人永远是年轻，社员都是向阳花，山连着山，海连着海，各种歌词慷慨激昂，反帝反修反反（动派），气氛热烈，绝不闷得慌，我们走在大路上，意气风发，斗志昂扬。

后来第一进院子，一个重要女孩儿出场。

三、山里红

好的，小说人年事虽已渐高，他设计的每个人年龄大体靠谱。小说人长期以来说嘴，夸自己数学成绩高于爬格子同行，直到一天把稿费通知多看了一个零蛋为止。顿开茅二十一岁时发现，虽然表面上看不出来，吕先生的回家带给曾经温文尔雅、佳丽天成的苏绝尘老师是沉重而不是温暖。文明的家庭善于潜藏矛盾，埋伏危机。顿开茅此时刚刚作为"文革"前入学的大学生，被承认了毕业，就任了二宝就读学校的英语教员。苏绝尘老师给他留下的美好印象不可磨灭。他早已猜到，他愈益肯定，苏二宝似乎不是吕先生的儿子，是谁的，他不想也不想想。吕先生回来后,渐渐地,这一家虽亲犹疏,度日维艰。或无声无息,或长吁短叹。

最要命的是二宝。二宝的班主任曾经与开茅谈起这个学生,问顿老师二宝家里出了什么事。班主任告诉顿开茅老师,苏尔葆原来功课极好,循规蹈矩,温文尔雅,被班主任视为最爱。但是苏尔葆近来突然变得一声不吭。班干部反映说他每天从早到晚,从上课到下课,一句话没有,老师点名提问,他站起来,嘴动、舌动、牙花动,不出一点声音,完全成了哑巴。他的这种情况把班上的一位女同学吓哭,令一个老师大怒,令几个老师害怕。班主任找了尔葆到办公室谈话,他自头到尾,没有出一声。她以此为理由要求学校处理,校长查看了尔葆的考试成绩与几个学期操行鉴定,认为尔葆无疑是全校最优秀的学生之一。班主任自费带着尔葆检查身体,孩子对医生的提问,做出了一些回应,是或者不是,有或者没有,出声有三四次,嗯,没事,是,行……最后医生也没有说出什么道道,基本上没有诊断,医嘱是适当吃一点韭菜、豆类与葱姜,还有能治百病的萝卜。

最近情况更加严重,尔葆的数学考试成绩很差。不等说完,顿老师告诉女班主任,苏尔葆的父母上月同时病倒了一回,两个人躺在床上呻吟,十二岁的尔葆照顾他们的吃喝拉撒睡看病吃药。单位那边、街道支部那边都来了人,从钱财上与人力上帮助了他们,他们感激涕零,但是家里真正的台柱子仍然不是街道与单位同事同志,是谁呢?是少年苏尔葆。顿开茅没有说的是,他老爹顿永顺,敲门进入苏家,欲为老邻居老主家老领导帮帮忙,被吕先生哀号着劝拒出来了。顿开茅也曾多次到二宝家里帮忙。那天二老同时呻吟的半夜,他听到了动静,帮助二宝,用借来的改装摊煎饼车,将吕先生与苏老师送到了医院急诊。

在顿开茅断定吕苏这一家三口确实是崴了的时刻,忽然来了一个女孩,是二宝初中二年级甲班同班同学,红小兵小队长,左袖子上别着带一道横杠的官阶标志。她带了四个同学,五个人忙活了一阵,打扫卫生,担水灌满水缸,还帮助二老洗了澡。

后来是小队长自己常来。她名单立红,开茅一听,什么?山里红?人怎么起这样一个麻利快的名字!果然,人如其名,名如其人,就是利索痛快的小大人。

最大特点是小心眼里有活儿。来到苏家,人还没有坐下,已经开始捡地上的碎纸。她扫地擦桌子晾晒被褥拾掇垃圾,她烙饼炒鸡蛋擀面切面炸黄酱调芝麻酱,炖茄子炖吊子炒鱼香肉丝虾皮丝瓜。她听说开茅半夜帮助尔葆推车送父亲看急诊的事迹以后,竟来约会大哥哥开茅与我们小弟小妹共进晚餐,使开茅对小天使小队长单立红钦佩不已,坚信吕先生苏老师苏尔葆一家吉人天相,命不该绝,天降仙童,修来的福。

随着单立红到来,尔葆略略说一点点话了。比常人少,比先前多。尔葆更多情况下是看着立红,不说话,也有时候心不在焉,不知他想什么,笑一笑,很快失去了表情。

过了一年,两个孩子,都告别了代替当年少年先锋队的红小兵,然后继续常来这里的单立红帮助苏尔葆加入了共产主义青年团。不是完全顺利,在立红成为初三此班的团支部书记以后,又费了一年多的时间,在双双升入高中以后,尔葆才成为中国共产主义青年团团员。

苏家大体正常。危机渐渐沉潜。苏尔葆寡言少语,顿永顺活得"恣儿"而且"赞",苏绝尘弱质千钧,吕奉德外干中强。吕先生坐在早年购置的大藤椅上,有时一动不动,有时嫣然一笑,苏老师甚至打趣说:"哎哟,您还是'巧笑倩兮,美目盼兮'呢。"吕先生只是苦笑,一天无话。

吕先生终于成了百分之四十一的偏瘫人，半坐半躺，少用饮食，突然原文背诵一句歌德名言："阳光越是强烈的地方，阴影就越是深邃。"突然唱一嗓子舒伯特谱写的福格威德古老德语诗句："菩提树下，你们可以看到我们俩，亲昵地摘草寻芳。"原来菩提树不仅可能在印度荫庇释迦牟尼佛陀修炼与觉悟。然后吕奉德用不同的语种骂一句带有强烈不雅动词的粗话。有时候对立红说一句"谢谢你"，或德语的"菲林，但克"。后来立红有一次告诉开茅，最可怕的是不知什么钟点，吕先生清醒明白、口齿清楚、准确无误、文明礼貌地说一句："我觉得我已经完全失去了活着的意义，是不是呢？"立红同时说："我的尔葆同学太坚强了。您说呢？"小小的山里红对二宝的爱慕溢于言表。

立红向开茅老师说起尔葆家事的时候，如果尔葆在一旁，定会皱起眉头，脸色发红，额头现出汗珠，牙关紧咬。开茅甚至想制止立红说这些话，但是立红完全不在意，她从各种意义上，胸怀坦荡，自信自得，无惊无忧，碧空如洗。她以红小兵、共青团、时刻准备着以学习学习再学习的名义，把活计献给尔葆同学与他的父母，并且诚实负责地与顿老师交流沟通。顿老师也确信，尔葆一家，谁谁都离不开能干与善良的山里红小红果了。事实不需要额外的理由，大家信服。

山里红长着一双北方人中很少见到的大眼睛，闪闪透亮。一个前额小奔儿头，显示了智力与倔强。她个子不算太高，全身都是力气与机灵。不但帮助尔葆家吃上热乎饭，还使两位老人各得其所。她同时常常与苏尔葆一起做功课，他们互相督促交流，令人赞美。而且是她后来为全院各家带来了土暖气与水龙头。她的父亲是自来水公司工会干部，依据自来水服务规划，收了最少的成本费，给各家接上了管子，开初用蜂窝煤的炉火，后来用液化石油气点燃，做成了炊事用火与冬季取暖用热的合体供水与热力系统。原来根本不用多少技术，装进水，在一端烧上了火，热力的循环就会自然妥当进行，道法自然，暖发火焰，气走天然，水流循环。立红是苏家小天使，立红不但是红小兵的原小队长，也是这个三进大院的最受欢迎的小队长与团支部书记。立红自己的家离这里有公交车三站地。人们更多地看到的是立红在这个三进大院里，拿着标准的体育用尼龙绳和孩子们一起跳绳。她带领着十来个少年唱"就是好，就是好好好"和"啊，朋友再见"。她与同院的孩子们竞赛背诵语录与革命烈士诗。她受到了三进大院男女老少的欢迎，只有二宝的神色平淡一点。在大家眼中，他与立红已经是一家人，已经公认，他们是姐弟，说是山里红比二宝大二十天。要不他们就是，或即将是——一对小夫妻。

稍稍有一点可惜的是立红的牙齿没有长好，不懂得为什么她的牙齿七扭八歪，口型不太规整，她的下巴也看着不太对付。一开头开茅怀疑立红先天性唇腭裂，当然后来做了校正弥补手术，手术是成功的。后来有机会作更切近的观察，顿开茅断然否定了自己原来的判断，立红的嘴唇无懈可击，只是牙齿排队排得不十分规整，她张嘴的时候看着还过得去，闭上嘴不知为什么让人感到一小点别扭。开茅为自己感到羞愧，他不应该胡思乱想，他没有道理挑剔天使，不能不尊重时刻准备着助人为乐的接班人。他想，生活得美满与否，与牙齿不无关系又并非一定有关，世上谁的牙齿是完美无缺的呢？应该做的是管好自己的事，在时代风雨中平安成长。福或者毁灭，这是一个需要智慧与乐观态度，同时绝对不能犹豫与软弱的问题。

四、纳兰顿永顺

终于轮到说说顿家奇葩事迹。顿家,不是善茬儿。一九一〇年出生的顿永顺帅哥上几辈养尊处优:影壁墙、假山石、雕梁画栋、荷花缸、金鱼池、肥狗、胖丫头。早起小茶壶对嘴儿,得空儿水烟袋吹气儿如涨潮开锅,咕噜咕隆咕咚咚;变戏法,唱京戏,斗纸牌,手指一摸就知道手里的麻将是七条还是二饼;喂蛐蛐,养蝈蝈,更喜欢的是听鸽哨与收集鼻烟儿壶。后来家道中落,罐里养王八,越养越抽抽,故家不堪回首月明中,到了永顺父亲辈儿已经沦落不堪。永顺的爹小时因患病吸过两口鸦片,从此他不务实事,少吃少喝少穿戴,却又多才多礼多嘻笑。逢人对面称您老,不在场称您(音 tān),送客(音 qiě)感谢话堆一车,迎客(音 qiě)客气话堆成山。迎接来客他常常拿出茶碗,请人家看自己泡的茶水中茶叶棍(梗)是竖立着的,而茶叶棍立起来,证明的是贵客光临。

尤其是,吸过几口鸦片的永顺他爹,原姓名是南荣锦。他喜读书、作诗,还有给孩子讲古。说南姓来自那拉,也写作纳喇,还可以写为纳兰,更好听也好看一些。是清朝灭亡后,按照读音反切,与汉民融合,改成南姓或那姓的。如果是纳兰呢?他们就是词人纳兰容若的一宗了。但是不一定,纳兰中还要分成四个大支,合久必分,分久必合,而不管是分是合,既然纳兰了,就是词人一支,你愿意说慈禧太后一支,也对。他个人,要将纳兰性德当作先人。

到了永顺这儿,他爹早早把他送到绸布店学徒,力图不再走无业游民的歧路，培养了他的满面春风与垂手聆听的规矩举止。一九三五年十二月九日，二十五岁的顿永顺被全民抗日怒潮席卷，他以店员身份参加学生运动，帮助几个被警察追捕的大学生逃逸，匆匆中见到了美国进步记者斯诺原夫人海伦·斯诺。后来永顺与大学生结伴到了延安。三闹两闹，他成了鲁迅艺术学院学生，娶了媳妇，入了党，写过革命歌词，进入了一个文艺机构。一九四七年他因为"男女作风"问题，其严重性达到破坏军婚地步，险些被处决，他受到开除党籍等一系列清洗处分，老婆也与他离了婚。一九四九年以后，一位老首长帮助他将原来的处分改为"留党察看两年"，就这样恢复了党籍与革命干部的荣耀。

一九四六年，永顺媳妇生下开茅。永顺与妻子分手后，兵荒马乱中可怜的开茅被一位单身老革命赵大姐所喜爱领养，直到十岁，一九五六年革命大姐赵妈妈病逝。二次婚姻后又因自己不"老实"与妻子分居的顿永顺，领回开茅，父子团圆，使开茅进入他们的三进大院。儿子模模糊糊地觉得自己的父亲不是个太好的人，而与老大姐的十年家庭生活，培养了他高大上的眼光与从严要求一切的习惯。他阴沉冷峻地看着父亲，他无法不轻视父亲。而他寻找母亲的结局是，人们告诉他，在他刚满两岁时，一次遭遇敌人偷袭，星夜山路转移过程中，生身母亲不幸失足坠崖身亡。偷袭是国民党的一位司令指挥的，他从共产党身上学到了一些以奇用兵的战术，后来他起义立功，成为新中国的显要。但是顿开茅仍然无以释怀。他摸不着生父的底，他永远失去了生母，他的最亲爱的革命大姐养母去世，他过早地品尝到世事无常与处处可危的滋味。幸好，在三进大院中，他喜欢尔葆家老小，他感觉到吕苏二老保留着某种学问与知识的文明。他尤其莫名地喜欢苏尔葆，二宝。他看着尔葆的眼角与眉毛，有一种特殊的亲切感。听着他说儿童荒诞主义的童谣:"一个小孩写大字,写,写,写不了,了,了,了不起……"看着他长成一个少年,一看就是那样文明自律听话。他想起了一个词儿:"克己复礼。"批孔的时候他第一次听到"克己复礼"一词,一直到见到了少年苏尔葆,他总算看到了一个克己复礼的活人,一个榜样,一个符合千年理想的样板少年。他觉得克己复礼还是可爱的,比纵己非礼好,同时他看着二宝,觉得怜惜,毕竟复礼的时代早就过去啦。

顿开茅已经多少知道了,女生,是他爹犯错误的根由。对于异性他不无提防。他一次又一次被友人包括领导介绍"对象",在各个"对象"的情意闪耀与肢体接触的温柔中他闪转腾挪,躲避着当真的情感,更不要身体与器官的丑陋。一遐想男女的那种关系,他就觉得自己会是摧残伤害污染清纯女孩儿的猛兽。同时每到最后一步他都相信应该有更美更好的女生在下一站等待着他,他越来越为尔葆与立红这对小男小女的情谊而赞叹,却忘记了自己的生活。二十大几了,他还是一个人。

一九七六年,六十六岁的顿永顺患肺部肿瘤,千辛万苦地治疗了三年半,不治。弥留之际他对眼前唯一的亲人儿子说了一些含糊不明的话。他说:"我其实是个小人物,赶上了大舞台,我这一辈子过得很值。历史与个人,革命与生活,哪样都没耽误。没有办法,你爹有女人缘儿,一辈子喜欢过我的女人三十七八个,至少,如果放宽尺度,那就不计其数。不要胡思乱想,我说的只是喜欢,我也喜欢她们,如果谁也不在乎谁,又何必辛辛苦苦地走一趟男男女女的阳间呢?你也该……"他说了"成、家"二字,开茅立刻表态接受,并说他正在与一家报纸的记者,上海人,用上海话说叫作轧(gá)朋友,他们已经谈妥,年内结婚。永顺说"纳勒金德,我腾出地方来了……"这是顿家唯一传承下来的满语，nelejindé，是"好"的意思。而纳勒，说到底也是他们的种姓。

然后永顺爹爹哮喘憋气，面孔发紫，他说："对不起，妈……"开茅听不明白，爹为什么说对不起妈，还是说对不起奶奶？他忽然明白，爹是说对不起儿子他妈。开茅泪如雨下。"我一无所长，一无所成，我是个浑蛋、坏蛋。我喜欢过，她们也喜欢过；枪毙了，我也认为理所当然，那是应该的……"最后咽气的时候，爹说了或者可能是什么"照顾你弟弟"几个字，或者不像是"你弟弟"，是"米猁疾"？"己鲫细"？开茅心里好像泼上了汽油，点燃了火，忽地一下子，他两眼发黑了：到底有多少地方还有需要我照顾的人？

然后他清醒过来，他亲了一下父亲的脸，父亲的脸孔显得柔软。"爹。"他叫了一声，很可能，有记忆以来，这是唯一的一次亲近与呼唤。父亲没有回答，父亲的眼皮动了一动。

三个半小时后，父亲的心脏停止跳动，血压线成平直的零。父亲的脸上有一丝笑容，真的。医生护士都发现了这个笑容。

回想一九五一年，父亲结了第二次婚。那时开茅五岁多，与革命大姐一起生活，不知道他爹的这些事儿。等到开茅八岁，继母也离开了家，也是由于永顺爹爹的"作风"问题。父亲与他的后夫人没有离婚，据说父亲有时还会到继母的住所去，但是开茅没有见过继母。父亲的遗体告别，继母原来说来，后来说是病倒在床，没能来。

永顺的去世使开茅失魂落魄好久。二十年了，他们在一起。父亲毕竟是父亲，说起老年间旗人享福的事情令开茅神往。风一更，雪一更，聒碎乡心梦不成，故园无此声，旧梦已成齑粉，乡音已经不传，他们经历的，是一程山，一程水，一更风，一更雪。说起他犯过的错误,他也没什么隐瞒。他说:"我其实很骄傲。这样的事我不能对你说,我是福大命大,招人疼,包括(样)板儿团的角儿,她们喜欢我。我不能说不(他把'不'字拉长了声音,而且改作阴平第一声,他拼命丑化这个'不'字)。你要知道,一个男人不能对好女人转过脸去。你可以犯杀头的错误,你也不能让她们失望,而且丢脸。一个女人真的如她所说爱上了一个人——这个人不是别人,就是你,并且,她也是你喜欢的女人——你不能对不起她。我这一辈子活得一点也不冤。"

"少废话。要不我走。"开茅从来没有像那一次那样轻视他的父亲。"你怎么能不想想……"开茅想说的话并没有说出口。永顺父亲的脸上显出了惭愧与失望的表情。开茅轻轻地叹了口气。

"其实,男人也很可怜……等闲变却故人心,却道故人心易变,这也是纳兰先人的词……"

一辈子没怎么见他读书的顿永顺居然能够背诵先人的诗词,从中医学来说是父亲的心迷、神移、三伤、痰涌造成的。"人啊,人,可怜……"他说话的声音更加轻微了,如果开茅驳斥追究,父亲一定不承认自己说了什么、辩了什么。

后来,女作家戴厚英写了长篇小说,题为《人啊,人》。女作家与诗人闻捷的悲剧与传奇性的爱情,令开茅激动不已。

"人啊,人",最初还是听永顺爹爹说的呀。

"人是没有出息的,人就这么几十年,没有'以前',也没有'往后'。没有,你难受;有了,你腻歪。"也许只是开茅假设,他爹说了这些话。也可以假设什么都没说。爱嘟嘟的人当然是弱者。

怎么是肺癌呢?父亲经常吹嘘自己健康、吃苦、顽强,"经拉又经拽,经洗又经晒,经铺又经盖,经蹬又经踹",他用卖布头的推销歌谣比喻自己的身体,侯宝林的相声里说过这样的妙句。父亲在六十大寿的时候还用手捶响自己的胸腔说:"我仍然年轻啊!"然后他告诉开茅:"上个月我检查了身体,各个零件,各项指标,都与医书上印出来的国际标准完全一个样。"

怎么会忽然得了癌症呢?

确信自己身患绝症住进医院以后,父亲对儿子说:"这也是报应!"儿子没有回答。父亲的嘴角咧了咧。

父亲死后,儿子才明白,原来死神与报应离自己是那样近。儿子严肃地思考,他的生活还会得到什么样的应验呢?

父亲死后一年里,开茅梦到他五六次,他梦到踯躅的爹爹,是不是人走了以后会有一种无家可归的涩苦?路灯风中摇曳,电石灯闪烁,传来火车机车的咣嚓咣嚓声音,有汽笛,更有机车轮与杆与铁轨的碰撞。黑影化的父亲愈来愈高大伟岸,也愈来愈衰弱孤单。开茅看过曹禺名剧《雷雨》好几回,他最感动的是火车头的效果。火车头的效果比周朴园与四凤妈妈的见面还令他感动。话剧第三场,半夜鲁家,火车头响动,真切得叫人颤抖落泪。雷、雨、哭、诉、呐喊、咣嚓咣嚓,这交响构成了他先验的童年的忧思、沉重、悲悯与改变的决心。小时候他多次夜半听到火车机车的鼾响,他们家离西直门火车站近。

后来各种高层建筑渐渐把机车声音封锁,再说蒸汽机车也被电气机车取代,蒸汽机车雷霆喷嚏式的特有音响随即消逝于神州大地,开茅只能在曹禺的话剧里温习声音的记忆。比起四凤、周萍、周冲、蘩漪和鲁妈的台词,夜半响起的遥远而悲怆的、不得休息也不得缓冲的火车头声,让开茅觉得更加失落与悲怆。

梦中的火车头响起蚀骨的老音响,梦里的父亲是真的老了,他摇摇晃晃地走着,好像打着一个纸灯笼。走着走着,倒在了地上,纸灯笼点燃起来,然后,父亲与灯笼飘散无迹。

几次做梦，有一次父亲说了句话，话没出声，但是开茅听见了，爹说的是"没有……什么都没有"，没有什么呢？是出息？是幸福？是意趣？是良心？是事业与功勋？开茅想起了"报应"二字，他顿时惊恐地叫了一声。他在梦醒后暗下决心，必须汲取父亲的经验教训，一辈子不做坏事，不做对不起女人的事。尤其是对你来说，恩爱如胶漆、美丽如花月的女子。他还想起了地地、弟弟、细细、觅觅、唧唧、历历。他下床站立起来，去了一趟洗手间擦脸漱口。

五、年表

让我们再捋一下岁月和人：

1898年　戊戌变法——百日维新失败。

1903年　德国学术专家吕奉德出生。

1910年　满族美男子、老革命顿永顺出生。他的父亲是没落贵族南荣锦。

1911年　辛亥革命，推翻清朝帝制。

1918年　著名苏联影片《列宁在1918》写的就是这一年。吕奉德妻子、在法国留过学的苏绝尘出生。

1935年　二十五岁的顿永顺参加"一二·九"运动，次年抵延安。

1939年　二十九岁的顿永顺结婚。

1946年　顿永顺的儿子顿开茅出世。

1947年　顿永顺犯破坏军婚错误，开除出党，后与妻子离婚。儿子被赵大姐领养。

1948 年　顿开茅生母在山路星夜转移中坠崖身亡。

1949 年　顿永顺恢复党籍。

1950 年　顿永顺就任吕奉德庶务主任助理，亦称秘书，与吕奉德同住大院。

1951 年　顿永顺二次结婚。夫人姓名职业不详。

1955 年　吕奉德卷入胡风案与一件里通外国案，身陷缧绁，锒铛入狱。顿永顺二任妻子又因顿的"作风"问题与之分居。赵大姐过世，顿开茅回到父亲身边，住进三进大院。

1956 年　吕奉德入狱约十个月后，苏绝尘的儿子二宝出生，后正式取名苏尔葆。对二宝的出世，有一些不雅的说法。

1964 年　顿开茅开始在外国语学院上学。

1965 年　吕奉德刑满释放回家。

1969 年　顿开茅就任苏尔葆就读小学的教员。

1970 年　单立红出现在三进大院。已经停止了四年招生的各高等院校开始招收工农兵学员。开茅调到外语学院，任助教。

1975 年　苏尔葆、单立红双双中学毕业，两个人都因为父母都患慢性病没有下乡接受再教育，分配到城建局建筑工地做小工。

1976 年　六十六岁的顿永顺因病去世。

1977 年　新年，顿开茅三十一岁，与上海籍报社记者王明光结婚。

1978 年　十二月，十一届三中全会，改革开放新时期开始。尔葆与立红考入大学，1978 年春季入学，算是 1977 届大学生。尔葆学的是中医，立红学的是有机化学。什么叫有机化学？立红解释说："好比六必居酱园与王致和臭豆腐。"

1979年　组织上为吕奉德平反，推翻了一切"不实之词"。秋天，吕先生住进医院高级病房。同年，苏绝尘被聘请为本市文史馆研究员。她的病情有一些好转。开茅任外语学院讲师。

1982年　吕奉德病逝，享年七十九岁。晚报上发表了一篇悼念吕奉德的文字，指出他是德国学的一代宗师，并在三年解放战争中在许多方面支持了地下党。

1983年　过去只承认是同学关系的尔葆、立红，终成佳偶。他俩都是二十七岁。两个人也都大学毕业，有了不错的工作。开茅获得副教授职称。

1984年　苏尔葆赴美留学。三进大院住房拆迁，在原址建起了港资豪华会馆，主要给外籍官员巨商提供服务。苏绝尘、顿开茅、单立红迁至南五环外原大兴县地域。

……时间，你什么都不在乎，你什么都自有分定，你永远不改变节奏，你永远胸有成竹，稳稳当当，自行其是。你可以百年一日，去去回回，你可以一日百年，山崩海啸。你的包涵，初见惊艳，镜悲白发，生离死别，朝青暮雪。你怎么都道理充盈，天花乱坠，怎么都左券在握，不费吹灰之力。伟大产生于注目，渺小产生于轻忽，善良产生于开阔，荒谬挤轧于怨怼，爱恋波动于流连，冷淡根源于厌倦。激情是你戏剧性的浪花，平常是你最贴心的归宿。今天常常如昨，照本宣科，明天常常不至，交通塞车。终于雷电轰鸣，天昏地暗，红日东升，艳阳高照。丑恶来自贪婪，美丽出于纯粹。你迅速推移，转眼消逝，欲留无缘，欲追无迹，多说无味，欲罢不能，铭心刻骨，烟消云逝，岑寂也是纪念，沉默也是咏叹。生生灭灭，恍恍惚惚，真真幻幻，沉沉浮浮，实实在在，辛辛苦苦，飘飘悠悠，磨磨蹭蹭。冷冷暖暖，炎炎凉凉，轰轰烈烈，叮叮当当，乒乒乓乓。转眼衰老，转眼成长，说到做到，匆来匆去，记录清晰，诗（史）无达诂，默念默哀，云霞万道。神力无边，神勇无限，百年易了，一刻难挨。骂糊涂易，脱糊涂难。力撼山河，难得明白。什么时候呢，顿开茅塞，清明自由，万里无云，舒畅遨游，秋江明月，海市蜃楼，长风大野，无虑无愁！

一九八三年，粘着商标的盲公镜在中国大陆已经少见，提着一块砖头一样的日本录放机放《太阳岛上》的哥们儿也明显减少。尔葆突然申请自费出国，而且是立红力促他留洋换一种活法。他们俩两小无猜了十几年，先是老大了不急着结婚，然后是结完婚立刻准备离别出国。这让开茅觉得不可思议。他甚至产生了某种疑惑：他们俩之间有什么问题吗？还是没有？

与此同时，他们家找了一个帮工，照顾苏老师。

立红对不解其意的开茅说："我是个简单的人。从那么小，我看中了尔葆，我只想一辈子伺候尔葆，我确实伺候了他们家十五年，我献出了我的童年和少年、初识和永远，我的生活永远简单地成为一加二等于三。直到十一届三中全会以后，知道了世界原来有那么大。我与尔葆，我们送走了爹爹吕先生，甚至于苏妈妈也催促我们走出去看看。我们总算在大学里学了一点点外语，还有你能帮我们恶补，我们应该知道一点世界。虽然爹爹冤枉坐了十几年笆篱子，他从前见过世面啊。虽然妈妈身体摇摇欲坠，她仍然告诉我们，不能放过光阴，不能放过时间，不能放过空间，不能没有勇气去尝试，世界上除了一二三，还有四五六七八九十，而且有零和N。她还告诉我们在哪里学习与做事，其实有时候是一个程序问题，爱国不等于守一辈子家，出去好好看看，总会有更大更多更好的可能。意大利、法兰西、多瑙河、莱茵河、密西西比河，还有那么多地方，赤道与北极，她告诉我们，在南半球，新月的那根弦，是完全放平了的……那么多人，那么大的世界。"

开茅顿开茅塞，他不再劝阻，他知道他们的路线图与时间表，是尔葆先出去一至两年，站稳脚跟，立红跟出去。没有等立红再说，开茅说："好的，明白了。对苏老师，我尽一切力量，照顾她，像我的亲人一样。"

一九八四年八月，苏老师、开茅、立红将尔葆送到飞机场。那个年代，都认为出国是一件祖宗积德积善、坟头冒青烟的喜事。尔葆含泪说着放心放心，苏老师没有多少话，只是点头，再点头，笑笑，直到笑得嘴有点变形，然后恢复原状。开茅则紧握尔葆的手说："我争取不出八个月，到美国去看你。我们学院与美国有项目。"

进入边防与海关隔离区，送客的止步在区外。直到这时候，开茅看到了苏老师与立红的泪花，还有她们的略略歪扭的嘴唇。尔葆挺好，挥挥手。开茅向远行者摇了摇手。不知道为什么，开茅也觉得有点眼花，他已经三十八岁喽。乐莫乐兮，新相知；哀莫哀兮，生别离。浮云，游子意；落日，故人情。别意，还无已；离忧，自不穷。开茅想，中国诗歌写离别题材的未免太多太多了。开茅还想，既然孔子都说了，"有朋自远方来，不亦乐乎"，那么，是不是"有朋从此去远方，吾意岂得不彷徨"呢？

六、文之原罪

当然，王蒙设计的，顿开茅先生追求的，不是小说的雾里看花、水中捞月的无迹化。老子的重要格言是"善行无迹",是说学习雷锋做了好事不要留姓名?是说会做事的人做完了不会留下瑕疵——不让别有用心的人抓住辫子?是说一种尚无尚虚静的仙风道骨,藐视那些孜孜求迹的恶心俗丑?我宁愿学习侯宝林的歪批三国,认为李耳是写给两千五百年后的影视编导们的:你写啥啥、咋咋,都行,可千万不要留下取材哪哪的痕迹啊。

也许善行真的能够做到"无迹",但是文学做不到,文学的原罪在于:白纸黑字,刻迹戳心,爱怨情仇,铁证如山。

写作人,我愈来愈不想自称作家了,嚼嚼吮吮把"作家"二字吞下去,反胃而且便秘。写作人的罪是他们寻迹造迹,求迹留迹,涂迹染迹,迹满乾坤。而同时文学的取材有时确与文学成品相距甚远。只有最最无趣的闲言碎语长舌头小市民才以考证小说原型传谣造谣挑拨是非为能。还有最低级的摇唇鼓舌之辈,舞文弄墨,装腔作势,毒汁喷溅,暗箭伤人,成事不足,败事有余。于是有人对号入座,炒热自身。有人一拼到底,时日曷丧,与汝偕亡。有人民间侦察、人肉搜索、牵强附会。有的坐山观兽,更暴露了自己的无能无趣。

文学里面确定无疑地离不开大的或小小的经验,例如我们可以假设是通过买一瓶供不应求的中药秘方黄金鼻痒散来结构一篇小说的。鼻痒散产生了震动人心的情与仇、生与死、神圣与狰狞。买药的情节只是串连糖葫芦用的一根竹签,用完了就扔,不吃不留不转卖。从营养医学与美食味觉上看,鼻痒散的意义归零,但是没有这根竹签,换成散装、铁签、绳签、胶粘……都会使糖葫芦的爱好者失意失感。作者对这个黄金鼻痒散没有一毛钱的兴趣,没有一分钱的厌恶。但是他被认定与鼻子发痒的一批病人和医士结下了梁子,从而开演了有本土特色的崆峒——空洞山恩仇记。你懂的。

一个写作人写了一个与XX有关的情节，你写了一个与XX有关的风景，你写的那个人的性别、外貌、服装都有某些与X或者小X所说的另一个Y有相似之处，然而，天理良心，你丝毫无意写XX与小X说的他的Y，你停摆了几十年，开始写一篇有自己特色的小说，你进入虚构，进入文学世界，你受到了XX与小X的某些外在情事面貌的影响，你要写的其实已经是文学的XX×A+BCDE÷QRST−UVW=L。这里加减乘除后的各种符号，全部是取材自他或她自己。

所有的取材，都是第一取材于世界，取材于生活。而每个人的世界有大有小有善有恶有薄有厚有浅有深。第二，都是取材于自己，而自己有真诚有矫情，有卑下有高尚，有尊严有无耻。

如果被取材的是确定的N先生呢？亲爱的N，在你被文学取材以后，你已经升华，你已经变异，你已经扩张与弥漫，你已经吸收了日月之精华、天地之灵秀，成为非N，你已经置换入另一个假作真时真亦假的世界，你已经离开了人类的首肯，离开了大众的心愿，鲲鹏展翅，飞向远方。或者哪怕是神魔起舞，烟浓火烈。这后面的话参考了苏绝尘喜爱的法国诗人兰波名句。

X认为，X对于你与你对于X是重要的，但是在你的文学作品中，作品中只有一个L，L当然就是L，不是X。那么，L是否以X为原型，是一点也不重要的。原型不是人身，不是文学，不是雕塑，不是版式，不是成分图，不是贵重珍稀不可再生而且在贸易战中加征关税的原材料。原型可能提供了很多，也可能只是提供了一点表皮表象表层，一点点痕迹。称小说中的人物原型如何如何，这本身就活活坑死人。原型也可能是午夜晴空一颗星对你的眨眼，是游轮甲板上与她偶遇时给你的微笑。你必须回应以眼光与微笑。而你痴迷于文学，你的回应成为小说、诗、戏剧，你进入文学的虚构世界却纠缠于世俗关系难以自拔。你其实并不想泡妞泡成老公、炒股炒成股东、打个嚏喷成了果子狸——"非典"的元凶。想想，L是被人当作文学作品中的人物来阅读与议论的，是你瞳孔中的微笑，你网膜上的闪耀，你的午夜星光，你对于猫儿叫春与蒸汽机车的无可奈何的记忆。并没有谁要嫁给他或娶到她，没有谁要提拔他或者重罚他。没有人给他打电话或者借钱。L至少在十余年或几十年中被几千几万几十万人阅读，星光闪烁，笑容温柔，X、Y为什么自作多情到与L死活不松拥抱，非得保持一块投井跳楼同归于尽的一体性呢？

作家是一种什么祸国殃民祸人殃己的玩意儿呢？哪怕是亲爹活祖宗，某一点点端倪，一点点影影与绰绰，一点点兴趣与触动，引发了作家的写作心思，就像一只蟋蟀被竹管毛毛拨生了斗志，好了，这时哪怕有天大的不是，哪怕注定会被愚而诈的小市民们认为是伤天害理，哪怕丢人现眼，丢己丢师丢友丢钱丢命丢德丢仁义，哪怕被猜测被传播被误解被记仇被冤沉海底，他必须写出来，他已经兴起，兴而不写，那就是生不准活，就是生不如死。认为这种情况下可以不写的绝对不是作家而是混混儿。作家作家，为作宁可丢家。

作家重视的是文学攸关，作家自作多情，认为自己的作品有可能长存远走，作品终归比自己这个破人长命、气广，有重要性。他们该总结的教训太多太多，总结好了以后也许不写更好，人应该述而不作，富而好礼，笑而不答，情而不发，允执厥中。文学的信息保存在天幕云中，如手机数据、编码与信号永存，哪怕你设法把手机砸烂烧成灰粉。文学攸关的意义，理当比人缘攸关、物议攸关、友情攸关、利益攸关那些玩意儿重要百万倍。文学有时需要由文学的法庭审判，正如杀人犯、强奸犯，只能由刑事法庭而不是生理肾上腺、教育、小说法庭来定罪。

那么你为什么要写被认为确实可能与某某友人亲人恩人熟人名声攸关，与他们的某些经历、痕迹、相貌、职业、性别、年龄相靠拢的题材呢？你为什么要取材于活人，你为什么不能玩一个虚构百分百、无迹千分千呢？你是不是挑衅、是不是诽谤、是不是欲盖弥彰、是不是暗器伤友，至少是害人精、讨厌鬼？七十年前，讨厌鬼是一个在小丫头们当中如此流行的词儿，小女生们碰到小小子对她贫嘴贱舌，就会骂一句"讨厌鬼！"而被嗔斥为"讨厌鬼"的小男生，就会不无吃豆腐的快感，而狗屁不通地答以"讨厌鬼，喝凉水，砸倒了冰，卖汽水！"

没有办法，天机天意，天网恢恢，疏而不失。天地的创造力，胜过了文学的创造力；把所有的什么贝尔、什么古尔、什么利策、什么布克、什么之介、什么雨果与什么提斯的奖都发给老天爷也对不起上天的作品。好的作品是天造出来，天压下来，天捅入你的心肺，天掏出了你的肝胆，天捏住了你的神经末梢，天烧燃着你的躯体——天命天掌天心天火天剑天风。天的构思，胜过了你渺小的忖度，和你的渺小的微信糊糊群。天的灵感，碾轧过殉文学者一个个的痴心。

然后文学人必须将自己的神、魂、心、血、髓输给天，炮制好、拾掇好、捋掳好天赐题材，天赐文运，十年磨一剑，百年竖一碑，传之名山，咏之久远，呼之天外，燃之大千。

天的感动，令你欲仙欲死。好，你可以为天的文学启示而死，却绝对不能不写，叫作宁死不避写。你可以通过神思补天、吟天、登天、扑天、啸天、泣天、绣天、飞天、殉天，还有共工怒触不周山，天柱折损，天塌地陷；但是你不能面对"天文"，背过脸去，你不能是胆小鬼，不能为了友情亲情版税情关系情的攸关，而忘记了天命的攸关、文学的攸关、历史的攸关。不履行天意的作家一律处贻误、怯懦、临阵脱逃、右倾投降至少是渎职罪，刑期六个月至二十五年，我以为。

小说被设计的比设计者小许多岁的顿开茅不得不六年前就做了保证，他不准备透露尔葆的故事。现在他开始写了，他对你与你周围所有的人，无意不惜不敬，更无不好用意，你们都是他的亲人恩人兄弟发小。其实动起笔来他几乎为你一哭，原因是写着写着其实他必然离开了你与你们。你们他们她们，提供给写作的是一点契机、一点由头、一个外壳、一层面膜，最多是一层表皮。当然也是感念与记忆，他爱你，他感谢你们的提供与付出，他不可能忘记与你的心有灵犀一点通。他写得更多的是他自己的灵魂，斑痕与痛苦，祝福与牵挂，遗憾到了吐血。而且恭请明鉴：老弟圣明，写作人如有嘲弄，首先是自嘲；如有揭露，首先是揭开自己的疮疤；如果长叹，首先是长叹自己的无能无奈无方无力文学下萎，尤其是无补；如果丢人，他早就不惜丢两辈子人。

让我们设想一下，如果曹雪芹还活着，如果他的贾府亲戚朋友都活着，曹雪芹能够得到宽容吗？他出卖了贾府，抖搂出了猛料。他对父兄姑姨姐妹下了黑手，他血债累累，他唱衰祖宗亲朋，他狼心狗肺，家庭叛徒。如果按照司法案卷的标准衡量《红楼梦》，我保证他至少有三篇六十五项不实、不避风险、不无失真。我们应该为赵姨娘、马道婆、贾环、尤氏姐妹……乃至王熙凤而诉曹诽谤中伤。林黛玉也不会宽容曹雪芹的，曹在对她的描绘中，明显流露了那么多随性与夸张，才把黛玉写得那么小性与任性。

曹雪芹与他的亲人们能为红学家们，尤其是为曹氏宗亲会所宽容吗？曹某人能不涉嫌成立涉黑集团，企图灭尽红学人的九族各等亲，或者疑似神经兮兮地总觉得自己要被红学家们所消灭、所侦察、所投毒、所讹诈？

其实是曹雪芹为你们刻下了丰碑。如果有林黛玉、贾宝玉、贾府诸君而没有曹雪芹,你们早已经灰飞烟灭,谁会为你们一哭一恸一笑一颦?是曹雪芹延长了你们的生命,扩大了你们的灵光。同时注定是曹雪芹而不是那些二三流小文人永远失去了浑厚质朴的人缘与美名。

七、洋插队

一年半后,一九八六年一月,开茅用了两倍时间,总算兑现了诺言,做到了到离尔葆打工城市九十公里的圣何塞大学做访问学者,简称"大访",大是指中国大陆。他考虑到二宝的艰窘,自己坐灰狗大巴到二宝所在地探望,请二宝吃馆子。他看到的二宝像是另一个人,清瘦,长发,嘴角下沉,目光可怜兮兮,神态卑躬屈膝。

二宝说:"你告诉立红去吧,反正你明白,来到这儿,我就是一个臭苦力。来以前,这个跟我说那个告诉我,谁谁谁来到加州扎针灸买了房子,谁谁谁在纽约拔罐子娶了影星,做膏药能够发财,太极拳能够迷倒老外,看风水成了大师。全是真事,全都与我无干。轻易的成功,过去没有现在没有将来也没有。不费劲就发财,中国没有外国没有上到火星上也没有。"

"你不是说这儿有熟人有老师和同学吗?"

"有又怎么样?来到这儿我才学到了一句话:'人穷不发三誓,不沾三情'……"

"什么?"

二宝解释了"三誓"是断交、诅咒与目标,穷人既不要怨恨他人也不要晒雄心壮志。"三情"是依养、滥情与便宜。然后说："不到那个份儿上你也就明白不了我的话语。我在餐馆装卸洗涤粗活干了七个月，胳臂腿上起满了疱疹。我学会了开车，给人家送外卖，上机场接送人，非法打工，干了五十天。我还领到了老年护理的护士执照，毕竟我在国内是学医的。我一个人干两个人的活儿，白天送外卖，夜晚去老人院。送完外卖不走，等着人家给小费，遇到不给小费的，我们骂他先人。夜班护理，有探头盯着，许你没事坐会儿，绝对不能打盹儿，打盹儿扣钱解雇。还有一次我太饿了，我到市政广场捡过鸽子们吃剩下的面包屑。"

"天下没有易事。"

"这算什么？一位当年的美女，音乐学院女高音，声乐系高才生，被来华交流的YCC大学主管音乐专业的教务长看中了，当面动员她到美国留学，说是这免费那免费，还有一笔奖学金，并且负责给她办一切手续。她已经有男朋友，她英语不行，知道自己托福过不了关。再说她的家底很薄，父母两个人一个月的工薪收入折合二十五美元。她才二十一岁，哪敢出那么远的门儿。她犹犹豫豫，连本系党支部书记都跟她急了，几十个同学说如果她不去请她推荐自己去，男友也催着她答应，还要她想法把男友也弄到YCC。

"根本兑现不了。她来到美国头一个问题是吃不饱，是饥饿。底下的事我也不相信，信不信由你。姐妹儿她已经是一个传说。传说她饿极了发现了一个窍门，吃冰激凌。甜死人的奶油冰激凌省钱又经饿。一年之后她吃成一个胖子。她得知在这里学了艺术就业很难，她也觉得发胖的结果会使她丢掉台缘，她改戏了，她学财经。她做不到把男朋友接到美国来，她干脆与原来的男友分手了。她见到我热烈拥抱，抱得我喘不过气来。

"后来呢?"

二宝用白眼珠翻了开茅一下,泄气地说:"她提出来我们可以同居,省钱,解闷,健康……不影响任何人包括我与她的未来与过去。我没有回答……"二宝咳嗽起来,好像是过敏。接着又说:

"一个男生,他原来是科长级干部,是一位书记同志的秘书,他的姨妈在这边,来了,太苦,回去了。不好意思,没有可能再做他的科长,他从朋友那边弄了点外币,又回来了,在法拉盛搞绿卡,花了不少钱,黄了,他破口大骂着又回了国,最后又回这边了。三进三出,为了下死决心,他把护照都撕了……"

"不可能。没有了护照他随时会被逮捕或者驱逐……待不住就回去嘛,不当科长就当科员办事员再不然到私企。当过书记秘书的人还不认识几个能人?"

"我哪里知道,糟糕的是跑了几趟美国的结果是回到祖国不踏实,来到美国待不住。就说我送外卖吧,中国人脑子灵,遇到阴天下雨,遇到我身体不好,不想跑远道,我就用个英语名字自己叫自己的外卖。到了店里取上食品就走,也完成了合同上规定的任务……他们还说,科长还跑到征兵站报名当美国大兵,当完了兵有许多优惠。可惜人家不收他这位中华人民共和国护照持有者。"

"我觉得谁也不必勉强自己,国外学学看看,也好,太困难就回去,何必出这么多洋相……"

"开茅大哥!"二宝突然一声大哥,令开茅一震。

"开茅大哥,站着说话不腰疼。这不是洋相,真正的洋相我没法告诉你。人,男人还有女人,太没有出息了。三十如狼,四十如虎,五十如金钱豹,六十如孟加拉叫驴!"

"谚语里只有前两项狼与虎,哪里有金钱豹和叫驴?"

"后两项是留学生们总结出来的。生活经验,是新语词的源泉。大哥!我们受的罪你哪里知道。专吃冰激凌的胖丫头,我真想她呀!"

二宝哭了。他后来还说了许多不适合高尚风格作品的话,王氏认为,人毕竟是人,虽然孟子也认为人之异于禽兽者几稀……稀乎仍有异也。我们毕竟要为自己留一点颜面。

后来二宝讲得更加惊心动魄。二宝说,他接受了伙伴建议,周日去教堂踩点蹚道,见到了一位被留学生们称为"mother"(嬷嬷)的老妇人。嬷嬷为初来的留学生提供住宿与伙食补助,只需缴纳市价的十分之一,便可基本上食住无虞。二宝住进去了。一位教育方面有地位的人物杜莱夫人来他们公寓视察,一眼看中了二宝,将二宝找到家里充当家庭教师,辅导她的华裔养女学习中文与中医,很快发展为对于二宝的情感靠近。二宝不了解也不敢询问杜莱夫人的年龄,他的感觉是她应该有六十岁。当然,她容光焕发,线条完美,高大健壮,三围引人注目。特别是她使用的巴黎香水,能让他发昏章第十四。二宝承认,她绝对有对他的吸引力魅惑力,二宝承认他每次见到她,听到她的声音,看到她的风姿,闻到她的气息,他都有强烈的身心与器官反应。他不止一次梦中与她做爱,他觉得见到此夫人算是没有白来这一趟,没有白白赶上了伟大祖国的改革开放,他也不算白白地活了一遭。当了男人,长了那么一些没有出息也罢,气味不雅也罢,自惭形秽也罢,猪狗不如或者恰如猪狗才好的奇葩、蠢货、神具、小把戏、暗器、毒鞭、图腾与命门,他最后恐怕仍然是白白来了又白白走了,美国和世界。

"那么,那么,你……"开茅感到了一阵闹心、乱心。文绉绉的、不爱说话的,有时候让他觉得未免窝囊的苏尔葆二宝,出国一年,突然发表了这样的狰狞露骨、不忠不孝、不仁不义、不齿不耻却又老老实实、真真率率、不打自招、不攻自破的胡说八道。开茅的声音颤抖起来。

"你不要那样看着我,大哥,我什么都没有做,我是人,我不是猪狗,我拒绝了一个又一个,我不做面首,不是鸡也不是鸭。我只与她们,注意,是她们,不止前面说的两个朋友,我只与她们说三个词,第一个词是'no',第二个词是'no',第三个词是'absolutely not',绝对不。她们笑话我,她们说她们不伤害任何人,不论安琪儿还是魔鬼。我不会做任何对不起我们家的小祖宗小菩萨单立红小队长的事。"二宝说,他改变了声音和容色,他吭吭吭地喘着粗气,他鼻子不是鼻子、眼睛不是眼睛地啜泣起来。

后来他们一起吃了相对便宜一些的中餐馆,有牛肉炒面与酸辣汤,还有一盘宫保鸡丁,最后还要了甜品冰激凌与咖啡,开茅点了三份大号冰激凌。吃的过程中,二宝脸上一直有一种贪婪与自责、饕餮与惭愧。开茅判定二宝其实仍然没有吃痛快吃饱满,喝完咖啡后他干脆激动地再加点了一盘龙虾、一盘阿拉斯加王蟹,打了"狗食包",让二宝带回去。他也没有什么钱,他毕竟不是来洋插队而是来交流的,他有一点补贴。二宝兴奋中又给他讲了不少穷学生找窍门活下去的各种合法的与不合法的手段。例如用一个网状的细线兜住一枚夸特儿(四分之一美元硬币),去打投币公用电话,说上几秒钟没用的话咔嗒一响,夸特儿应该落入币箱,也就是说应该立即投放下一枚夸特儿,通话才能继续,不投,立马断电断话。但是你的线网要在刚一咔嗒时迅速抽出,同时立即再松手放下,于是还能继续通话。对于电话机来说,其感应应该与投放第二枚硬币无区别。毕竟机器不是生龙活虎的艰难学生的对手。

"不要老是说这样的事……"他与二宝一样,且笑且哭,且信且疑。生活啊，生活，发展到眼下了，下一步该怎么办呢？

还说到了一些大人物的子女在国外的传闻，更是哭笑不得，真伪莫辨。

临别，二宝发表感想说："自由的代价就是孤独，自由是人类生活与精神的真正考验，真正的自由与孤独是不能接受婚姻与家庭的。美国贝贝从一生下来就单独住一个房间，咱们呢，也许是几辈人住一间小屋，几辈人住一个大炕。内蒙古新疆来的中国学生告诉我说，他们的牧民男女老少主客全都睡在一顶帐篷一条毡子上。我有几次真想收兵回北京了，谈何容易？是立红让我坚持下去的。"

半夜，开茅回到自己的居所，他一夜辗转反侧，革命建设，跃进追赶，改革开放，发展与现代化，留洋海外，都是血肉拼搏啊……

八、阴影

圣何塞见面仅仅一年，二宝离家赴美两年半以后，一九八七年十月，来了消息，说是已经站稳脚跟了，他要立红赶紧办理护照签证，到美国与他聚齐。他还特别打了电话，希望开茅帮助安排好母亲，他催促立红早到一天是一天，早到一小时是一小时。开茅知道这对于二宝有多么重要，开动全部马力给立红加油。他充满感情地说："二宝在美国太苦了。从他上初中，因为有你，在国内就没有受过这样的苦。"他与立红仔细商讨了夫妻双双出走美国后，老娘苏绝尘的安排与照顾。一是靠开茅，一是靠保姆。保姆极好，照顾苏老师已经四年，确实靠得住。还有市文史馆方面的关照，叫送温暖，还用上一个词叫"感情投资"，这个词让开茅讨厌。文史馆还给苏绝尘办理了就医优惠的蓝卡，还在理论上为苏老师配备了一名学术助手。只是从配备以后，苏老师与助手，始终谁也没见过谁。

开茅指导帮助立红用了一个月时间开证明、排队、照相片、办公证、复印银行存款记录、进大使馆，千方百计，快要成行了。突然一天立红变了颜色，告知开茅："我不去了。"

听到传闻，说是二宝在美国有花花事儿，女友不止一个。

开茅真急了，他拍了桌子，他落下了热泪：

"我用人格保证，我用脑袋担保苏尔葆是世界上最纯正、最忠实、最干净、最对得起你单立红的男人！二宝是谁？他是王府井最大的照相馆橱窗里的明珠、明星，中国最帅男孩，他是我至今见到的真正的中国绅士。只有你做得出来，你把自己的三十岁的丈夫赶到外国，你还想给他上上贞操锁贞操带？你知道你让一个三十岁的男人过的什么生活，你知道那有多么可怕！依他的条件靠形象靠魅力靠气质靠性别他也早就发了小财开拓了事业，说不定他能登堂入室蹿高枝！为了你，他两年多当的只是苦力。我都没跟你说，说起来我只能同情他。快三年了你就不允许他活泛那么一次吗？没有没有，小姐，他没有。他说你是他们家的活菩萨，他说你是他们全家的救命天使，为了你，他拒绝了歌唱家加金融家的roommate（室友）建议，为了你，他拒绝了主流人士的召唤。他也有人权，一个饥寒交迫的男人，为了温饱，为了生活，为了发展，为了他的最低最低最原始的要求，他采取了一些变通，又怎么样？问题是他连一点一滴那一类的事都没有做！你应该给他跪下！你应该鼓励他不能活活把自己憋死干死卡死整死！告诉我是什么人在那里嚼舌头？是哪个王八蛋？只有想爬上他的身体可是爬不上去的小婊子才会造这样的谣！只有羡慕他嫉妒他而自己是侏儒丑八怪白痴流氓无赖的臭流氓才会传他的闲话！你要真把我当成你们的大哥，过来过来，让我扇你两个嘴巴子！"

山里红完全怔住了，她没有想到开茅大哥会这样说话，她没有见过这样的开茅兄长。她说："你真不愧是二宝的亲哥呀！"听了这一席话，她其实是从头到脚地舒服，她听明白了，二宝好人，二宝够意思，如果她当真挨了开茅大哥的嘴巴，那她就是全世界最幸福的女人了。现代社会这样的男人已经凤毛麟角，世界范围这样的男人与恐龙、骇鸟、龙王鲸……一样，根本不可能存在。她完全明白，中国式的贞节牌坊已经轰然倒塌，中国男人个个都有一百一千个理由来闹腾点花花事，所有的女作家都在告诉读者，男人是靠不住的，一切海誓山盟都是过眼烟云，一切的坚持与自苦都一文不值，都是愚蠢年代的产物，而女作家自身要"解放"一下，也绝对能吓死一队队一批批的男人。她完全明白，所谓的白头到老，所谓的始终如一，所谓的"山无陵，江水为竭……天地合，乃敢与君绝"当然感人，但那是歌诗，而且是两千年前留下来的。那玩意儿叫 classic，那并不就是现实，如果是现实，就用不着作那种诅咒诗唱那种决心曲儿了。

但她仍然相信，她与二宝与别的夫妻不一样，她十二岁，严格地说是十一岁，第一眼就爱上了尔葆，她毫不犹豫地把自己的少年与青春贡献给了苏家，给了二宝，她认定了自己是二宝的人。当她小小年纪想起自己将是二宝媳妇，而二宝将是立红丈夫，想到这儿她鼻酸心苦，她想号啕大哭。她从开茅的愤怒中相信了夫君的老实、纯真、坚贞、完完整整、干干净净，从头到脚，从里到外，从心到魂，从疼到爱只属于她。她为二宝心痛，为什么不能让二宝舒服一点？为什么她的舒服要建立在二宝的不舒服上？她哭着哭着笑了，她笑啊笑啊笑出了新的眼泪。她给开茅大哥跪了下来。

开茅刚一说完就后悔得不行，他抱怨自己比二宝大十岁，与之相比，他完全没有二宝的沉静与自控。二宝是真正的绅士，他只是个粗人，他对不起立红、二宝、苏老师、爹爹和先人至少是名人纳兰。他情绪冲动夸张、巧言令色、怪力乱神，这些毛病他这儿都有，二宝那里，却是哪一样也没有。至于立红说的"亲哥"，他该说什么呢？

……如此这般，好事偶磨，一九八八年一月，二宝与他的娇妻山里红会面在美利坚合众国。一年后，一九八九年一月，单立红生下孪生龙凤胎，哥哥叫凯文（Kevin），妹妹叫苏瓒（Susen）。

又一年后，一九九〇年立红当机立断，盘下一个华人店主因急于回国以超低价出售的一家东方杂货店，开始经营刺绣、扇子、梳妆盒、小泥佛、香包、线装书、字画、陶瓷、茶具、酒具、编织品、屏风、草帽、草鞋、珠串等。没有大进益，但不无小补，也省去了立红找事由安排生活内容的麻烦。他们去过一个西班牙女人开的小店，店主说，不是为了赚钱，而是为了不让自己失去生活内容。二宝发表感想说，自由不仅需要孤独，还需要寂寞与无聊。

立红是颗福星啊！开茅赞叹。

半年后，开茅得知，苏尔葆在立红引导下，考进一家名气不小的高等学院，接受他们的远程职业技术教育。远程云云，意思是不必去学院的教室上课，可以通过函授、网络、电视电话等系统听课，完成作业，跑几趟研讨答问答辩质疑切磋，接受考试，获得学分。最伟大之点，不久在苏尔葆的倡议鼓动下，学院组织学员们到因改革而大红大紫的中国北京做了一次职业技术教育课题调查访问，他当然也趁机看望了母亲，给母亲带去了碧根长寿果、混合干果、带有小颗粒的花生酱、费城牌鲜奶油、多种维他命、钙片、大提子干。其中维他命现在一般称之为维生素了，但是妈妈总改不了维他命的口，尔葆觉得维他命的叫法很生动，便也维了她好多回命。

　　双双赴美后他们不断地寄钱来，数量越来越多，弥补他们"母在，双双远游"的过失。美国一待，便学会了用金钱弥补一切难以弥补的路数。但虽然"四旧"也好五旧也罢，破了又破，孔夫子讲的"父母在，不远游"的教导，还是屹立在华人心里。在出国后四年，苏老师欢迎完了以参访名义回了一次家的儿子，日益衰老平静呆木，以静坐、微笑、吟诵拉丁语古典文学作品与兰波的《黎明》和《醉舟》等度日，若有若无，若思若忘，若喜若悲。见了开茅，她认识，她落泪，见了别人，她一概无反应。

　　二〇〇〇年，八十二岁的苏老师突然对开茅说了一句话："我该走了。"开茅大惊，当夜给立红的东方小店打电话。五天后，二宝回来了，两天后苏老师含笑长逝。开茅坚信，苏老师不愿意给下一代增加负担，见儿子为了她专门回来了，她赶紧投向另一个世界。

　　虽然开茅理解这一切，同情二宝山里红这一对小夫妻，虽然他对他们二人都充满友情、亲情、故人之情，虽然开茅早就体会到人生常常是充满遗憾的过程，你总要有所舍得，有所付出，硬起心肠，不管不顾，否则一辈子只会是一事无成，他仍然对二宝立红有点意见。他们对自己的母亲，总可以再多做一点，何况他相信，那是一个美好的人、高尚的人、痛苦的人、克己的人，她本来可以有自己的风华和幸福，她本来可以有自己的璀璨和雍容，她本来可以有自己的梦断南柯魂断鹊桥，然而，她什么都没有，什么都没做，什么都没有说。然后，她自己也都没有了。

　　苏绝尘死后七天，开茅梦见永顺爹爹，爹只剩下了一个空架子，抱着苏老师，他含糊地说了两个字，又是："报应。"然后开茅醒来。妻子王明光被他叫醒了，他说了自己的梦，说是自己心里别扭，妻子摸了一下他的脸,说:"我们面对的事情已经够多,就放任一下梦境管理吧。事实,会隐没在梦中,像冰雪,融化在火里。"又是百分之九十五的兰波,深夜,她笑起来。

后来他们拥抱在一起。后来明光怀孕。次年他们得女,起名忆苏。他们找回了苏老师晚年的保姆,为他们俩看孩子。生命是有一种延续的,女儿的清纯当中,似乎有什么东西让开茅想象与说给自己。

九、月儿出场

直到苏老师离去,二〇〇〇年五月,尔葆已经四十四岁了,学分终于修够,他有了洋学位。次年,他被一家登记在爱尔兰的跨国医疗器材公司雇用,派他到中国一个工业园去办合资厂。

两年后他的工厂办起来了,他成为厂长,他的工资一下子比过去增加了十九倍,他成了真正的白领。他享受到了此生在国内外从未享受过的尊敬和礼遇。他有一辆供他专用的原装沃尔沃轿车,有一名兼职司机。有时候他更愿意自己开车。他有一名英语比他讲得还好的美女秘书。他的办公桌是半圆形,向左向前向右,都有一大片桌面供厂长使用。而他仍然是一样的小心翼翼,谨小慎微,寡言少语,克勤克俭。中国人无不说他是君子风范,外国人无不称赞他是绅士教养。尔葆也很满意这里的民风,远远不像北京人那样大爷、天津人那样刻薄、东北人那样信口开河。长江流域人认真细致,精巧敬业,少说多做,勤劳本分,温和礼让。他也不知道到底是怎么回事,他从来没有感觉到过自己有什么能力、才干、精明,但是他在这里的工作成绩卓显,受到中外上下的一致好评。

根据他的建议，公司高管同意他选择优秀技术人员与熟练工人骨干，到世界各地参观访问，见识先进，成长自身，精益求精，攀登高峰。对开放不久的中国人来说，这也是难得的开洋荤的精神与事业享受。

他因工作关系带领本厂有关人员去过了都柏林、哥本哈根、利物浦、海德堡、巴塞罗那，也去了肯塔基与西雅图。他每年结合述职回美国的机会有五六次，圣诞节长假他也有半个多月的时间回到美国，回到自己的四口之家，安享天伦之乐。亦中亦西，亦乡亦城，亦农亦工，亦劳亦逸，他的脸上渐渐显出了四十余年来少有的笑容。

在中国的这个开发区工业园里，他当然也认识了拿着各式护照的外籍与本土企业家，和他们你来我往，豪肚油肚、咖啡、龙井、茅台、五粮液、苏格兰威士忌、XO、香槟、朗姆、伏特加、牡蛎、龙虾、牛排、意面、燕窝、鲍鱼、鱼翅、宫保鸡丁，慢慢加上了卡拉OK、蹦迪、交际舞、高尔夫、网球。

二〇〇四年开茅应邀带上妻女到尔葆在的这个工业园做了一回客，深表称赞夸奖。他们一起到工业园一家富有地方特色的船形餐馆吃饭，要了糟熘白鱼、蜜汁火方、阳澄湖大闸蟹和糯米豆沙做的鹅形甜品，喝了女儿红老酒。说这个酒是在闺女出生后立即预备到坛坛罐罐里，到女儿出嫁时再拿出来贺喜启用的民俗酒。

一边吃东西，一边还有当地名叫丘月儿的弹词演员表演说唱。女演员银装素裹，柳眉凤眼，莺声燕语，糯体柔情。开茅听不懂一个字的吴语，但是为之入迷，目不转睛，嘴都忘了并上。夫人王明光说："你怎么成了《红楼梦》里嘲笑的那只'呆雁'啦！"说得开茅脸红。

好在说唱进入吴语Rap段落了，大量吴语，其次是上海话、宁波话、少量英语，还有普通话，融为一体，洋快板节奏，说得大家笑成一团，掩饰了"呆雁"的尴尬。就在这个时候，突然在客人饭桌当中上演了全武行。

原来是他们的邻桌，坐着与尔葆有一面之交的一位湖南老板与几位男女友人。他带着自己喜爱的圣大保罗名牌公文包来吃饭，单肩斜挎，坐好后将包包放在身边一把椅子上。就在 Rap 令人们笑成一团的一瞬间，一只手伸到了圣大保罗包包上，抓起了包包，开茅的妻子叫了一声："小偷！"明光不愧是有相当历练的记者，即使眼前有再好的美食美酒美妙演出，她总是耳听六路、眼观八方，随时发现新闻、动态、舆论、突变、奇形、怪状。随即是湖南老板的果断出手，叭的一声，一个十四五岁的男孩子倒在了地上，是的，扇了小捋（小偷）一个大耳光。

接着老板将小家伙一只手提溜起来，第二个第三个耳茄子，全上去了。

想不到的是 Rap 立即停止，演员从表演台上跳了下来，一步抢到小捋与老板面前，喝道："可以报警，不准打人！"

老板一听，目露凶光，再一看是义正词严的女演员，他一怔，尔葆也赶紧响应，向老板示意："对的，对的，是的。"

开茅夫人将这个活计揽了过去，她把小捋带到外边，教育了三十分钟，还给了他二十块钱，谆谆嘱咐，放他走了。回桌后，差点被偷窃的湖南老板问："这位姐，如果他是惯偷，他会认为您是傻子，他拿上您的钱也许立即换场作案，偷盗一个'梦特娇'，内有钻石白金戒指和大额现金。您怎么办？"

明光说："我只能做我认为对的好的高尚的事。小家伙他一定要坏，我怎么办？世界这样大，我们只能把事往好了做。您想，就算他最后因为罪行严重,刑场处决,砰,打死了……他也仍然有可能想起今天的事来有一点点后悔吧?他后悔而被枪毙,比在痛恨他人痛恨社会的情绪中被毙掉好。何况他也许有救呀,有千分之一的希望也还值得百分之百的努力。救道德救人心是积德呀。万一他本想改恶从善,反而是咱们这些吃澳大利亚龙虾的人,没有给他机会呢?他的后悔仍然是一种能量,每个人的喜怒哀乐,都有他的蝴蝶效应。不管怎么说,世界上,好人很多,中国这里,好人很多,吃饭听唱的人里头,好人很多。"

她的话博得了首肯与轻轻的鼓掌。

Rap 随后停止。女演员改唱弹词风格的《洪湖赤卫队》,唱得尔葆泪下。

开茅、明光、立红、二宝,有机会两次在美国会面。二宝开车带他们走了东岸,在缅因州足吃了加拿大龙虾,在波士顿查礼士河边观看了哈佛与牛津大学生的划船比赛,在纽约曼哈顿对面岛上攀登自由女神,在西岸去了旧金山的金门大桥,去了红杉林,去了洛杉矶的好莱坞。他们在密西西比河上了游船,最后还去了华盛顿DC的琳琅满目的博物馆。也算人生一乐。比起上一代、上两代或更多的代别人物,他们就算够幸运的了。"还想怎么着呢?"他们四个人互相问着,互相满足,互相鼓励,惜福惜乐。

二〇〇五年开茅又结合外语学院的业务交流,到尔葆在美国的家过了复活节,吃了肚子里装满栗子核桃夏威夷果与大提子干的火鸡。吃得苦中苦,方为幸福人。他很有感慨。同时他奇怪为什么二宝开始显得闷闷不乐。他问了两次,"你有什么事儿吗?""你有心事?"二宝连连摇头摆手傻笑,但是二宝的笑容不知为什么,给开茅以酸苦的感觉。

二〇〇六年的清明节，开茅去父亲的墓地扫墓，他小声告诉父亲，二宝现在日子过得不错，他常常吃龙虾，他希望父亲的在天之灵，保佑二宝，平平安安，幸福体面地过好自己的一生。还说，前不久二宝回来了，给他妈妈选好了墓地。他也去了一趟。

说完了，他又觉得无趣、多余，一天胸口疼痛，饮食无味无香。打了好几次怪嗝儿。

十、有女怀春，吉士诱之

二〇一〇年，二宝专门在一个周末来到北京。他穿着意大利华伦天奴名牌西装，身上有股应该是吃多了西洋退烧药片才会出现的浓烈汗味儿，他找开茅倾诉心曲。先是谈到，由于他担任厂长的业绩和各方面的良好记录，他与立红已经取得了美国国籍，他说，相当于办上了户口。紧接着是大谈他的房产与汽车家业。他在美国住地与中国工作地点各相中了一套房产，共值二百多万美元，两所都是独幢别墅型，他计划是一次性付清购买。此外他买了一辆崭新的"平字"，中国大陆叫作奔驰，德国原装，刚开了两个星期，半夜在住所附近被人用碎玻璃划了个体无完肤，他找了当地公安机关，至今没有破案。他想不通为什么会发生这样的事，他准备再买一辆原装凯迪拉克……

开茅点头称颂，他不内行，提了些不必一次付清吧之类的屁话，然后就称颂二宝是吃得苦中苦，终为人上人。他另外提出二宝不必激动，不必一下子花出去那么多钱，他说他认为中国人喜欢银行储蓄是一个优点。他说他参加过一个经济研讨会，专家们认为中国经济有了长足发展的原因之一是喜欢存钱。一个以色列，一个中国，都因为热衷于存贮而获益。一面说一面怀疑着自己言语的意义，怀疑着今天的有朋自远方来，到底意味着什么。二宝他为什么一方面准备大笔出手消费，一方面药汗与新西装交相辉映，二宝怎么了？东一榔头西一棒子，究竟是想说什么呢？他自己也颇觉兴奋，却又困惑。人家娶媳妇，自己傻高兴？人家发了财，自己烧得炻蹦儿？人家置业，横跨太平洋，你也发晕？你们俩，到底是谁更需要吃药或者减药，到底需要吃什么药减什么药呢？

而且在谈话中发现，二宝的两只袜子，不是一对，一只藏蓝，一只蓝黑，一只腰长，一只腰短。二宝是一个细心谨慎的人，他不应该出现这种情况。

然后吃饭。然后小酒。然后明光回自己的小屋做报社的事。然后二宝仍然是哼哼唧唧，"怎么了？"开茅问。"其实，也没有什么……"二宝答。

最后开茅急了，他喊叫起来："从小，你就是这个毛病，你不急，你活活让别人急死。我的兄弟大人，有话说，有屁放，我明天还要接待哈佛的校长，克林顿时期他当过财政部长，我这儿还有几十页的英语文档要看，需要恶补的事情一大堆……"忽然，开茅似乎明白了。

天啊，坏了，好个老实到了窝囊程度的苏尔葆，他敢情是陷入感情的迷狂乱阵泥淖，他面临的是没顶的危险，他找不到自己的存在了。开茅完全傻了眼。他自言自语，他说："不，我不信，你与立红青梅竹马，两小无猜，不，不可能……"

"开茅，你应该明白，如果我与立红还保持着当初的恩爱，我不可能同意一个人回中国来当厂长，每两个月回到立红那边。你怎么会想不到这个？我和立红分居两地已经八年多了，八年多就是三千天，你不觉得我也是个男人吗?"

完了。二宝的声音像蚊子哼哼一样,二宝的面色如土,身体发抖,二宝在发疟疾。他的话像是含着热茄子说出来的。开茅已经感觉到问题的严重性。他不知道说什么好,他结结巴巴起来,倒像是他开茅感情生活家庭生活中出现了危机,是他遇到了折磨,是他有了难言之隐。

"我……我……每次我见到你都问这个立红,问那个凯文,还有苏瓒啊……我还建议过把他们接到你们厂子来啊。是你说她喜欢她的东方小店,你说一批用草编织的物件把立红的心吸引住了。你怎么说瞎话呀!"开茅差不多声泪俱下。

尔葆整理了一下自己的衣服,他解开了衬衫的最上头的扣子。他缓缓地说:

"是,就是那个吴语 Rap 演员,她也许不算最漂亮,她仍然好看得让我哭了一夜。而且她的纯洁清爽,她的傲骨侠心……她有头脑,爱学习,你听过她唱的弹词,你没看见过她写的字和她画的画,她上着英语班,她参加过托福模拟考试,已经达到四百五十分。是的,是她看中了我……她追了我五年多,你可能不相信,我们相谈甚欢,我们谈天说地,我天天去有她演出的餐厅吃饭。只是最近,我们才有了男女最亲密的关系。我坚持了六年,适可而止,不及于乱,发乎情,止乎礼,求之不得,辗转反侧。知止而后有定,定而后能静,静而后能安。她说,她说我应该无论如何烧灼这么一次,不论付出多少代价,咱们都只能活一次,骂就骂吧,打就打吧,死就死吧,死也要死一次林黛玉,死也要死一次罗密欧……最后成了灰,也是幸福的……上一个周六……"二宝呜咽了。

"我总算有了一个自己的机会。问题不在于她选中了我,问题在于她选中了我的结果是我哭成了狗！

"叫什么？她叫丘月儿，当然，这是艺名，她是上了一年大学退学出来唱弹词的。她说，她只想陪陪我，她说寂寞比饥饿还要可怕。她说她是爱情至上主义者。陪陪我。此愿足矣……"

两个人沉默了。二宝补充说："月儿说，她只想做自己愿意做的事，她觉得唱弹词比上大学好，她就退学卖唱，她后来觉得认识我比唱什么歌词戏词诗词都好，她准备放弃用弹词挣钱。她知道我有妻有家有子有女，但是她愿意见我，与我说话，也可以不说话，只要常常见到我。只要我常常让她见，她什么都不需要了。我已经跟月儿好了，我怎么办呢？"

"可是可是，"开茅不知说什么好了，"你再冷静冷静，咱们毕竟是中国人，咱们得多想一想，过去和将来，妻子和孩子。生活，你知道什么叫生活吗？苏联有一个作家，叫巴甫连柯，现在俄国人说他是一个打小报告的坏人，他害了许多苏维埃作家。我们不了解他。他的小说里写过，'生活比感情更强'。"

二宝说："当然，你想着立红，谢谢你，哥！我哪能忘了立红？我成了陈世美，我成了无情无义无耻无德卑鄙绝顶的丑类，我想着凯文与苏瓒有权利端起枪来毙掉我！这究竟是为什么呢？我的一条小狗命，现在要要立红的命，要凯文的命，要苏瓒的命。早晚还得要，你信不信，早晚我会要了丘月儿的命。妈妈的命也是我要的，妈妈早晚会来找我索命的。但是妈妈对我说她喜欢兰波的温柔的疯狂。爹爹，真爹爹假爹爹的命也都丧在我的手里……"

二宝终于大哭失声。开茅厉声制止了他。

"我底下的话可能显得没有良心，对不起，我没有选择过，我没有追求过，我没有失过眠，没有心跳过，我不知道什么叫窈窕淑女，君子好逑。有女怀春，吉士诱之。压根儿不知道求之不得、辗转反侧的滋味。我这一生只知道接受，只知道听喝。是我的家庭和命运决定了一切，是最最有主意能决断的单立红从十一岁就决定了一切。她是个敢想敢做、敢杀伐敢决断的人。她是司令员兼政治委员。杀伐决断这个词出自《红楼梦》，是用来形容王熙凤的。从升入初中，从见到了我，她就选定了我，从此我再没有机会选择。她是菩萨，当然，她是我们家我的母亲苏清恶的救命恩人。也是……"

"什么什么，你管你的母亲叫什么？她不是叫'绝尘'吗？"

"不。她喜欢的自己的名字是清恶。清是两点右边一个'青'字，恶是而且的而，下面加一个心。两个字的意思是惭愧……用不着扯这些啦。我的理论上的父亲，其实是最憎恨与厌恶我的人，是吕奉德。立红更是他的救命恩人。"

"冷静一点……"

尔葆狂笑了，他再不是开茅的安宁的、收敛的小弟弟了，他再不是温文尔雅的君子、轻声慢语的绅士。他说："立红善良得如铁如钢，坚决得势不可挡，她目光远大，有心无二，说到做到，坚持到底，一往无前。而我呢？来路不正，从十一岁，我的世界里只剩下山里红了。我算个啥，我根本没有生的权利，吕奉德不承认我是他的儿子，苏清恶不告诉我谁是我的父亲，她只让我叫你大哥，我无缘父姓，却又是罪犯吕奉德的种子，叫你一声大哥完全不能证明顿永顺叔叔是我亲爹呀！我能去做 DNA 检测去吗？和谁？和你一道？我难道是嫌自己给父母丢的人还太少太少？我从小知道的是小心小心，树叶掉下来，别人没有什么，我可能因此头破血流，千夫所指！我感谢立红，我喜爱已经二十多岁了的苏瓒与凯文。但是这次，在工业园，我有了我真真爱上的灵鸽仙子，我的月儿，我的心碎了裂了爆了。"

"你……要不你就两边跑吧，咱们中国人并不呆木，自古徽商就是两头大，回老家有一个家，有正夫人尊夫人，做生意地方，不可能没有另一个家，也有太太有老婆有房室……"

"开茅，您这是说什么呀。"明光这时从她的房间出来了。她说："别听开茅的胡说八道，他以为这还是明清前朝呢。我听到了，我明白我也理解，你只能自己决定，开茅不能替你决定，你的家人不能替你决定，你的情人也不能替你决定。世界上的一切事情都是有舍有得，不用糊弄自己，更不能糊弄立红、凯文、苏瓒，你还必须对月儿负责……你做好准备吧！一个男子汉，要么不要伤害别人，要么干脆冷酷一些，不必给自己找那么多理由，不要用歉意再去侮辱被你伤害的女子！"

"你说什么？用歉意再去侮辱被我伤害的女子？"

"这是阿尔蒂尔·兰波的诗。原文没有说是女子，只是说某个人。目前的状况，你舍弃哪一边都是三分之一或者更多的悲伤，三分之二或者少一点的希望；你两边都舍弃不了，那就只能是三的 N 次方的通通绝望！"

连开茅也为之一震，怎么明光能说出这样严厉、这样坚决又是这样精彩的话来？明光哪儿来这么大的本事，这么强的姿态，这么清晰的判断？男人，啊，你们觉得你们是什么大丈夫，所以你们要考虑影响、舆论、道德评价，可能还有什么意义、后果、理论、倾向，你们的思维与概念，你们的掂量与算计成了你们的伤口，你们的软肋，你们的压顶大山。而女性呢？一个"心"字，概括了一切，我心即我意，即我行，即我情，即我爱，即我天，即我命；也就是我的世界，我的人生，我的太阳！女人啊，你们太伟大了！

第二天凌晨，去飞机场以前，二宝敲响开茅家的门，一见他们，他哭了一场,说是总算明白了,他不能抛弃家室,不能抛弃恩重如山的山里红,不能抛弃神情卓越的凯文,不能背叛小精灵苏瓚,他确定了,要与月儿开诚布公地谈清楚,恨不相逢未娶时,他做不出狼心狗肺的事情来。他笑了起来,说是一旦下定决心,只觉心明眼亮,条分缕析,幸福安康,长治久安,全赖兄嫂。他带着笑声,与他们告别,邀请他们秋天去工业园骑马,吃内蒙古风格的烤肉与"老绥远"名牌烧卖。

十一、摊牌

先添上年表的新增部分:
1988年　立红到美国与尔葆团聚。
1989年　立红生孪生龙凤胎:凯文与苏瓚。
2000年　苏绝尘(改称清恶)病逝。
2001年　顿开茅与王明光的女儿忆苏出生。

进入二十一世纪又过了十一年以后,腾讯公司于二〇一一年一月二十一日推出了一个为智能终端提供即时通信服务的程序,做出了一个改变国人生活方式的叫作微信的玩意儿。网上的咖咖们说,最厉害的不是核弹巡航导弹,不是航母也不是超音速战斗机,是微信。微信打败了电视,打败了电脑,打败了信用卡,打败了各国货币,打败了电话,打败了邮政,打败了盛宴与会见,打败了零售店与专门店,打败了隐私权与名誉权,干脆说是打败了人权与学位制度,打败了文化,每天孜孜于读微信的人远远超过了读经典名著的人。

有了微信,二宝与立红、开茅与二宝相距不再遥远,地球村的说法似乎也不勉强。二宝发了几张他与月儿的照片给开茅。他们一起在公园。他们一起在水乡散步。他们去看望住在那里的一个名作家。还有一张他俩的逆光照,注明是夏季的夕阳下。

明光问:"怎么回事?"

开茅答:"那还不明白,就这么回事。"

"那他临走时说的……"

"他自言自语的时候也许说得更多……"

"二宝在网上传这个,他不怕立红与孩子们看到吗?"

"不用咱们操心。按二宝的性格,他一定要告诉立红和孩子的,否则,二宝不成前几年电视剧《潜伏》里的余则成了吗?"

开茅与明光看完孙红雷与姚晨主演的电视剧《潜伏》,感动了半天,感动的不是特工故事、特工忠勇、特工奇葩,而是主人公需要潜伏、潜伏然后还是潜伏。抗日,潜伏;日本投降了,继续潜伏。为了新中国,潜伏;新中国胜利了,继续潜伏(到台湾去)。而且在台湾要另行组织家庭,就是说在家里也必须潜伏,不然,不是等于自首叛变了吗?永远潜伏?潜伏一生?而且有人行家里手地说,死后还要继续潜伏,免得影响了未死的特工同志!

转眼就是二○一二年,开茅六十六岁,二宝五十六岁。春季,开茅夫妇应邀到工业园看望二宝,月儿已经以个人雇用的管家兼秘书名义与苏尔葆同居了两年。二宝的说法,月儿早已不在餐馆"卖唱",她为他料理一切,包括帮助处理商务。月儿参加了英语中级班,进步神速。

二宝邀请开茅夫妇到这里骑一次马。他们在五月份来了。他们在一个周六开着豪车走了一个多小时,来到月亮岛跑马场。一路上汽车音响里播放着腾格尔与德德玛的歌唱:《父亲的草原母亲的河》《美丽的草原我的家》《天堂》。明光对开茅说:"兰波的诗说,生活在别处;高晓松说,不是只有眼前的苟且,还有诗与远方。"

开茅说:"佛讲的是'活在当下'。有趣的是这又是美国最大的会计师事务所董事长的名言。还有人说'诗与远方'是毒瘤……"开茅夫妇笑了,二宝、月儿没有笑。

听腾格尔的《天堂》的时候月儿泪如雨下。二宝问:"这是怎么了?"

月儿说:"你听不见?我的天堂,我的家!"

二宝没有出声。

他们过了一个非常美好的下午。开茅与明光,各自上了伊犁马,缓缓地走了几圈,闻到了青草与马汗的气味,身子一颠一颠,有点紧张,更是十分欢愉。骑马毕竟是一件值得自豪乃至吹嘘的事,是他们此生的新经验,在本土,涉嫌豪华,做梦也想不到,他们此生也豪华了一回。"时人不识余之乐,将谓偷闲学少年。"再过几年,也许他们会上游艇,上太空飞船,他们会像穆天子一样地去瑶池会王母娘娘,还要逛赤道逛两极?

"关键是身体的重心与马背起伏保持一致,你上我也上,你前我也前,你落我也落,你扭我也扭。"二宝大声地宣讲骑马的要领。他与过去是多么不一样了啊!

他们二人下马以后,二宝与月儿骑马跑起来。显然他们已经是老手,马场这里有他们存放的骑马专用背心、头盔、紧腿系扣子的马裤与黑马靴,他们一跃一跃,跑到了马儿前腿双跃接着后腿双跃的腾跃级别,马半跑半飞,半地上半空中,如驾云而飞。飞腾的感觉使二宝也是腾云驾雾，开茅与明光为他们鼓掌。尤其是开茅，他看到二宝这样的从未见过的舒展快乐，他忘记了一切。

就在这个时候二宝对月儿大喊了一声："红红，加油！"

什么意思？二宝想起了立红？面对月儿，二宝口误将月儿说成了红红？

月儿在马上一晃，众人惊呼了一声，还好，月儿总算又直起了腰，她停住了马。

骑完马，他们一起吃了马场酒店的烤肉。就是北京烤肉宛、烤肉季做的那种葱花与肉片混合翻滚的烤肉，原来这来自蒙古民族，应称作蒙古烤肉。开茅说起可爱的多民族的北京，普通话的形成中，汉族、满族、蒙古族、回族、女真、鲜卑、契丹咸有荣焉。

"老绥远"的烧卖，更是令四人赞不绝口。关键是肉要用手工切成小块，绝对不能绞成肉糜。粤式早茶里每只包一块大虾仁的烧卖也与蒙古族之正宗烧卖相距甚远。人们在江南的工业园体验内蒙古，人们享受着生活的开拓之乐。何况在吃烧卖的时候，四个人都觉得自己岂止小康，是不是快要大康了呢。

在回程快要结束的时候，忽然，坐在副驾驶位子上的月儿一字一字地说："二宝，我觉得终于是时候了，我们两人要到民政局去登记结婚。"她的说话口音与方式，令人想起吴语弹词。

二宝带着哭音说："你这是想起哪一出来了呀！"二宝似是叫苦。

与吴语的蚀骨相比，二宝的北京话显得有一点点油滑。

"站住！"月儿声嘶力竭，她哭出来了。全车人都吓了一跳。

二宝踩了急刹车。月儿推开车门，下车走了。车上三人愕然，一时谁也没看谁。寂静中二宝似乎诉说："我已经许多次，叫她红红了。"而已经下车走远了的月儿的声音是："八年了。别提它！"她说得痛心疾首，使你想起样板戏《智取威虎山》。明光的样子似有不满，她如果说话，会说二宝"是时候了！"而开茅能说什么呢？也许他要说："天哪！"

十二、生生死死

上次骑马后回京，明光突感身体不适，检查后怀疑是白血症前兆。开茅一心帮助明光治病，别的事都顾不上。二宝几次邀约与开茅见面，在工业园，在北京，在其他地方，开茅实在不便，他只是一次一次地讲着"对不起""请原谅""过几天"……开茅与明光去了台湾，说是那里的几个留美医师正在推行一种相对有效的方法治疗血癌，叫作CAR-T疗法，大体是使用病人体内的健康细胞，经过培植繁育，成为更强大的健康力量，再用回到病人身上，去战胜恶细胞毒细胞。大陆也有这样的医疗探索，还都在临床实践与积累数据的协和医院里。

一年过去了，明光有起色，接受治疗，明光能忍受一切考验也完全合作。至于二宝，微信中告诉开茅，他与立红已经在美国办理了离婚手续：他把三份房产（后来买的与原来与家人共有的）全部转给立红，他把银行里的存款，也全部汇兑了立红，他现在已经是"无产者"了。他用这种自我扫地出门的方法，表达他对立红的负疚感。他说作为一个年已半百的老伙计，他是疯了，他是丧失理智了，他什么都不顾了。他没有自己的家世、国家、家庭、使命、记忆、感恩和渴望了，他没有父母、童年、少年、记忆、志向、愿望了。他现在只剩下一个已经整整一年未见过面、未通过信，连春节期间微信表情都没有互发过一次的月儿了。月儿其实也不是神仙,不是天使,不是绝代佳人,不是维纳斯,月儿也是一个普通的人,但是他毕竟只剩下为月儿疯狂这一件心事。他终于可以把月儿明媒正娶,合法夫妻,从头生活,从头奋斗,人生从五十岁开始。他终于不必再躲躲闪闪,含含糊糊,无言以对,蛮不讲理加耍赖皮了。他已经发疯,已经害人害己害家害妻,害子害女,害了立红一生,害了月儿九年,害了友人大哥大嫂。他第二天就要回中国工业园了,他将向月儿报告,他毕竟为月儿做了一件事,他不是玩弄女人的拆白党,他不是不负责任的坏蛋。

  他问候明光,为明光祈祷。他甚至说明光的病他也是有责任的。"我与月儿找你们一起来骑马,我这边名不正言不顺。恰恰在你们在场的情况下,月儿提出了婚姻的要求,而我的反应自私自利,毫无心肝。明光无法忍受我这样的朋友,你无法忍受我这样的朋友,回京后明光就病了……"

  "这是胡说些什么呀?"明光回复道。

  开茅摇摇头,他对二宝的心理状况担忧。对二宝所说的与月儿已经告别经年,也觉得匪夷所思。

  他们立刻给二宝打电话,二宝关机,他们认为是二宝登上了越洋飞机。他们次日又打了多次电话。他们在网上搜查了所有二宝可能乘坐的航班包括经港澳台、夏威夷、新加坡、韩国、日本转机的航班。他们在网上又搜查近两天全球发生的空难。无。第三天,电话通了,这证明,二宝已经下机登陆,除非是手机被盗,现在拿在他人手中,他们马上就能与二宝联系上了。但是二宝不接电话。再打一次,再一次,再两次、三次,手机里发出了软件的声音:"您拨叫的电话,暂时无人接听,请稍后再拨。"到第五天,开茅忽然紧张起来,他觉得太不对劲,立即订购飞工业园的机票,并且给二宝发出语音与文字信息,说他将在次日十一时抵达二宝厂区。

二十分钟后,二宝传来了有气无力、半死不活的音频信息:"月儿上个月嫁人了。"

开茅顿足,更要赶快见到二宝,按原日程,次日午前他一人到达了二宝的厂区,他背着一个大口袋,活像从前自北京使馆区秀水街趸货的洋倒爷。他看到了一个被吸干了血、被抽走了灵魂、被打了药针一样的二宝。他只盼着二宝抱住他嗷嗷嗷地痛哭号叫一场。他希望二宝抓头发、跺脚板、摔玻璃杯,至少自己打自己一顿嘴巴,窝囊,文明,礼貌,七讲八美,急眼了打打自己总是可以的吧?然而二宝不响不吭。

他把自己陪明光去台北治病时买的台湾土特产金门高粱酒、新东阳凤梨酥与盐渍金橘、冰糖柚子皮,还有大溪豆干、珍珠奶茶、号称比散黄金还昂贵的冻顶乌龙,都带到二宝这里来了。

他带来了一幅镜框书法,是启功的《心经》全文抄录。"五蕴皆空,渡一切苦厄。"看了一会儿,又觉得字不一定是启功的真迹,倒更像潘家园出售的赝品。不过,请看,既然色与受、想、行、识皆不异空,真启功假启功又有什么计较?真情假情,真家室、假家室、无家室,又有什么分别?他顺便教授给二宝,般若进智慧,而"般"在这里必须读"铂"。他教导二宝,许多"运生不测"者,是读通了《般若波罗蜜心经》后得到健康、欢乐、金刚不坏之身的。

开茅披心沥胆地给二宝讲了几个小时,二宝无表情。

当天晚上,开茅陪着二宝,同睡一张大床,他也觉得可悲可笑,他就是把整个台北华西街的食品与佛教用品全部搬过来,他即使与二宝同床共枕三个月,他也不可能取代月儿的角色。月儿上个月已经嫁给一个经营乡村俱乐部——高尔夫球场的二老板,她已经怀孕了。离完婚前来报告的二宝，根本没有见到月儿，月儿只是给他发了微信："既有今日，何必当初？冷言冷语，冰凉彻骨。月没那福，宝没那路。缘断情绝，读罢删除。"二宝乖乖地删掉了月儿的回音，同时将月儿的话背得滚瓜烂熟。

开茅受了月儿启发，也是为了哄二宝一笑，说是他从网上看到了用东北方言翻译的普希金的诗《假如生活欺骗了你》。此版本说："要是姐们儿糊弄了你，败急眼，败上火，败吭声，败蛄蛹，你就是一个大绿虫子，一边儿忍去，你把自个儿缩到茧子里，几天以后，咕隆，你咬破茧子飞出来了，你成了个花里胡哨的大蝴蝶。"

"不是姐们儿，"二宝说，"是生活欺骗了你。"敢情二宝也知道这个自普希金发展到中国东北网民的段子。二宝的嘴角儿上显出了一点笑容。呜呼，还是东北大楂子管点用。

第二天早晨，对方的时间是晚上，二宝给闺女苏瓒打了电话，多部分是北京话，少部分是西岸味道的土美语，他们谈了半天，开茅看到与闺女说话的父亲泪流满面。

三天后，开茅离开工业园回北京，二宝送他到机场，告诉开茅："我的那张造孽的童年照片，从美国家里的墙上取下来，快递到厂子这边来了。"

一个月后，二宝建立了微信公众号，天天发表狗屁不通的诗。他篡改古今中外著名诗句。李白的《静夜思》改成："红红一个大月亮，掉到地上变成霜，抬头不见昨天（的）你，低头想你断肥肠。"改了王维的诗："己个儿坐在竹林中，张着大嘴喝北风，四面不见人鬼影，只有月儿不吱声。"后面注上原文："独坐幽篁里，弹琴复长啸。深林人不知，明月来相照。"还有李清照的《声声慢》："寻寻觅觅，冷冷清清，凄凄惨惨戚戚……守着窗儿，独自怎生得黑？"二宝写成："找了半天上哪儿找,冷得(你)冻手又冻脚,长得黢黑谁人喜,卖单窗口没人要!"二宝在后记上说,这里说的"卖单"与埋单买单结账开票无关,是老北京话,是说一个女性呆坐,等于卖色相给众人看。另外他认为李清照长得不白净,她的词写得再好,也会有感情上的苦闷。后面跟帖一大堆讽刺,尤其是将"怎么能熬到黑天"的"独自怎生得黑",说成长得面皮黑,更是荣膺"狗屎乱屙奖"。居然还有人对这种歪曲经典文化的公众号主人进行人肉搜索,公布说,这些不通的诗是一个买办奸商瘪三无赖大坏蛋阴谋制造的,别有用心,是挑战中华诗词大会,亵渎古典诗词,人神共愤,国人共诛之,好人共讨之可也。

二宝还写了一首新诗:

上　班

每天都要吃饭,
每天都要上班。
上完班需要吃饭,
吃完饭需要上班。
不上班也要吃饭,
不吃饭不能上班。
我每天都吃饭,
我每周上五天班,
天天吃饭,
天天上班,
直到有一天忘记吃饭,
直到有一天忘记上班。

开茅倒是略感幽默，山穷水尽，四面楚歌，写出点不通之作，勇于勤于晒给大众，穷极无聊也总要无聊出个样儿来。倒也不算大恶大骗大疴大讹。开茅甚至认为，二宝的新诗比旧诗更有希望。再说，他又到了与明光赴台治病的节点上了，"生得黑"问题已经有人指教了，连英语的译文"Oh! How could I endure at dusk!"也给二宝标上了。二宝只要自己想上进，中文英文，语言文学诗学，通的与其实不通的非诗，总会有所长进。开茅又有个把月疏于与二宝联系了。

人生长恨水长东。与革命前辈相比较，二宝那点事算什么？爹爹教过开茅一个解放前蒋管区城市学生运动中爱唱的歌：

跌倒算什么，我们骨头硬。
爬起来再前进……

顿永顺还喜欢唱："我们的青春像火焰般鲜红，燃烧在充满荆棘的原野，我们的青春像海燕般英勇，飞翔在暴风雨四布的天空。"

青春，你怎么可能低眉顺眼？即使青春已经远去，即使青春已经鼻青脸肿，头破血流，除了顶住，你还能怎么样呢？

十三、爱与死

二〇一六年四月十日周日零点，也就是周六午夜，开茅收到二宝发的微信照片，是苏老师早年写下的兰波的诗句：

我罚下地狱，被天上彩虹，
　　幸福已经是我的灾难，也是
　　我的忏悔和我的蛆虫……

下面是二宝的一行字：

　　灭亡为爱作证，挚爱也会成为虚空。

不好，开茅暗暗叫苦，他打电话、发微信，得不到任何回应。

三十四小时后，二〇一六年四月十一日星期一上午十时，顿开茅接到工业园二宝工厂急电，告诉他，苏尔葆厂长去世，估计是四月九日周六晚八时左右辞世的。他的尸体是刚刚，也就是死后三十八小时发现的。尸体的样子更像是自杀，公安部门正在查验。死者与妻子已经离异，前妻与子女都在境外，四十八小时内他们没有谁能来到工业园，死者一方再无亲属，他们从会客资料上知道苏厂长与顿开茅是好朋友。他们希望开茅来一下，协同处理一下苏尔葆的丧事。

"但是十日凌晨，我收到了苏尔葆厂长的微信啊。"开茅与厂方人员叫起来。对方没有回应。

当天晚上十一点半，开茅与病中的明光到达工业园。厂子的人告诉他们，周一上午本来有厂长主持的例行办公会议，过规定时间半个小时，厂长未到。厂里人也发现厂长一段时间以来状态不好，不放心。厂办派了人去厂长家迎接。敲门无人回应，与物业联系后，破门而入。发现厂长跪在床头，床头立柱上套着已经扣死的皮腰带圈环，是厂长常用的万宝龙牌腰带做成的，他的脖子放在腰带环上，靠头脸与身体的重量，勒住脖颈身亡。公安部门检查鉴定，无其他人入室痕迹，无生前搏斗痕迹，除脖颈勒伤外身体无其他伤害痕迹。为了防止尸体腐化，公安部门摄下大量照片，并获得厂方同意后已将遗体送往医院太平间。也与外方驻华领事部门取得了联系。

开茅夫妇进入他们并不陌生的二宝卧室，又仔细听取了实地讲解说明，并留下他们对于二宝生活状况与感情波动的证词笔录。

至于苏厂长在估计的自杀时间之后发来微信照片的事，警方认为未有异兆，可能验尸人员对死者辞世时间估计有某些误差，他不是九日晚八时而是十日零点以后才自杀的，也可能是死者使用了推迟发出时间的手机功能，到了他指定的时间点才发出的。这几句诗句的照片，警方在死者的手机中已经发现与读到，除了心情的抑郁外，未显示有其他方面含义。

第三天，立红与两个孩子来到。开茅与明光一惊，他们认不出精精神神而又凝重痛惜的单立红来了。立红等又补充了有关情况：四月九日晚八时，美国当地时间晨五时，尔葆给立红打电话，立红未接。立红说二宝在与月儿婚事泡汤之后，多次与立红通电话通微信视频音频，把月儿已经结婚、不久将生子的情形全无隐瞒地告诉了立红，并要求与立红复婚。"我无言以对。"立红对开茅说，"后来他的电话我有时接一下，有时告诉他我没有空闲，真的没有空闲，两边时间又配合协调不好。星期六早晨五点来电话，这是谁也不能接受的……"立红没有再说下去。

"我也是在这边给我电话说明他已经离世以后，才收到了他的音频。他说的是：'红红，我不配活在这个世界上。'"立红的眼睛眯成了一条线，她的嘴唇咬得更紧了。

"死后？"开茅喝道。

"死后我才打开了他发的微信。"

总而言之,那个北京时间周五的夜晚,尔葆给立红电话,得到的是晨五时立红的内心抗议与实际拒接。给凯文电话,凯文按下了两小时内拒接的功能键。给苏瓒电话,苏瓒说:"爸爸您先让我睡觉好不好,待会儿我还要去上滑翔机培训班……"她想着的是鸟儿般地飞翔,在高山与大海间。没等她爸爸再说话就把电话按死了。苏瓒回忆起来很悲伤,她说她没有想到这个结果。年来她爸爸给她打了不少电话,心神不定,也不知道他到底要说什么。

开茅夫妇与立红、凯文、苏瓒共同看了现场照片。开茅注视着穿白衬衫和内裤的尔葆,身上披着一部分被褥,衬衫上端解开了三粒扣子,半闭眼睛,张着嘴,嘴角与鼻孔下边都有血迹。立红躲避着对于照片的正视,看照片前她问工厂专聘律师,她以什么身份来处理这件不幸的案件。她已经与苏尔葆先生离异,尔葆死后,他们已经没有可能复婚,她什么都不是,她不能代表尔葆的家属。律师说作为死者的原妻子、生前友好,尤其是死者子女的亲生母亲,她完全可以也应该参与丧事料理。她仍然铁青着脸,面对开茅也毫无表情。子女惊慌失措,不敢看照片也不敢不看。

他们看了一批遗物,其中有立红自美国快递来的他的幼童标准玉照,他根本没有打开包装。开茅与明光想起上次前来,二宝说那是他"造孽"的照片。看来,他觉得美好的记忆,已经无处容身。

开茅提出了一些问题,首先指出,尔葆的身体并没有完全吊起来,他怎么会死?法医说,第一,可能他在把自己的脖颈放到皮腰带上以后,一度下了必死的狠心把体重放到了脖子上,一度在脖子上压上百斤以上的力量,随即气管食管动脉勒紧窒息,几近断裂,然后又显示了跪垫的式样,跪下以后,颈冲压力有所减小,但后来这样的姿势,并不意味着脖颈处吃力的微小。他的心情波动与活动会极大增加脖颈压力。第二，在身体没有离开床褥的情况下，也能吊死自己，这样的先例，过去政法机构也见到过，不是没有。

然后开茅指出，按照尔葆按部就班、注意细节的性格，是不是可能他并没有下定决心自杀，而是只想试试？如果他当真要实行自杀，按常理他会穿得整整齐齐、干干净净，不会像现在这样轻易。对此大家认为开茅的看法有一定道理，但生活经验证明，也有另外的不按常理做某些事情的可能。再说决心已定也罢，未定也罢，现在还能说些什么呢？

开茅并没有什么认真的看法，只是不希望自己的老相识、自己的准弟弟之死处理得太简单、太草率、太方便。除了苏瓒与明光以外，没有谁眼睛里有泪水涌出，这也使开茅心有不甘。现在随便一个电视的装腔作势的节目都要搞出嘉宾、群众、观众的泪水，还有个专门名称，叫作泪点。搞出泪点，才有收视率，有收视率才有广告与利润。怎么连亲人的死亡都搞不出泪点来了？而且是一个如此善良文明的人！

而后他把不快发泄到从都柏林赶来的公司高管身上。他指出公司管理层竟然让尔葆离家十年到万里之外服务，这是不人道的，是侵害尔葆个人幸福与健康的，应该依法追究公司方面的责任。说到这里，前妻与子女哭出了些微声音，算是有了点动静。

洋高管马上抓住机会解释说明。他找出记录文件，说是十年来，他们三次询问尔葆的意见，还有一次是在美国问过立红的意见，他们都不要求返美夫妻团聚，苏尔葆希望继续在华工作，单立红希望苏先生到中国挣更多的钱。他们甚至告诉高管，中国人与欧美人不一样，不是离开了经常性的性生活就受不了。

"这样的事情合适不合适,你们应该有判断的责任与能力,不能完全由当事人负责,例如,你们是否给他安排了与家人在一起的更合适的职位与待遇……"开茅有力地驳斥说。

他们还看到了一批文档,是二宝胡涂乱抹的纸头,一张纸上写了无数"我爱你,我害你,你害我,你爱我,你我爱,你我害,害我你,爱我你,爱死你,害死你,你爱死,你害死……"另一张纸头上写着八个大字:"天理恢恢,自取灭亡。"开茅钻心撕肺,站立不稳。

都柏林来的高管提出了公司给凯文与苏瓒的抚恤方案。

当天下午,签署了一批文件,从法律上结束了此事。子女没有异议,前妻没有异议,开茅不快,包括并不满意他们的抚恤,但也没有再提异议。该说的话他都说了,夫复何为?当地的公安民政外事部门要求所有的参与者包括立红、开茅、明光签名留取证言,只消证明子女与生前好友认可有关处理安排。他们都签了。

四月十五日,经各方同意,在殡仪馆举行了苏尔葆遗体告别。厂里的人来了不少,都说也只限于说:"人家苏厂长,可真是个好人呀!"开茅看到告别仪式开始的时候,快递公司送来一个别致的小花圈,全部是紫黑色荷兰郁金香,中间有一个用白色钟乳花做的署名:乐鹇。事后,开茅想起乐鹇也许是月儿的另一种写法。他与明光谈了,明光不在意,只是不满意地说,她至少应该过来告个别。

如果说这样一个草草的告别仪式上总算有差强人意的点滴,那就是正中悬挂着的苏尔葆先生遗像。这是厂子里的一位青年职工用手机给厂长照的,他正在上楼梯,他的心情是那样明朗,他的一只手在轻击额头,这个姿势甚至不无高雅,他的左眼睛略略比右眼睛小了一点点,他似乎在调整焦距,他要看准与看清一个对象。他还充满着活力。

开茅与立红有所沟通,他知道立红的意思是告别后即刻在当地火化，他们已经购下骨灰罐，然后他们回北京，把尔葆的骨灰送到西山附近一个墓地。立红还宣布，要在苏尔葆的墓碑上，印上他童年戴过的法国男童帽照片。

"如果没有人反对，我希望死后能与尔葆埋在一起。"立红对开茅说。开茅似乎已经成为二宝的法定代理人了。

"当然，再没有别的人了。"他与明光做出了一副宣誓的姿态。立红终于减少了一点尴尬。然后拿出二宝给她的要求复婚的二十一条微信给他们看。他们看到了二宝的血书照片："我没有想害你，可我害了你。"立红还告诉开茅，二宝临离开他们在美国的家的时候交代过："我的事，找开茅哥。"

她说："他说他害了我，最后是我害了他。我不管两国的法律，我会向中美两地亲友宣布，我要以最正规的方式宣布我与二宝复婚！"

山里红，毕竟是山里红啊！如二宝所说，她是杀伐决断的司令兼政委。开茅想向她伸出大拇指。

而且，延迟到现在小说人才顾得上一提：此次在二宝的丧事中见到的山里红焕然一新，她做了口颌整形手术，她一下子变得多么漂亮啊。

又过了些日子，开茅得知，立红的美容手术是在她与二宝离婚后，专程到韩国做的。

了解了这一点以后，明光说："天知，地知，你知，我知，他知，她知。我们都不愿意说。这个话题太渺小，谁都不愿意暴露自己的渺小。即使将二宝与立红的故事写成一篇小说，也没有人会说破这最渺小之点。"

明光叹道："我们女人哪！"

十四、重码

此后一两个月,这件生离死别的事件成为开茅与明光的一个主要话题。明光恨得跺脚,认为二宝太不坦荡磊落。明光甚至引用鲁迅的话,从国民性的角度叹息:为什么不敢爱也不敢恨,不敢说也不敢做,不敢乐也不敢哭!在月儿提出要求以后,二宝一开始没有思想准备,他的回答冷血而且颟顸自负。后来呢?一年时间,他下了那么大决心,做了那么大动作,他不与月儿沟通,他是在特工潜伏吗?潜伏恋爱?潜伏婚姻?他已经搞得立红与她的儿女天翻地覆,他已经颠覆了自己的家庭与人生,为什么却要向最要求最盼望最关切最痛心的月儿保密?这不是发疯吗?这不是浑蛋吗?这不是死人吗?这不是废人吗?坏人害人死,好人害死人!害死人首先是害了自己!他为什么不在一年前就说清楚他要去离婚?他甚至于应该光明正大地去问月儿,她能不能再等他几个月。他背着月儿做一切为月儿做的事,他背着月儿去为了月儿,他牺牲原有的一切!这是什么逻辑?他吃了什么蒙汗药丸儿?他凭什么认为月儿在愤而中途下车走掉之后,会为他守节守志,会也像特工一样潜伏起来,一直当尼姑当修女立贞节牌坊,等着他猴年马月再来偷偷找她调情?

"也许这是天意。归里包堆,二宝的媳妇还是山里红!"开茅说。

"可能。那他有权更有义务摸清摸准这个天意。如果天意是另类呢?比如,二宝应该与月儿再过十年,然后月儿患上我现在的病!"

开茅捂住了明光的嘴,"瞎说!你的病好了,人类已经战胜了癌细胞。海峡那边的三位医生很棒，北京也已经开展这种治疗实验。据说日本医生也在研究治疗癌症的新套路。何况再过十几年！"

开茅说，二宝为什么不惜一切代价破釜沉舟办离婚手续，却整整一年与月儿隔绝信息，并无任何难解。他告诉明光，二宝的难处太多了，说实话，不仅二宝太难了，连姓顿的他自己也一直是吞吞吐吐、黏黏糊糊，一句痛快人话没有说过的呀！

开茅说："你想想，在与立红办完离婚手续以前，二宝能认定自己当真会与立红离婚吗？他能下定下死真正的不要良心不要亲情不要妻小的狠心吗？他只能走着瞧，试试再说。他能像兰波的诗那样不感歉意不感亏心地大步往前践踏自己的前半生、自己的最最亲近的亲属吗？他当真舍得立红，舍得儿女，舍得凯文，舍得苏瓒吗？现在我不好多问，但是我敢断定，这次离婚也是最后由立红下的决心！你信不？二宝不是一个杀伐决断之人哟！他能断定自己会这样办事？如果他与月儿一同计议商量他的离婚计谋，他还算是个人吗？"

明光一百个摇头。她认为，当真出现了不可开交的情势，就必须男子汉大丈夫，好汉做事好汉当："人有好也有坏，人有施恩也有欠情，但是人应该坚决些。施恩与欠情，都不要回避躲藏，都要敢亮出来。否则，害了所有的人。不下决心就是虚伪，就是不敢负责，就是哈姆雷特，就会害一个又一个。他不想弄脏自己的手，他自己放不出一个响屁，你顿开茅当然也就吞吞吐吐、迟迟疑疑了！开茅，我们都不喜欢凶恶的小人，但是，前怕狼后怕虎的君子绅士有多恨人！走了一个好人，留下永远的悲伤和遗憾……"明光声泪俱下。

"他从小……"开茅说。

"从小怎么啦？"明光说，"从小就不能鬼鬼祟祟、哆哆嗦嗦！"

"你应该了解，出事的时候是四月，天还凉，但是白天已经变得很长,下班的时候夕阳照在墙上。四月的黄昏太漫长,四月的黄昏不好过,孤家寡人,独自怎生得黑!尤其是周末,双周末,形影相吊,天怒人怨。境外的心理学家与精神病学家,乃至公共安全学者,都有注意灰黑四月的论述。"

"倒真像是欧美学者的话。他们喜欢鸡毛蒜皮的微观实证,我们喜欢大而无当的高屋建瓴。但是,人生岂止四月天?完了还有五月,还有闷热的八月,还有那冬天的漫漫长夜,夜夜刮着西北风。每天还有许多空闲,每周还有那么多时间……说不定几年后要实行每周四天工作制了。你会越来越受不了孤独,你至少得对自己负责,对自己最爱的人负责。"

"再说,"明光突然激动了,"你想想,如果月儿有心机有算计,二宝的三套房产根本不可能全归了立红……月儿是好人啊。"

"我头一次见到山里红的时候,她只有十几岁,她像一支火炬、一盏灯,一下子把二宝的家照亮了。"开茅听出明光对于月儿的同情来了,他必须讲讲立红的好处,二宝的一切难处他们两口子也都感觉到了,他们需要保持某种平衡。

……总算把对于二宝的不满全都说出口,明光最后哭出了声。她呜咽着说:"二宝真是好人啊。好人恨死人啊!"她又说:"在男男女女的事情上,我们是怎么搞的!从五四运动我们就够启蒙、够先进的了,直到现在,也没整明白。多了几个二郎八蛋,多了几个花言巧语与假招子,多了几个精神病,现时又多了许多下流网络小说。看看电视政法社会节目吧,不是因为认定对方变心下毒手杀了情人,就是伪造身份骗到人民币;不是掐人毁尸,就是将情人的尸体装到后备厢里星夜转移。说到男女关系,开口闭口都是'背叛''阴谋''出轨''绿帽子''冤枉''包二奶''小三''情商低下''人财两空''鱼死网破''冤冤相报'之类的字眼,你想了解我们的爱情、婚姻、家庭、伦理吗?你去找刑侦部门的年度资料汇编去吧……"

"没有这么严重吧?不要胡说啊!"开茅努力止住明光的激动。

"你想想,在刑侦案件中,情杀情骗男女之间的事故占了百分之多少;再想想,在爱情与婚姻中刑事犯罪又占了百分之几十几的比例呢?"

"真是想不到啊,二宝就这样没了。"两个人又是一阵叹息。他们知道,他们会这样叹息一生。

"我最近常想,当然有可能,一个人死后仍然会给你发微信,发兰波的诗、纳兰的词,还有自己痛苦的心声,只要用对了程序与功能。我们后死者,就应该好好等着听着,会不会先我们而去的他,十年乃至二三十年后,发来那时候才想告诉我们的一些悄悄话……人是不会死去的,他们的心里话,还在天幕云里蕴藏着与氧化着,成为糖,成为酒,成为余响与新韵。"

"你讲得真好啊。"但愿上苍保佑明光平安。开茅心里默默祝祷,想着他们这个普通渺小的家庭的幸福。他说:"生命应该珍惜啊。"

"生命应该善待。"明光总结说。他们俩同时流出了泪。

然后开茅背诵了纳兰性德:"……年来苦乐,与谁相倚……待结个、他生知己。"

人去以后,又能与谁共享喜怒哀乐?来生呢?谁与谁结为知己?他解释说,不是他生另寻知己,纳兰的诗句应该解释为,不仅此生是知己,他生仍然必须是知己。不是有情人终成眷属,结成眷属甚至也不是最最必需的,人类需要爱情。想想吕奉德、苏清恶、顿永顺、顿永顺的妻子与情人,包括二宝与他的前任妻子和后任未成的女友……再想想开茅明光他们俩有多幸福吧。

十五岁的女儿忆苏自网上搜出了北京纳兰性德园,他们带上女儿,根据网上提供的资料去了海淀区上庄湿地。不错的房子,当年的纳兰墓,墓没了,新建了园。词人园子门口挂着一个黑板,粉笔写着:"蘑菇炖小鸡,烧排骨,手擀面,家常饼,炒土鸡蛋,香椿鱼,野菜玉米团子,煎河虾……"标注了各菜品的价格。根据一些政协名流的提议修起的纳兰性德园,修好后无物可展,无人来看,园主将它干脆改造成农家乐旅游点。女儿明知故问:"纳兰性德,是厨子吧?你看,别的地方都说东北人要吃小鸡炖蘑菇,纳兰老师说的是蘑菇炖小鸡!"

爱情成为刑侦学的课题,纳兰性德的美词接上了蘑菇与香椿的地气。我们有那么好的词人和词,却少了什么呢?

春节到了,开茅收到立红贺年微信,有几个花花绿绿的表情图片,别致喜人。她发来了客室里挂着二宝幼童照的照片。没有谈别的,只是说了子女的学习与体育成绩,还有俩人参加文艺演出的情况。她还给开茅家寄来两件外穿的加厚纯棉线衣。她说,她那里人们对于纯棉织品的喜爱超过了毛织品。

开茅与明光给他们寄去了中英对照的《唐诗三百首》,还寄去了一批中成药,他们知道,立红喜欢六味地黄、桂附理中,加上香砂养胃。

又过了半年,开茅收到乐鸸的微信,告诉他们她一直感谢大哥大嫂。她还提到,她的孩子成长得很好,她本人次年将到新西兰惠灵顿大学读英语文学。她现在正在家乡参加说唱曲艺研讨会。

开茅用他与明光二人的名义给月儿回微信:"月儿,收到,谢谢,想念,祝福,我们活着的人要过得好,这是怀念,也是感激。明光、开茅。"

开茅将应该是在尔葆自杀后,他们才收到的有兰波诗与二宝的狠话的微信照片转发给月儿,并说明了有关情况。与立红与月儿的微信来往,安慰了、填补了二宝溘然离去留下的空白。长远地说着他、想着他,哪怕是怨着他,这正是他们极其愿意的,为二宝的真实存在而作证。存在的证明是爱情,爱情的证明是难忘的悲痛。

两天以后,开茅看自己的手机,突然发现,给月儿的两封回信的上款写的不是"月儿",而是"豺狼"。他发出的微信是:"豺狼,收到……我们活着的人要过得好……明光、开茅。"还有"豺狼,请看尔葆死后发来的微信……"

他大惊,不能相信眼睛,不能相信精彩绝伦的五笔字型输入法。他试了二十次,证明"月儿"一词与"豺狼"重码。他连忙再发信,再再发信,再再再发信,没有回音。他发现,一个词"相信",在五笔字型里已经与"相依""想念""相仿""相邻"重码。

月儿不回答,是不是月儿拉黑了他的微信?他想着的是等明光再好些,他们一起去一趟新西兰惠灵顿。他们一定要找到月儿——乐鸥,他们祝福她和她的家人。听说惠灵顿海风极大。听说诗人顾城,就是在那边发了疯,杀妻以后自杀的。

……直到写完小说,这里谈谈汉字奇迹。我的主人公顿开茅与王蒙有着奇异的先验关系。请你在这个大约十五年前的五笔字型外挂版框架里敲键GGAP,四个字母连打出来词组:第一个词组是"顿开茅塞",第二个是"王蒙"。

后来,已经很少见到这样的外挂五笔版本了。五笔字型的重码是完全偶然的巧合吗?我不知道。LLBY,"男孩",同时是"慷慨陈词"。ADLT,是英语"日常生活活动试验"的缩写,是五笔的"巧克力",还是"苦力",还是"恐龙图",还是"苍龙转生"。

还有延迟，与"延迟"重码的是"处以"与"自尽"。"足球"同时是"蹭球"。"海龟"同时是"活象"。"小三"同时是"小厂"。"逻辑"同时是"鸭架"。而"怪力乱神"同时还是"发回重审"！英明噢！

"月儿"就是"豺狼"？当然荒谬，简直混账。顿开茅与王明光在这里向月儿乐鸸喊话，豺狼是软件的误伤误撞，与咱们的友谊互信毫不相干。

月儿你好！请回信！

立红你好！改革开放很好！

不忘好人！生活，前进！

最近的《新闻联播》里，播送了工业园与苏厂长供职过的厂子的正能量消息。

十五、尾声

二〇一八年四月五日，星期四，清明节，开茅与明光到八宝山烈士陵园为赵妈妈，到房山静安墓园与昌平万佛园为吕、苏二位老师和顿永顺爹爹扫了墓，献了盆花与祭果。又到海淀区香山南路，正黄旗十八号金山陵园祭奠了二宝。这一天，通向墓园的道路车水马龙，人山人海，他们早上八点出门，连午饭都没有吃，晚上七点多才到达金山。

墓园的发展太迅速了，当年苏尔葆入葬的时候，是新开辟的长思园的第三个安息者，周边敞敞亮亮，见山见水见田。现在，长思园内的逝者墓碑已经好几百，密密麻麻，几乎是拥挤与火热。生命如烈火燃烧，死亡如海潮涨涌，墓园的入住飞速覆盖。暮色中开茅以手机作电筒帮助照明，费了十几分钟，才找到苏尔葆的姓名。青山，松柏，白云，逐渐深藏到暮色然后是夜色里，肃穆的扫墓者们大部分已经退离，一鞠躬，二鞠躬，三鞠躬，使人悲凄也使人平静。果然，一切生的苦恼纷扰渴求与手忙脚乱都结束了，安宁了，同时仍然被惦念着与回想着、叹息着与抚摸着。

开茅与明光都体会到那宁馨的交谈，那无言的眷恋，那永远激荡着悲苦着与爱恋着的虚空，他们俩的手拉得更紧了，手拉手的时日由于有限而更加珍爱。

开茅用手机闪光拍下放上了盆花的苏尔葆之墓，他不理睬不宜在墓地拍照的说法，将照片发给立红。最令人感动的是碑石上方，通过瓷艺技术，在白色瓷砖上打印了一个法国男童马洛帽的彩色——其实也只是蓝灰与灰黑色的照片。建墓时单立红定下碑石与瓷艺照片标准，立红离京后两个多月，碑石与瓷艺做好，经开茅首肯，竖好了墓碑，摄影，发去了照片。

回家路上吃了烧卖，清明返程一直延续到晚十点以后。开茅发现丢掉了手机。他给金山陵园接待室打电话，没有人接。

当天夜晚，开茅睡着睡着听到了手机的信号声，是他特别设立的专属二宝的彩铃，是腾格尔的《天堂》歌声。他一惊，他略有感觉与思忖，莫非是自己没有将手机丢掉，手机他一进门就自然而然地放到抽屉里了？他曾经多次将手机放到抽屉里，为的是妥为保护，结果是自己看不到着急。他想起来察看一下，又实在瞌睡，迷迷糊糊地与明光拉着手飘进一个屋室，并且听到了声音：

"哥哥，哥哥……"

他突然明白,是二宝在呼叫。

他从床上立起身,他拉开不知是哪一个抽屉,拿出手机,飘出卧室。他在自己的书房,打开了手机,手机顶部显出了二宝头像标志与音频的符号。

……他听到了二宝的声音。微弱、起伏、衰减、增强,然而清晰,他说:"都好,都好。只是要勇敢些。幸福并不是我的苦痛。"

开茅有点晕,像喝多了酒。他摇摇摆摆回到自己床上,日益瘦弱的明光身边。明光咕哝了一声,他没有搭茬。

第二天醒后,他到处寻找手机,仍然是哪里都没有;打电话,给金山陵园的接待室,几经周折知道了手机的下落,说是今天凌晨,清洁工人从苏尔葆墓碑底座处,捡到了手机,他们已经向在接待册上登记的旅美联系人单立红女士发出了信息。

后来,费了老大劲,取回来了。清明假日,去陵园的人太多了,车根本开不动。

"还在?"明光问。

开茅点点头,他拿着手机说:"我上个月才刚网购的华为NOVA3,在二宝那里宿了一宵。它已经向可怜的弟弟传达了我们的问候。无论如何,是二宝再次给我发出音频微信,他的声音,云里云外,飘来飘去,我都听得出来,他仍然是温文尔雅的呢。"

春堤六桥

长河大学校长鹿长思放弃了清晨与本校与会人员共乘一班飞机返回H市的机会，把机票让给了旁人，自己则改乘晚七点五十五分的最后一班飞机再走。他已经是在站最后一班岗了。他想在这个风光宜人的地方散散步，想想事，一个人待一待。已经六年了，自从当了校长，他一直过着"开会有人找，吃饭有人陪，回家有人追，睡觉有人催"的生活，人走到哪里事跟到哪里。想起这一段经验，他疲劳中不无得意，得意中又似乎有些惨淡。

他的同事们是早晨六点十分走的。他七点半来到饭厅，看到一连几天熙熙攘攘的饭堂突然冷清起来，不免感叹：天下没有不散的筵席。他吃着千篇一律的花卷、腐乳、稀饭和煮鸡蛋，想象着今后的日子，那可真是只有生活的生活，叫作生活生活化了。他想起一个老友的话：关键是要有自己的专业、爱好和一二知己。

服务员走过来："您是鹿校长？"

是。

服务员说是有您的电话，找到饭厅里来了。

什么事？他狐疑着，原来是一个噩耗：他十分器重的一位——他本来想说是青年人，他带出来的第一批博士生中的最优秀者，比他小近二十岁的小吉，于昨天夜间突然心脏病发作，去世了。

他心情不好，今年这个年头究竟有什么问题？带走了许多人。李教授，比他大三岁，张副校长，比他小两岁，赵主任，与他同庚，生日比他小十六天，都相继去世了。有人说是因为图书馆前的一个现代派雕塑不好，破坏了风水，"妨"（读方）死了这么多人。没有办法，那个华裔雕塑家在国外发了财，要给学校五万美元，条件是学校大竖特竖他的作品。他的妖魔化雕塑的竖立地点，是艺术家自己选定的。而图书馆翻修用的是香港巨富沈大才的钱，现在这个图书馆已经改名为大才图书馆了。如果他再多捐一点，会不会把长河大学更名为大才大学呢？

他想起在大竖特竖毛主席时期下乡劳动期间与农民谈生死的情形来了。一位农民老大妈说："老鹿，人这一辈子也太快了呀！"鹿长思想了想，说："也还可以吧。"也许是那时他自觉年轻，觉得死不死的事儿离他甚远，也许他下意识地控制自己不要在贫下中农面前暴露什么不健康的情绪，反正一切唉声叹气都不健康，而只要不健康就是反动。农民老大妈看到自己关于人生无常、寿命苦短的嗟叹得不到响应，便对鹿长思说："唉，老鹿，这人，他就是愿意活着的呀，还是活着美呀，唉！"她忧伤地离开了鹿长思，使长思回忆起来怅怅不已。

转眼，二十年过去，老大妈想来早已不在人间，现在轮到他来慨叹人生，进行人生的终极关怀了。

这时他的眼睛一亮，一个身影出现在面前。是她，是郑梅泠。你没走？呃，你已经在这里住了一段时间啦。

郑梅泠穿一身浅灰色套装，外加一个深色坎肩，布料以棉为主，又有些麻的成分，纤维历历可见，朴素乃至粗粝中，显得极其精致。她头发灰白，身材苗条，眼角上堆积着细纹，然而眼睛的灵动与深情，仍然使鹿长思惊叹。她的左腮上长着一粒痦子，显得楚楚动人。她说话的声音也很中听，不慌不忙，不娇不露。只是她的面色似乎不太好。一说，原来她也是改了上午的航班，改成今晚走。

真是三岁看大，七岁看老。见到郑梅泠，鹿长思想起的是四十多年前他们上大学时候的事。他们是同班同学。那时候，郑梅泠亭亭玉立，仪态超群，她爸爸又是副省长，那时候的郑梅泠离他这个其貌不扬的穷百姓是多么遥远呀。毕业后他们各奔东西。"文革"后听说她也回 H 市来了。她分到了卫生部门工作。而他是在教育系统，素日无缘谋面，这也是隔行如隔山吧。现在的郑梅泠呢，她果真已经老了么？然而，在他的心目中唤起的仍然是青春，是往事，是对四十多年前的那个骄傲的公主的记忆。往事总是与故人同在。原以为往事已矣，遇到故人，忽然发现，往事还栩栩如生呢。

瞧人家的命！四十年前，她是副省长的女儿，紧接着是副部长的妻子，现在，她是厅长的母亲。他早已知晓，她的儿子新提升为人事局长。只是在 H 市的时候，他无缘与郑梅泠见面，他没有借口也没有必要去找她。而偶尔在一些场合见到人事局长时，他也从没有发现过与人家谈论局长姆妈的必要。

这次真巧，他们在这个湖边旅馆巧遇，他们一同选择了或是被安排了（？）与别人不同的一班飞机，他们都得到了一个额外的几乎一整天的"假期"。他们说，早餐后要一起到湖边长堤走一走。

而且这是一个机会，他有话对她谈。

春水

　　走上长堤的第一座桥叫"春水",这使鹿长思立即想起了冯延巳的词,想起南唐中主和后主,想起中国历史上有多少变乱和厮杀。这座桥很大,是不久前翻修的劣质洋灰钢筋桥。式样上则力求古色古香,特别是桥栏杆做得还算可以。桥边的垂柳浓密沉郁,团团簇簇,青草丛生,杜鹃花败落错杂,十姊妹鲜艳夺目,桥下的水绿如油脂,显得过于沉馥,又有一些食品包装纸、塑料瓶之类的物品在水面漂浮。每天早晨都有专人打扫,但是众多的素质不高的游客的破坏力是够可怕的。鹿长思怅然,他来晚了,他已经失去了那个萌动的与纯洁羞怯的春天。这里的柳丝本来是以纤细柔弱闻名的,现在呢,柳条丰满厚重,如山丘如锦缎如烟云重叠了。

　　桥上熙熙攘攘,挤满小贩和驻足观看的人群,丝巾手帕、绸伞布伞、古钱银元、镜框印石、拙字劣画、(健身)铁球玉球、酥糖麻饼、香烟槟榔、打火机钥匙链直至看手相的算命的应有尽有。郑梅泠居然看什么都有兴趣,在一处卖字的地方看了老半天,那算什么书法呢?笔画曲曲弯弯,哆哆嗦嗦,在字上用红绿颜色涂上了小毛毛,每一笔画都翅膀一样地长出了羽毛。她又在一家所谓"电脑"画像的摊位前停了下来。那无非是通过扫描把顾客的形象输到微机里,再用打印机把它打出来。她看了看,回脸向长思粲然地一笑。她是如此地欣然得趣,倒像她刚刚看到的是乌兰诺娃的芭蕾舞表演。纯洁的笑容使长思如沐甘霖,甚至对人众与环境的牢骚也被冲洗掉不少。刚刚他还在想,这个郑大小姐，真是天真与轻信呀，要是他，他可不会挤在这样的脏乱挤臭与假冒伪劣氛围里。他想，利用今天共同散步的这个机会，一定要把小周的事情告诉她，要请求她转告她的儿子，不能让小周那样的野心勃勃而又不择手段的人钻了我们的空子……

他没有来得及说出来。他不忍心破坏一个头发花白、身材窈窕、精心穿戴的女子的笑容。郑梅泠的领口别着一枚胸花，是镀金的胡姬花，那是真的花朵，在盛开的时节浇上金，使鲜丽的花朵凝固为金饰，早早地永垂不朽。他知道这种金饰出产自新加坡和马来西亚。也许晚宴才适合佩戴这样的小装饰，她是多么重视这次散步呀。

"现在的人啊，可真有意思……二十年前我来过这里。'文化大革命'串联时，这个省最厉害了，一个晚上就杀了几十个地主和地富家属……武斗的时候动用了高射炮、炸药包。"郑梅泠说着咧了咧嘴，好像不胜疼痛似的。

鹿长思沉默了，这是刻骨铭心的创痛。他想起了妻子，她是在那个年代走了的。她有特别细的眉毛，她的手心常常有点热，她喜欢吃萝卜干拌毛豆，她说她是属兔的。她说话的声音有点哑，急了就会出现一种吱吱叫的声音，倒是不像兔，更像一只麻雀。她喜欢背诵高尔基的《海燕》，"让暴风雨来得更猛烈些吧……"她被莫名其妙的风暴吞噬啦。

风暴。和平。风暴。和平。"你愿意过什么样的日子？"他不着边际地含含糊糊地问。

"挺好。雨后的晴天最好。春天最好。挺好。"她不经意地说，笑容就像天空一样灿烂，喜意就像春光一样明媚。

她觉得现在还应该算是春天，而长思觉得它应该算是初夏了。

他回忆起一九五八年联欢会上一次朗诵诗，歌颂莫斯科的灯光胜过了天上的星星，而克里姆林宫上的红星照亮了全世界。那是他一生中最后一次歌颂和向往苏联，后来他的青年时代与苏联分道扬镳，他们与苏联化友为敌。这一切就是在他们那次朗诵后发生的。那次朗诵到最后，是两个人激越的齐诵，而且两个人都抬起右臂，指向前方，像检阅陆军分列式的元帅。他们都看见了伟大十月革命开辟的新世纪曙光。

但是，为什么，她嫁给了一个老头子呢？他不相信一个诗朗诵得极好的亭亭玉立的女子会贪图一个比她大十七岁的人的级别。他相信，她该是一个宠坏了的孩子，她会任性却不可能委屈自己。这次他才知道，她的"老伴"已经死了三年，那人是一个副部级国营大厂的党委书记，可惜在"文革"结束后的"揭批查"中碰到了麻烦，近十余年一直郁郁。她有七年时间——或者更长——每天的全部生活重心就是照顾卧床不起的老伴。每年春节前夕，她都出席组织部与军区召开的老同志茶话会。她说她在老同志茶话会上看到过鹿校长——为什么竟没有与他打招呼？这样的会参加的人真多。是啊，中华人民共和国的开国功臣们都老啦。他悄悄地看了一下她的侧面，她的侧脸有点发青。他心痛。

揽月

第二座石桥的名字是"揽月"，它的特点是上到这座桥上，视线全无阻挡，能够尽情欣赏湖光山色。你看到的是一片月白和闪烁，是一种介于雾气和光线之间的空气的形体，这空气并不虚空，它充满了春天的颜色，孕育了一种准备勃发的能量、一个混沌的精灵——你不知道这精灵是吉是凶，是祸是福。你还闻到了一种又腥又鲜、又生又暖的气息，好像是小虾、莲藕、蒿草和桂叶的味道混合到了一起。这股气息愈闻就愈甘甜，甘甜如野果泼醅，吸到肺里舒畅无比，令你解开紧蹙的眉头。然后你看着平静得近乎无奈的湖水和幽雅得近于畏缩、谦卑得令你心急的远山的曲线轮廓，似乎是素常包围着你压迫着你的许多鸡毛蒜皮和疙里疙瘩以及明枪暗箭流言蜚语被推倒和驱散了，似乎是你的眼睛被药水洗了个通透，一下子少了那么多灰尘、烟雾与毛刺。尽兴，无碍，反而觉得有点空旷，或者叫作寂寥什么的。走上这座桥鹿长思立即想到了自己的退下来后的生活，他盼望了很久了，他希望早日离开行政管理的岗位，专心写完早在十多年前就已经开了头的关于魏晋文士的著作。现在，退下来的日子已经近了，这次的出差也许是最后一次了……他恍惚又有些空旷起来。

尤其是，目前呼声最高的继任人选是小周，而他在四个月前发现了——他多么希望不是他发现的呀——小周自己化了名又借用了许多德高望重然而重病在身已经基本上失去了自主能力的老教授的名义上书，不停地上书。一个是告他的竞争对手小吉的状，上纲上线，无中生有地泼污水；一个是肉麻地吹捧他自己。他无法一一去询问那些所谓上书的老人家，他只对证了两位，两个老人家都说他们的名是小周代签的，他们只知道个大概，不知道上书的具体内容，他们是看着鹿长思的面子，才信任了小周——都知道鹿长思是小周的恩师嘛——允许小周用他们的名义上书……该死！他痛心地撤销了对小周的支持，变成了小周继任一事的反对者至少是怀疑者。

"可上九天揽月，可下五洋捉鳖……一走到这个桥上我就想起老人家来了。要说老人家的这个精气神，真了不起！"郑梅泠说。

"可是发表这首词的时候,毛主席的精气神已经不太好了。"鹿长思叹息着。

这时一阵悠扬的笛声传了过来,温柔委婉,又显得平庸,大约是苏北民间小调,令人想起迷人的吴侬软语。他记得郑梅泠当年说话是有一点江南口音的,四十年不见,她怎么普通话说得这样标准起来了呢?她的那些嗲嗲的齿音和舌音哪里去了呢?

笛声来自一株法国梧桐树下,绿得很晚的法国梧桐也已经枝叶纷披了,江南盛景,令人泪眼婆娑。

"真好听。"郑梅泠说。

"你一向都好?"鹿长思问。

"谢谢。我……"她迟疑了一下,她说:"他活着的时候我每天主要是料理他,他没了,我就不知道该干什么好了。人生真正快乐的时光并不会很多。老人家的词说'人生难得开口笑',我回想,我这一辈子开口笑的次数已经不少了,特别是近十几年,过去做梦也做不着的事情我都赶上了,落实政策呀,职称呀,出国考察呀,获奖呀,调工资呀,分房子呀,我还当上了全国妇联的执行委员——包括今天我们在这里走一走,我真高兴。我是个平凡又平凡的人,我从来没有想到有今天这样的日子,这是真的。在意大利的罗马街头,我喝了一小杯浓咖啡。我想起'文革'当中对我的斗争来了,我家里有一张达·芬奇的素描像,红卫兵就说我想叛逃意大利……我真的是很高兴很高兴的呀。"郑梅泠感动地说,以至于鹿长思不敢看她,他怕她的泪眼会使自己失态。她本来也不妨向他发发牢骚,关于下岗呀腐败呀治安呀物价呀什么的,至少可以回顾一下"文化大革命"当中她父亲和她丈夫的遭遇……她怎么什么都没有说呢?她怎么张口闭口只知道说"老人家"呢?她怎么会满足于职称房子执行委员之类?她是多么天真多么轻信多么世俗多么好对付呀。

"回去，我也就该退了，该养老了。"鹿长思说，"我本来也该满足啦，总算赶上了这十几年。有时候我问我自己，你究竟还想要什么？社会的矛盾，人生的困惑，我也知道那是永远不会解决的，再过五百年五千年也是一样……可我还是放不开，我们的理想，我们的奋斗，我们的牺牲……难道就是这样的结局？一切都还差得太远！"长思终于沉重地说。

他想起了最近接到的两封对小周的揭发信，他利用职权把一辆新桑塔纳"借"给了他的女友用，还把妖魔艺术家赞助的几万块钱给那个女人的弟弟经商，钱全瞎了。

尤其是，那个长舌女人不知道从哪里听说了鹿校长对于小周有点信不过，她干脆到处散播起与鹿长思有关的流言蜚语来，利口如刀，恶言如从跌出了豁口的瓮中流出的毒汁秽水。而一个月前，她见到鹿校长时还扭来扭去，好似葵花见到了太阳。

郑梅泠哼唱起沪剧的《紫竹调》，她听见了还是没有听见长思的焦虑呢？

"你记得那次改选学生会主席么？你是候选人。小牛为你竞选，他针对有人批评你性急，为你辩护说：鹿长思，不错，是性急，何谓性急呢？他如果当选了学生会主席，他一定能够做到五年计划，三年完成！"郑梅泠边说边咯咯地笑起来，她的笑声那样年轻。

可惜笑完了咳嗽了一阵。

而鹿长思完全不记得。都说鹿长思是记性极好的，对有些书籍，特别是一些文史经典片段，他几乎是过目不忘。然而，郑梅泠说的这些，他怎么一点印象也没有呢？再说，竞选云云，这怎么可能呢？那不是资产阶级的玩意儿吗？

笛声清亮了起来，吹笛人兴奋起来了？像是陆春林擅长演奏的江南名曲《鹧鸪飞》，刚刚进入佳境，笛声戛然而止，不知是怎么回事。

"我们总应该消消气。五年计划不是三年完成的，而是十年才完成的，期限超过了一倍，又当如何呢？总是完成了一些计划，达到了一些目标……瞧，那个吹笛人到我们这边来了。"梅泠说。

他们的目光转向梧桐树下的吹笛人，原来是盲人，他用竹竿探着地，弯弯扭扭地走了过来。长思轻轻鼓了几下掌，他回味起方才听到的时而高扬时而低婉的笛声，更感受到这盲人奏乐的浪漫了。

盲人忽然破口大骂。他的口音长思听不大明晰，好像是在骂什么人太小气，愈有钱就愈抠门儿，一心留下钱给自己买骨灰罐。他骂得粗野而且凶狠。

他在骂谁？至少是几十秒钟以后，他才明白过来，盲人骂的正是他和郑梅泠，吹笛人的目的是行乞，也许更正确的说法是"创收"，他吹了这么好听的笛子，他们本来应该走过去掏掏腰包，而他们只是在一边欣赏，在一边回忆过去，在一边不冷不热地交流和思考，好像还有点忧国忧民。于是他们收获了他们所赞美的音乐演奏者的仇恨。

当指望落空，仇恨就代替了爱心。这也是爱欲生烦恼，烦恼生嗔怒，嗔怒生怨恨，怨恨成寇雠。而这一切的发生，他们根本没有意识到。更可悲的，因为这本来是人之常情。于是他又联想起小周的事，是的，是他鹿校长提拔小周当了校长助理，小周与他摊牌到了这种程度："您发现我再多缺点，我也还是您的人，您退了我上，您还能指挥得动我，至少我比一个生人好使。如果您以我有这缺点那毛病为由把我蹬掉，换一个别人，是不是一定比我好？天知道，反正好不好人家也不会再尿你退下去的老校长了。"

就是这次谈话使鹿长思愤怒不已。赤裸裸，现在的人就这样地赤裸裸了么？连裤衩都扒光了！在一个堂堂高等学府里听到这样流氓和市侩的话语！这次谈话使鹿长思决心顶住小周。他帮助小周进入到校领导班子里，现在又成为小周更上一层楼的重要障碍，也许是主要阻力。这样，小周就只能加倍恨他，比没有得到钱票的盲人更多恨十倍。这就是他的种鲜花而收蒺藜的活该的悲喜剧。

他们被骂得怔了。鹿长思蹙眉如吞了一只苍蝇。郑梅泠若有若无地苦笑。恶劣的敌意使他们无法弥补他们的"过失"——其实他们何过之有？他们只好讪讪地离开揽月之桥。

然而意想不到的事情发生了，就在他们已经走下揽月桥后，突然，郑梅泠转身向踽踽独行的盲人跑去，鹿长思缓缓跟上。只见郑梅泠的脚步使盲人停了下来，盲人警惕地回过身。郑梅泠对他说："对不起，先生，方才我们没有注意到您的需要……"她从手提包里拿出一张一百元的票子，给了盲人。盲人没有忘记摸一摸票子的成色，他判断无误后，喃喃地说着"长命百岁，消灾除祟……"之类的话，还向梅泠点头哈腰不已。

鹿长思甚至觉得尴尬，难于接受也难于理解。他不喜欢梅泠这样地任性和胡作非为，她的宽容就是没有立场，是对于野蛮和恶毒的鼓励。

听荷

"你看，那边就是栖凤园，据说一九六六年夏天老人家在这里住了好长时间，据说文化大革命就是在这里策划的……我始终不明白，住在这样风光秀丽的地方,一个人怎么会一心斗争?说老实话,我来到这边就不想斗了,我被江南美景软化了。"她咯咯地笑了起来,笑得有点喘了,"这里确实是一个让人变'修'的地方,你说是吗?来到这里应该是为了听荷。是不是听雨点落到荷叶上的声音?这是取自李商隐的诗意吧,是不是?"

鹿长思想,这是一个难解的问题,中国有八亿人口,不斗行吗?我们不是宋徽宗,我们不会陶醉在"西湖歌舞几时休"的醉生梦死里,我们永远是"铁马冰河入梦来"。就是这样的梦,这样的命。

然而,他这些想法,一点也没有说。他甚至又不想说小周的事情了,和一个宽大无边的应该说是十分任性的大小姐你又能说些什么?他可以回家再去找省委找人事局长,却不该在这个下午在听荷桥上对性格奇特——这么一会儿他就领教了——的局长老娘谈干部选拔事宜。

这是一座木桥,桥上有一个茅草亭。伪古典也是伪民间,鹿长思想,他觉得指斥什么什么为伪是一件很风光很少年意气的事,他扑哧笑了。听荷么?他们没有发现近处有荷叶,是季节太早还是荷花已迁移别处?长堤内侧有游船码头和许多式样拙劣的手摇脚踏或带着小发动机的小船,有把船头做成鸭子形的,有做成龙头龙身的,有搭着架子,架起一块肮脏的防雨布的,也有的船底已经积满了水。真是因陋就简!然而,为租船而排队的游客头上支起了美丽的一排遮阳伞,遮阳伞崭新而且高雅。遮阳伞上写的是 M&M.s 字样,这是一种儿童吃的红红绿绿的巧克力豆的商标,这种巧克力豆的最大特点是不粘手。这么说,这一排遮阳伞是老美的 M&M.s 公司赠送的,当然赠送的目的是为了做他们自己的广告。

妈的,连巧克力豆也得吃美国的,连做豆腐也要进口日本的生产流水线呢。

在走到这里以前,他确实打算向郑梅泠说一些什么,不仅仅是关于小周的任命问题。在妻子死去以后,他常常觉得没有人能与他共享一代人的旧事的回忆,他曾经试图与孩子谈谈他们的往事,但孩子们的态度如果不说是轻蔑,也得说是麻木不仁。而其他的找他、堵(截)他、纠缠他的人,都不是为了与他一同回忆些什么。他并非初出茅庐,他懂得回忆对于一个工作人员来说有多么奢侈。在这里,他与郑梅泠不期而遇,他们又一起作春日的美丽的徜徉。他想告诉她他觉得他们是热情的一代理想的一代,他们的青春时代的特点与后来的"告诉你,我不相信"恰恰相反,他们是相信的一代,他们的诗应该是"从此,我们相信一切"。然而他们又是苦难的一代,他们都受了太多的试炼。最后,呵,当然,现在还不是最后,后来他们终于体味到了幸福,他们年轻时候从苏联小说里学到的、说得太多太多的幸福。世界上的事都是这样,如果你说得太多,想得太切,熬得太苦,那就不能得到。事情总是这样,当你淡下来凉下来的时候,它开始成功,却也走样了。得到了,是快乐,更是新的惶惑,乃至于不无麻木,也许这是可笑的,当他说起忧国忧民的话来的时候儿子常常嘲笑他是"自作多情"。那么,他们就是自作多情的一代好了。自作多情的一代应该感到满足,他们活了,做了,斗争了,爱了也恨了——就是说多情过了,希望了失望了再希望又再失望了,而希望永远与失望同在,多情永远与麻木共存。他们过了许多有意义的日子,至少是自以为有意义的日子。他们永远不会像小周那样赤裸裸,他想说是赤果果或者吃果果,据说"文革"期间人民日报的社长就把"赤裸裸"读成"吃果果"。他渴望幽默,微笑着与野蛮和专横告别。

这些是他想的,然而,他实际上向郑梅泠说的和表示的,却与想的恰恰相反。他好像牢骚满腹,他好像忿忿不平,他好像欲说又止,又像是执着于无语可说——大概失语也是很时髦很气派的。他的话没有主线，没有逻辑，没有旋律。每一句话在即将说出来的时候忽然觉得没有了意思，就是说最重要或者最隐蔽的话语，还是不说的好。

共享不等于一定要说出来。朋友的存在与相遇，这就是共享。

他想安静一会儿，他需要再整理整理自己的思绪。他需要再感受一下亲热一下他的转瞬即逝同时又是屈指可数的春天，他已经向梅泠臣服，认同当下的"春天性"了。小周就是靠着一大堆"性"的折腾获得了硕士学位，他觉得春天的真与伪都还算有趣，包括它的听荷古韵，它的木桥与茅草亭，它的山姆大叔的小儿科产品，红红绿绿的巧克力豆，和那个无故恶骂旁人并从而得到了一百元的瞎子。你能和他治气吗？

他们坐到了亭边，郑梅泠继续给他讲栖凤园的故事。栖凤园就在堤的外边，高大的樟树、梧桐、罗汉松、丹桂和皂角，丛丛的竹林，曲折的灰顶自身围墙，巨大的屋宇上的整齐排列的黑瓦，依稀可见的伸延入湖的小小游船码头和三只瓜皮小游艇。优美而又神秘。

几声黄鹂的风笛一样的叫声从栖凤园方向传来，应答的是小小鸒鹈的鸣叫，他们都静了下来，倾听这暮春的天籁，声声入耳撩心。"北方现在才只有蝌蚪，这里已经开始有蛙鸣了呢。"郑梅泠轻轻地说。

"是么？我还没有听见呀。"鹿长思埋怨自己的耳朵。后来他也听见了蛙鸣，他很佩服梅泠，他也远远地觉得十分喜欢栖凤园，他说那儿可真好。

郑梅泠说，老人家许多次在这里度过夏天，老人家喜欢这里。一九六六年，老人家来得比往年早。后来江青找来了一些人，无非是陈伯达张春桥姚文元什么的。据说姚文元的《评新编历史剧〈海瑞罢官〉》就是在这里定稿的。整个"文化大革命"的部署，就是在这里决定的。鹿长思对这个说法表示怀疑,他期待对此"党史办"有一个正规的说法。但是郑梅泠说得正起劲,她不顾长思的疑惑,只管说自己的。郑梅泠说这里头的景致十分漂亮,湖中有宅,宅中有湖,树中有屋,屋中又有树,水中有桥,桥中还有水,那是一个叫人享尽人间清福的地方,现在,这里也已经对外开放,也"搞活"了,韩国的××公司董事长,美国的××电话公司老板……每次来访都到这边住。

"许多事情轰轰烈烈一时,后来呢,后来也就过去了,一去不复返。当我想起这些来的时候,我觉得我是老了,太多太多,我们看到了多少事儿!我已经记不住这些事情了。一代又一代地老下去,也就是一代又一代地新起来。回家烧几个菜,搓几圈麻将,这不是很好吗?人生能烧菜几盘?可惜我小时候不懂得学钢琴,现在的孩子多幸福呀,他们从小是什么环境!等他们也老了的时候,他们就天天弹肖邦和拉赫玛尼诺夫啦。过去我们看到一些老人,我们觉得他们未免太恋栈了,他们什么也不舍得撒手。现在呢,轮到人家看我们啦。"

"但是有一些坏人,投机,造假,坑害人,假冒伪劣,捞了再捞,捞了还要捞……他们从来不管国家,也不管人民,他们觉得不捞才是傻子,他们才是贪得无厌!难道成了他们的世界了吗?"

郑梅泠微微一笑,"我们厅里的一个年轻人常常笑我,打一个喷嚏也散发着《人民日报》社论的气息,我现在已经不是这样了。想的事儿太多了血压就会上去,根据我们的统计资料,过去的内科常见病是肝炎、贫血、感染性休克、浮肿和营养不良,现在呢,脂肪肝、糖尿病、高血压、高血脂、肥胖症……一句话,过去的病是饿出来的,现在的病是撑出来的。"

"可是官方承认,还有六千万以上的人口——相当于一个欧洲大国——处在温饱线以下呀。"

"当然。但是我总该知道满足。我是太幸运了,我只能感谢上苍的厚爱,回顾一切,我实在是没有多少怨言。"她呜咽了,"甚至在我爸爸挨斗的时候我也想过,就让那些平常没有说话的机会也没有进省政府的机会的人闹一闹吧,就让那些吃不上也喝不上屁事也不知道的毛孩子们戴上红卫兵袖章自以为是革命的栋梁吧,那些人见到我们家的电话立刻红了眼,那时候谁家有电话呢?电话只能是高层特权的表现。让那些整天训斥旁人的官员也尝一尝被训斥的滋味吧,说不定对他们有好处。"顿了一顿,她又说,"过去常常批判船到码头车到站的思想。我现在就是船到码头车到站的感觉。至少我有一个根据,我们那么多人家都有了电话啦,包括农民。我就是这样庸俗、浅薄。"她自嘲地摆摆头。

郑梅泠又咳嗽起来,她咳嗽得如此剧烈,长思不由得伸出一只手去搀扶她。梅泠没有拒绝,只是咳着,咳着,再咳着。

"你怎么了?"长思带着恐怖的神色问。

梅泠回答他的是一个天使般的痛苦的笑容。她不咳了,脸色憋得铁青。

鹿长思严肃了。这回是他想转一个话题了。"你来过这里几次了?"

"许多次。这里的秋天很好,残破的荷叶让你对世界依依不舍,秋天的湖水像是一个老朋友在向你告别。而春天,一切的精彩都向你涌来,你受不了。"

"原来你是一个诗人……"

"你也太不了解我了,我曾经写过那么多诗……"她欲言又止,带几分幽怨。然后她改了话题,她说:"我去过栖凤园。石桥弯弯曲曲,像是一个弓字,窗户的槅扇也讲究,浮雕着四季花卉,室内屋顶上画满了凤凰和白鹤,推开窗子你见到湖水、月光还有莲花。我总觉得在这里可以品茶,可以吟诗,可以写字,可以画画,可以垂钓,可以赏花赏竹赏月,可以唱戏唱歌吊嗓子,可以练气功踢毽,可以打毛衣绣花,也可以无所事事成天价躺在藤躺椅上数花朵数树叶数星星,要不就数自己的头发……就是不能够在这里发动文化大革命!"

于是两个人喟然叹息:伟人呀!现在这样的伟人少了吧?于是人们厌倦庸俗,是不是希望随时随地策划雷霆万钧血战的伟人们回来?是不是需要在英雄脚下觳觫战栗,否则就不知道该如何活下去?鹿长思回味着梅泠说他不了解她的话,觉得煦然。他甚至有些感动,人们特别是女人只有对自己喜欢的人才要求了解。萍水相逢,相逢开口笑、过后不思量,又谈得到什么了解不了解呢?他心头一热,便说:"你给我念一首你从前写过的诗吧。"梅泠不肯,长思便再请求,再请求,活像一个磨人的孩子。

梅泠念了一句"想念和犹豫使我长大……"她的脸突然变得绯红,她突然显得健康了,她转过了脸去。他们缓缓地离开揽月桥,走上长堤,林阴草径,左右逢湖。

错玉

短短的一句未见其佳的诗令长思感念不止。为什么大学期间他就没有接近过她?只因为是省长的女儿,就令他退避三舍了。多么庸俗,多么冷漠,多么隔膜!现在,他自己不也是厅局级干部了么?不是又有多少人躲避他应付他敌视他败坏他嫉妒他,最好的不也是哄骗他么?

人们错过了多少能够让彼此生活得更友善些的机会!

那么小周呢？对小周他是不是应该再心平气和地考虑考虑呢？能不能站在小周的角度替他想一想呢？而小吉已经不在了，一想起小周和他的党羽们给小吉泼的污水他就又激动起来了。

义无反顾，他想起了这句话，他觉得有点悲凉。没有反顾的生活只不过是匆匆的掠过罢了，没有反顾又哪儿来的滋味？

"好吧，我念一首我写的所谓诗。"梅泠说。

> 我梦见了许多星星，
> 我梦见了辽阔的天空，
> 我提醒自己，这只是梦，
> 醒来后我仍然张望不停。
>
> 我梦见我成了球场上的英雄，
> 嘿，球无虚发，百发百中，
> 我提醒自己，这只是梦，
> 醒来后我仍然渴望飞腾。
> 我……

郑梅泠忽然激动起来，她眼里充满了泪水。

"不，我换一首。"郑梅泠皱起了眉头，她的态度越发认真了。

> 我说过许多的话，
> 但是没有那句最重要的。
> 我听到过许多话，

但是没有那句最想听的。

我唱了许多许多歌，
但是属于我的歌至今没有做出来。
我做了许多许多梦，
但是没有一次梦见我想梦的。
…………
为什么，我为什么错过了你？

　　鹿长思蓦然心动，一股热浪涌上心头。他想起了学生时代：他和同学们去露营，他们住在帐篷里，在晴朗的夏夜掀开帐篷的"帽子"，看到一角星天，天星扬手可触。他们打篮球，他是班队的运动员，班际联赛上他也曾大出风头，投进了一个又一个快球和远投球（后来叫作三分球），那为他拼命叫好的女同学中，莫非也有郑梅泠其人？他为什么从来没有想到过郑梅泠呢？他们参加歌咏比赛，他是领唱。他恍惚忆起了一些热情，一些鼓掌和喝彩，多么天真的快乐，他几乎要说是无端的与廉价的，却又是无比宝贵的与永难再现的快乐呀！莫非那时郑梅泠对他……呵呵呵，他从来没有这样想过，他从来没有敢这样想过……然后，几十年过去了，我们的生命就这样错过了呵！

　　他想说"你的诗写得很好"，却又觉得那样说未免俗套、不着边际乃至残忍。代替一切语言的是他的喟然叹息。他想重复郑梅泠的诗：

为什么，我为什么错过了你？

也许这句话是从张欣辛氏的小说题目照搬来的？

你生活了,你又错过了多少生活!

然而这未免小儿科,他已经到了平心静气地错过一切——错过了更好——的年纪。他抬起头第一次认真注视了一下梅泠,他看到梅泠的湿润的眼睛和细密的皱纹,这眼睛显得沉重而皱纹显得顽皮,那皱纹不像是长在梅泠的脸上的,而像是为了恶作剧,梅泠用化妆笔画出来的。她愿意在鹿长思面前假装一个老太太。又是一阵震撼,鹿长思心里发生了九级地震,他浑身像火烧一样。

是的,她细心化了妆,她的脸蛋上有胭脂而嘴唇上有口红。即使这样打扮也仍然遮掩不住她的憔悴。呵,故人,历尽沧桑,别来无恙!

前面的汉白玉桥是两个桥身并排连接在了一起,据说它们的连接并非天衣无缝,而是前后错开。谁知道这座桥为什么修成这样呢?据说盛夏的清晨五点钟,当太阳从东北方升起,两座已经连为一体的桥的影子会投到长堤外侧的湖面上,你会清清楚楚地看到是相互错开的两座桥。

郑梅泠颤抖着声音给长思讲了这个桥的故事。

长思"呃"了一声。

这次他们没有在桥上多停留,因为桥上正红火热闹得不可开交。是一对新婚夫妇在桥上作婚纱摄影。围观的人纷纷议论,这样一组摄影要花三千多块钱。新娘脸蛋红如玫瑰,虽然不无羞怯,仍然以一种决绝的姿态听从摄影师和助手的指挥,又摆姿势,又一会儿把脸一会儿把手贴到新郎脸上手上肩上胸上背上,她甚至以一种豁出去了的态度应摄影师的要求坐到了新郎的腿上。新郎则是一派疲惫,一副还没有上阵已经一败涂地的神气,新郎显得稚嫩,他显然没有娶过媳妇也没有想到娶个媳妇要这样辛苦。新娘穿着拖地的雪白的婚纱礼服,这当然是租赁的了。装摄影器材的木箱上写着"文彩摄影"字样,估计这是文化厅或者省文联下属的"三产",他们拥有全套设备包括新婚服装。新郎穿着玫瑰色西服,打着紫红色的领花。他的服装也是租的么?

他们相视而笑。他们想起了自己的婚礼,在机关会议室,吃许多水果糖和瓜子。

他们走过错玉桥,走到长堤的一个荒凉的边缘。他们干脆坐在湖边的一丛乱草边,看湖水,看水草,看蜻蜓盘绕水面,听鱼跳,听鸟叫。一艘窄细的橡皮划艇在他们面前驶过,割开平静的水面,水面许久难以痊愈——水震颤着传达到了远方,渐行渐弱渐微,渐行渐远渐大。长思的心与水波共振,他的心颤抖不止。往远一点看,是城市新建的宾馆高楼。一座座拔地而起的大厦与这湖这水这山这桥颇不协调,但……鹿长思想,这也是没有办法的事。

他又想起最近最不开心的事。推己及人,鹿长思要求自己换一个角度想想这件事。几十年来的坎坷,他已经习惯了遇事先疑己,再疑人。也许他当校长当得太久了。他本来说是只干三年,结果一上去就下不来了,今年已经是第六年了。如果他前两年请退得坚决一点,也许两年前的校长就是小周了,就是说小周早已是厅局级干部了,那样的话,小周也许早已经分到了四室一厅的房子,早已经领到了看病的蓝卡,早已经在出差的时候坐过多少次软席卧铺了……如此说来,现在小周与他反目为仇,通过小周的一位女友不断地造他的谣,说他是赖在那里挡住了年轻人的路,说他是害怕早已远远超过了他的年轻人,这也可以说是事出有因了。是的,他们急切,因为他们饥饿,他们饥饿,所以他们不择手段。饿极了自然"吃果果",不像吃饱了的人从来都遮掩着自己的血盆大口。但他们至少是有能力有抱负有想法的。

如果他们不活动,如果他们乖乖地静静地等待,又会怎么样呢?多少聪明才智不如小周的人只是因为善于讨领导的欢心早已当上了这干部那干部啦,他们就一定比小周强么?

这样一想他反而火了,不是对小周火而是对那些资质远不如小周但已爬上高位的人火。他站立起来,拿起一块土块就往湖里抛,他的胳臂因用力而疼痛,然而,土块并没有抛出多远。我真的老啦。由于用力他也剧烈地咳嗽起来。郑梅泠不由自主地站立起身,见他咳嗽得痛苦,便踮起脚为他捶背。他感激地回过头,抓住了郑梅泠的手。那手冰凉、粗糙、细小,鹿长思一阵心痛,他弯下了腰,他几乎就要吻到那冰凉的小手了,他想起了歌剧《绣花女》的咏叹调《哦,你冰凉的小手》,他止住了,无论如何,吻手是太"全盘西化"了,那应该是方励之之流的事儿,而他历来反对全盘西化与和平演变。他后悔于自己的失态。他半天也不出一声,他半天不敢看郑梅泠的眼睛。

这时候一团混乱,人声嘈杂,他们恍惚看到来了许多警察,驱赶着看热闹的人群。照结婚照的新人已经不见了。长思与梅泠缓缓走过去,远远观望,只见警察押着两男一女走过,"犯人"与警察都很年轻,年轻得令人不相信他们会犯罪和反犯罪。一个男犯蓬首垢面,一看就是从农村盲目流入城市的。另一个男犯则使他们十分不解。因为那人戴着金边眼镜穿着成色不错的西装,打着时髦的宽领带。那个女犯的外表也像是盛装的"中产阶级",耳朵上挂着滴里当啷的大红耳环。三个犯人趴在警车上接受搜检,然后警察从背后用手铐把他们分别铐起来。男警察铐男犯,女警察铐女犯,大概是为了免除性骚扰的嫌疑。那场面一如好莱坞的警察影片——谁模仿了谁?他们来不及多看一眼,只见三个人上了警车,嗡的一声,汽车屁股冒烟,他们走了。这长堤本来是不可以走车的,这是严格的步行路,然而警车还是开过来了,这使他们似有遗憾。

　　直到警车开走之后,他们俩才从纷纷议论的人中略知就里:他们问:"怎么了?"他们问得像一个看不懂抓坏蛋的电视剧的智力可疑的孩子。纷纷议论着的人们谁也不搭理他们。他们便弱智儿童一样地坚持不懈地再问。终于有一个宽肩膀的男人可怜他们的无知,便把左手大拇指靠近嘴唇再把同一手的小拇指伸直,嗫了一下。郑梅泠便锲而不舍地再问:"这是什么?什么?"她一面问一面自己也做出了那从左手拇指嗫到同手小指的姿势,样子更加白痴。无师自通的鹿长思伏到她的耳边:"吸毒贩毒。"他说。他的口里的热气吹得郑梅泠耳根发痒,他的嘴几乎吻到了郑梅泠的脖子,他看到了郑梅泠颈后的细碎的头发,那碎头发非常可爱。他闻到了郑梅泠耳根后的香气和热气,好像还有一股子阿司匹林或者来苏儿气味。他的心跳了起来,郑梅泠的脸也红了。略一绯红,更加青白。

知鱼与望梅

　　后面的两座桥名"知鱼"和"望梅"。走到最后这两座桥,鹿长思一点也不焦虑了。在他吻过了——至少是在精神上亲过了郑梅泠的脖子以后,他再没有什么话要利用这次散步的机会请梅泠向她的儿子局长转达了。

　　"一个人不可能每一分钟都在忧国忧民。"他心里自言自语。

　　"是的。本来嘛。"郑梅泠说。

　　郑梅泠的应答使他吓了一跳。他不记得自己把话说出声音来呀,怎么梅泠听见了而且作出了肯定的反应了呢?

知鱼桥的外侧是知鱼公园,公园里养着许多金红鲤鱼。他们用十块钱买了门票进了公园,他们一面看鱼一面想念庄子。鹿长思认为,庄子未免太诡辩了,惠施提出"子非鱼安知鱼之乐",是因为庄子与惠施同属人类,而庄子与鱼自非同类。同类比较能够了解同类,而同类理解非同类自是可疑得多。非人类的鱼一定也有快乐、悲伤、愤怒、潇洒之类的感情或感觉吗?它们也有"吃果果"与五讲四美之分吗?这确实值得疑惑。而庄子回答说"子非我,安知我不知鱼之乐",就未免强词夺理了,如果庄子认为人与人之间是不能相知的,那么又如何想象人之知鱼或鱼之知人呢?

郑梅泠说:"男同志们,太累了,看鱼也不忘抬杠。看鱼,鱼乐不乐我哪儿知道?反正我乐还不行吗!"

梅泠把庄子和惠施称作"男同志",这使长思大乐。他从没想到与梅泠在一起是这样乐。与梅泠同观鱼,至乐也,而长思于无意中得之。

然而梅泠是对的。他们来看鱼不是为了抬杠,他们这一辈子抬杠抬得太多了,他们人人都成了"杠头"啦。

有一些旅行团在公园里参观,导游打着旅行社的三角小彩旗,有一队人还另外打着写着"台湾环保会"的绿旗,人员年龄不小,穿戴得都很讲究,特别是一些老太太,珠光宝气的。又有一队人"前轱辘后轱辘阔米萨米大"地大声谈笑着走过,郑梅泠疑惑地问:"日本?"鹿长思回答:"大韩民国。"然后他们相视而笑。

他们找了一个茶棚坐下,要了两杯绿茶,两块小点心。郑梅泠边饮边品边夸赞说"真好",她是真心地赞美,真心地感动,真心地满足。她的心情传染给了长思,长思在轻轻咬了一口蛋卷酥以后,向梅冷甜美地一笑，他已经很久很久没有这样笑过了。

梅泠忽然问："你去过法国吗？"

点点头。

"你登过埃菲尔铁塔吗？"

点点头。

"你在埃菲尔铁塔七层的儒勒·凡尔纳餐馆吃过生蚝吗？"

摇摇头。

"我也没有去吃过。"梅泠叹了一口气。

鹿长思笑得把蛋卷渣都喷出来了，听侯宝林的相声他都没有这样笑过。

一对青年男女亲昵地搭肩携手走来，他们在茶棚买了两客蛋卷冰激凌，冰激凌是与丹麦合资生产的，八块钱一客。一男一女穿得、发育得都很好，女青年这么早就穿上了超短裙，露出了穿着肉色丝袜的秀美的双腿。男青年穿着鳄鱼牌T恤和牛仔裤，肩膀宽宽的。长思看一看自己身上的羊绒衣和梅泠身上的坎肩，莞尔一笑。这个季节是属于他们的。青年人的腿都长得长，不像鹿长思这一代人，十个里有八个因为发育期缺钙而没有把腿长直。即使单单从平均身高和体重上看，也还是显示了社会主义的优越性，长思想起他对学生进行政治思想教育的时候讲过一句话来了。梅泠看着他们，又赞许又羡慕又依恋，她的眼神表达的是一种苦苦地恋爱着的柔情，是一种如醉如痴的欣赏。她的表情使鹿长思喟然长叹。

"真是的。"鹿长思心里说，他的心也变得软软的了。他有点不好意思。

付账的时候郑梅泠并没有谦让，她只是用很好听的声音说："谢谢了！"

公园里有几个小小的红漆木桥，他们很乐于在上面走过来穿过去。走来走去，他们来到了金鱼池的荒芜的南岸，那里长了不少野草野花，那里显然是有意识地保留了一些野趣。他们走近了才发现一对男女青年正在一株老桑树下和乱草堆上互相抱吻，那两人不仅吻得死去活来，啧啧作响，那女青年更发出了一种半是撒娇半是发情的嗷嗷的叫声。真不知道她为什么那样大声地叫。两个年近花甲的人走得离人家那么近，倒是十分地不好意思，好像是他们俩做了不得体的事。

然而笑容一直浮现在梅泠虽然抹了胭脂仍然不免苍白的脸上。她回过头来看长思，嘴往前努了努又向两侧展了展，她的眼睛似乎在说："年轻人有多么幸福！"

长思的目光则带着遗憾和责备，他想说的是："但是他们太过分了啊。"

梅泠又笑了，她的笑容是说："你应该理解他们。"

长思又不高兴了。这位女士未免太宽容了，周围的一切已经够脏够黑够烂的了，如果还一味宽容下去，我的老天！他深深皱起了眉头。

他终于苦笑也只能苦笑，随便吧。

他们俩拉开了距离，一前一后走。有一个摆摊照相的，鹿长思站在那里想提议两人照一张相，多么难得呀。但是他没好意思说出，一想到那个嗷嗷叫的女青年他就不想凑热闹了。他们俩站到了照相摊前，徘徊良久，也许两个人都想合影留念，终于没有照成。

照相摊贩旁是一个卖旅游纪念品的小商亭。郑梅泠在那里寻觅良久，花了二百多块钱买了一尊小玉观音。她买下后神情是那么欢喜，那样反复地打量揣摩，又歪脖又点头，傻傻地看起来没有完。长思觉得无法理解，乃至有点觉得她可怜。

这时有三辆摩托车从他们身旁呼啸而过，带着刺耳的摩托声，留下刺鼻的浓烟。他们大惊，他们怎么能在步行路上这样横行霸道？他们有什么特殊身份呢？我们中国也出现了"暴走族"了么？大煞风景，他们为这堤这湖这桥这园揪心。

最后一座桥是一座小桥，大一点的步子也许有三四步就可以走完。桥头是一处梅林，冬天梅花盛开，这里想必是极美丽的。梅泠说她忘记了那是谁的故事，反正是老年间的事，有一对情侣，他们的爱情没有成功，分手前他们来到了这里，仅仅在这个小桥上，走来走去他们俩就走了两个小时。

"那当然可能。"长思说，"因为古人比我们的同志们生活得单纯。"他觉得自己纯粹是不知所云。

"我不喜欢这座桥，望梅？叫人想起望梅止渴的故事。我觉得它不那么吉祥。"长思说，说完了又觉得自己变成了十足的庸人。我这是媚俗吧？他想。

他们沉默一会儿，梅泠再次拿出玉观音观看。

……长堤走完了，他们来到大马路上了。

"如果一株梅树，它再也不开花了，它已经开过了所有的花。你看到它的时候，能够想象它花朵盛开的情景么？你能够因为想为它过往开花的情景而喜欢它，多看它两眼吗？"梅泠问。她注视着鹿长思，她期待着那个十分重要的回答，她的神情忽然非常异样。

是求爱么？怎么又像是……长思忽然觉到了一阵寒气，他用力点头，拉起了梅泠的冰凉的小手。

梅泠眼睛里充满着泪水，她喘息着说："谢谢你，鹿长思同志。你让我实现了、现在时兴说是圆了少女时期的梦。我在上中学时就作过一首诗，我说：'我梦见和你一起走过春天的桥……'是的，我早就做过这样的梦，就是今天这样的，和一位老朋友，我们走过春天的桥，一回就走过了六座，回忆起几世人生！我已经活了好几世啦，旧社会和新社会，'文革'前和'文革'后，战争时期和和平时期，还有从嫁人到给丈夫送终。人生能有几多春？人生能有几多桥？我再没有什么遗憾啦。谢谢你。"

她沉吟了一下，又说："对不起，我现在要自己待一会儿了，我要去一个地方，我有一点私事，不陪您了，您请便了，对不起，请您永远原谅我。"她闪电似的搂了鹿长思亲了鹿长思一下，等到鹿长思回过味来，她已经举手"打"到了一个"桑塔纳"，向长思扬扬手，钻进汽车前座，走掉了。

鹿长思愕然，茫然，骇然，凄然。他想起了一个戏曲场面：《天仙配》里，七仙女突然被迫回到天庭，而留下了一个傻乎乎的董永。他转身看湖，一片澄明，一派茫茫，了无挂碍。

晚上上飞机以后，他们发现他们的座位并不在一起。他们分别由美丽的湖滨城市这边的不同单位送行——分别由教委和卫生厅的有关工作人员送到了机场，送鹿长思的是一辆新"奥迪"，黑色，送郑梅泠的是一辆老"奔驰"，银灰色。他们各自办理了登机、安检手续，送行人员和他们抢着付机场建设费。登机的时刻到了，他们在风雨通道门前互相招了一个手。鹿长思是在六排F，郑梅泠是在三十一排A。两人倒是都靠窗户，但想出来一趟走到通道上就很不方便。飞机并不是一个你走过来他走过去、你看望我我看望你的地方。上了飞机以后这两位就谁也没有再见谁。下飞机以后，由于郑梅泠托运了行李，鹿长思没有托运，而我们的机场处理托运行李又奇慢——二十分钟后行李传送带才开始运转，鹿长思便没有耐心等那么长时间——再说他们并没有说好一个等一个。而且，他们都得考虑接他们的同事和开车的司机，他们没有权利在机场磨磨蹭蹭。所以，当然啦，下了飞机他们就谁也没有再见到谁。其实，从登机后，他们就分手了。各人回到各人的家，各人回到各人的机关单位办公室，自是相距更远啦。

鹿长思一直想给梅泠打个电话，但一想到梅泠在望梅桥端突然自行离去就只觉得如冷水浇头一般。后来下决心查到了梅泠家里的电话，他打了一次，没有人接。

一个月后鹿长思免去校长职务，小周被委为新的校长。交接见面会议上，上级充分肯定了鹿长思在任职期间做出的重要贡献，小周也发表了热情洋溢的讲话，他声称过去现在和未来，鹿长思永远是他的领导是他的老师是他的兄长，是他的精神上的支柱，是他的楷模。小周动情地回忆起许多"鹿校长手把手地教我做工作"的故事，说得鹿长思无地自容。他表态说长河大学在周校长领导下定将取得前所未有的成就。

小周得到了校长的头衔，但是一直没有到职视事，而是立即出访欧洲，十分风光。三周后小周回来了，他犯了点事——不是男女关系问题就是经济手续事宜。这年头还管这些事么？人们感到狐疑，他们想起了电视小品喜剧明星赵本山的顺口溜："麻将摸成白板了，送礼改成现款了，男女作风没人管了，还说是党风好转了。"这年头，周校长到底是出了什么事，弄得这么下不来台了呢？一个月后上级通知大学，周校长已派往党校读研究班，学习期限是两年半，学校工作由李副校长主持。据说他的事令刚刚提升他的上级十分尴尬，总不能刚任命了就又免去新职。让他去学习是为了保护他，也是为了淡化冷处理。这样小周的校长的交椅还没有坐上去就吹了。人们一个又一个地前来或打电话向鹿前校长禀报有关小周的小道消息——因为大道没有消息。鹿前校长一听是谈小周便立即断然制止，然而制止也硬是制止不住，人们宁可不谈足球、股票、桃色新闻与性也要谈人事变迁内幕。有一些刚刚参加工作不久的小张小李小王小米找"鹿老"抱怨小周乃至于死去的小吉，他都一声不吭。这究竟是怎么了？革命，当然就是儿子革了老子的命。然后，儿子的儿子立即觉得他自己的老子又挡道了，而儿子的儿子的儿子甚至企图与爷爷联手以推翻更直接地压在他们头上的小老子。中国人太耽于斗争了，到处斗成一团，斗成一锅坚硬的稀粥。当一些省内校内的头面人物为校长的人选而表示焦虑的时候，他答道："行，行，谁都行。"当人们说到谁谁压根儿就没有上过大学却要来领导大学的时候，他说："没关系，没关系……"头面人物们对他颇不满意。

再过了两个月，鹿长思收到了一个大白信封，下款写的是："郑梅泠同志治丧小组"，他一见信封上的字样便吓得浑身发抖……他立即拨通了治丧小组的电话，小组告诉他郑梅泠同志是因白血病医治无效而不幸去世的，她诊断出患有白血病已经有两年的时间了，她住了几次医院，又几次好转出院，最后不行了。和所有的治丧办人员一样，他们的口气十分平常，他们都修炼得到家了。

他看了讣告和死者简历，说郑梅泠同志是我党的优秀党员，说她是优秀的卫生工作者，说郑梅泠同志衷心拥护党的基本路线拥护中央的各项方针政策。讣告还说：根据本人意愿，丧事从简，不举行遗体告别仪式也不开追悼会，说是她的家属敬谢一切吊唁物品如花圈鲜花挽联挽幛等等。最后说："郑梅泠同志永远活在我们心中！"

人事局长给鹿前校长挂了一个电话，说："妈妈病危时提到了鹿叔叔，妈妈让我告诉叔叔，她走得了无遗憾。"局长呜咽了。

鹿长思柔肠寸断，泣不成声。

附：写完《春堤六桥》以后

　　我已经很久没有写写实风格的现实题材小说了。数年来我的主要精力放在了撰写"季节"系列长篇小说上，而"季节"写的是刚刚过去不太久的昨天。最新一部《踌躇的季节》，写到了从一九六二年到"文革"前夕。这几年偶尔也写一点中短篇，常常用荒诞或寓言体，避免太实太针对什么，多一点抽象，多一点游戏，多一点幽默，也多练练想象力。这样的作品有《郑重的故事》《白衣服与黑衣服》《玫瑰大师及其他》等。

　　所有这些都不是定势。和八十年代一样，写一篇幽默的（小说）我就会想写一篇抒情的，写一篇写实的我就又会想要写一篇抽象乃至怪诞的。我特别不能容忍一个调的长期重复，不论是别人的还是自己的。

　　一九九六年底，我的第三部《踌躇的季节》交稿以后，觉得连续写长篇太累了，我需要歇歇气。我从来都注意保持最佳的创作心态，绝不搞惨淡经营与对着稿纸较劲，于是有了一批旅欧散文，有了《玫瑰大师及其他》，后来又有了《春堤六桥》。

　　实在抱歉，年轻时我的作品的主人公多半是青年。后来，随着我自己年龄的增长，作品的主要角色的年龄似乎也在增长。一九九四年，我年届花甲了，深知老之将至或已至。后来在一些笔墨官司中也发现了自己与一些青年人的距离，叹曰："王蒙老矣！"

　　什么是老呢？是心地的渐转平和，却也是许多遗憾和不平衡，是许多沧桑却也是依然未悔的鲁莽和天真，是许多对于记忆的咀嚼、回味、光明的反照与对于当下现实的津津得趣却又自知"萧瑟秋风今又是，换了人间"的隔膜，是许多的珍重、强烈的汲取却也是渐渐拉开距离的静观与或多或少的逃避，是宽容却又是耿耿于怀的执着，是抚摸往事的温馨却又是一种成熟的小心与谨慎，是生的经验与滋味却也是无法回避的大限与永恒的阴影……

这些我都试着写成小说。而且，过去，没有一篇小说我是这样地注意着结构来设计的。虚与实，明与暗，简与繁，这一条线与另一条另两条线。也许这种形式本身，也是完成这篇作品的内趋力之一个方面吧。最后不妨一提的另一方面则是江南春光的魅力，作为一个北方佬，能够面对秀丽的江南风光而不潸然落泪么？一个写小说的人，能够面对神州绮丽而不凄然心驰么？它是小说，也是一篇改头换面的游记呢。

1997 年